Zahlreiche Gedichthandschriften Goethes sind überliefert, Konzepte, Entwürfe, rasch Hingeschriebenes in Notizheften, Briefen beigelegte Fassungen, Widmungsblätter und natürlich Reinschriften, für die Lektüre durch die Freunde gedacht oder als Druckvorlagen für den Setzer.

In diesem Band wird erstmals eine größere Zahl von Gedichthandschriften abgebildet, Goethes eigenhändige Niederschriften an erster Stelle, daneben wenige von Schreiberhand. Sie alle zeigen in Liedern, Hymnen, Epigrammen, Elegien und Widmungsgedichten das gesamte Spektrum von Schrift und literarischer Gattung.

Die Auswahl reicht von den frühen Gedichten »Willkommen und Abschied«, dem »Mailied« über »Mahomets Gesang«, »Wandrers Sturmlied«, »Prometheus«, »An Schwager Kronos«, »Harzreise im Winter«, »An den Mond«, »Grenzen der Menschheit«, »Erlkönig«, »Das Göttliche«, die »Römischen Elegien« bis zu Gedichten aus dem »West-östlichen Divan«, »Eins und Alles«, »Der Bräutigam«, den Dornburger Gedichten u.a.

Gerade in den Handschriften wird sichtbar, wie sehr Goethes Lyrik auch vom Schriftbild, von der Anordnung der Verszeilen und Strophen geprägt ist.

Dem Abdruck der Handschriften wird jeweils die Transkription gegenübergestellt. Knappe Erläuterungen zur Überlieferungsgeschichte sowie Kommentare zu den einzelnen Gedichten ermöglichen die biographische und gattungsgeschichtliche Einordnung.

Ein Buch zum Betrachten und zum Lesen einiger der schönsten Gedichte Goethes.

Karl Eibl, Dr. phil., o. Professor für Neuere deutsche Literaturwissenschaft an der Universität München. In der Goethe-Ausgabe des Deutschen Klassiker Verlags hat Karl Eibl die Lyrikbände herausgegeben und betreut als Gesamtherausgeber die zweite Abteilung der Edition (Briefe, Tagebücher und Gespräche). Im Insel Verlag ist von Karl Eibl 1995 erschienen: »Die Entstehung der Poesie«, 1998 die Edition »Der junge Goethe in seiner Zeit«.

insel taschenbuch 2175
Goethe
Gedichte in Handschriften

Goethe Gedichte in Handschriften

Fünfzig Gedichte Goethes

Ausgewählt und erläutert

von Karl Eibl

Insel Verlag

Umschlagabbildung: Jürgen Pietsch/Stiftung Weimarer Klassik

insel taschenbuch 2175
Originalausgabe
Erste Auflage 1999

Vertrieb durch den Suhrkamp Taschenbuch Verlag
Umschlag nach Entwürfen von Hermann Michels
Druck: Wagner GmbH, Nördlingen
Printed in Germany

1 2 3 4 5 6 - 04 03 02 01 00 99

Inhalt

Gedichte in Handschriften

1

Bei dem erfreulichen Anbruche
Des 1757. Jahres
wolte
Seinen
Hochgeehrtesten und Hertzlichgeliebten
GrosEltern
Die Gesinnungen Kindlicher Hoch=
achtung und Liebe
durch
Folgende Segens Wünsche
zu erkennen geben
Deroselben
Treugehorsamster Enckel
Johann Wolfgang Goethe.

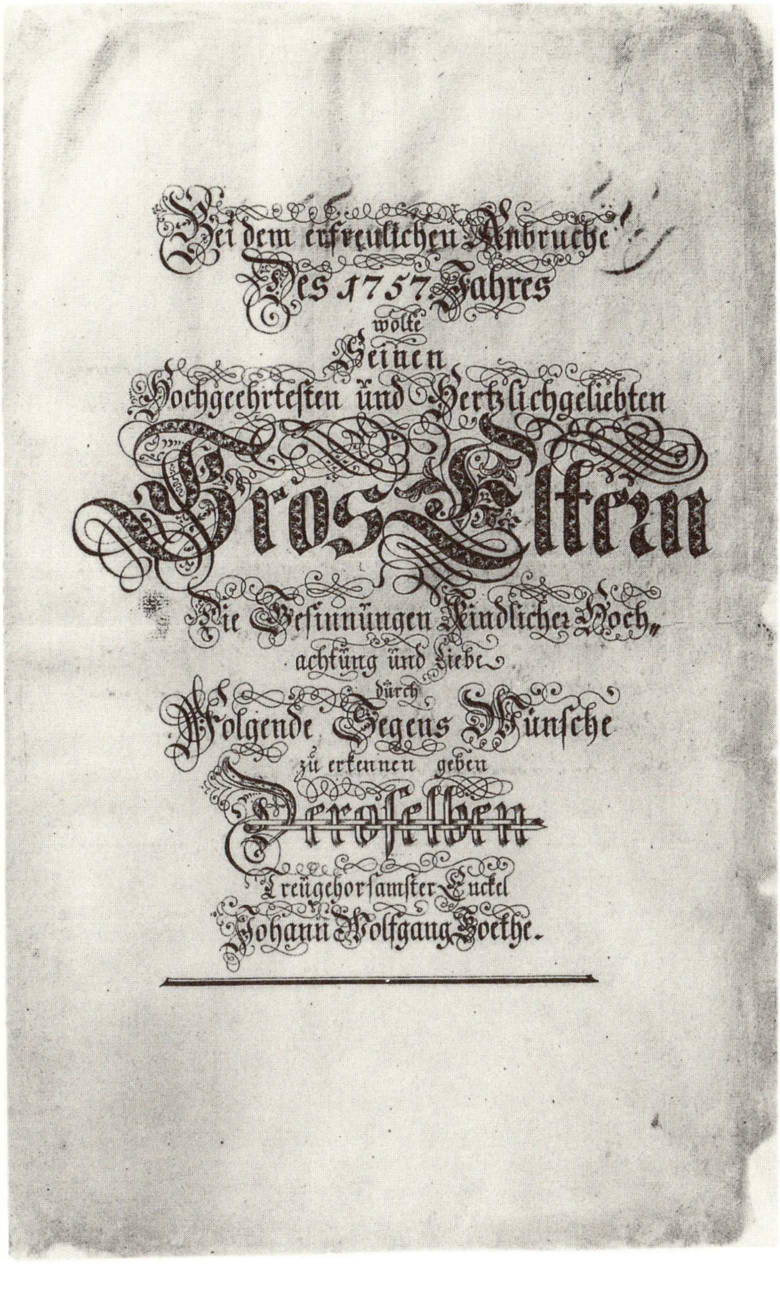
Bei dem erfreulichen Anbruche
des 1757. Jahres
wolte
Seinen
Hochgeehrtesten ünd Hertzlichgeliebten
Gros Eltern
die Gesinnüngen kindlicher Hoch-
achtüng ünd Liebe
dürch
folgende Segens Wünsche
zü erkennen geben
Deroselben
treügehorsamster Enckel
Johann Wolfgang Goethe.

Erhabner GrosPapa!

Ein Neues Jahr erscheint,
Drum muß ich meine Pflicht und Schuldigkeit entrichten,
Die Ehrfurcht heist mich hier aus reinem Hertzen dichten,
So schlecht es aber ist, so gut ist es gemeint.
Gott, der die Zeit erneut, erneure auch Ihr Glück,
Und cröne Sie dies Jahr mit stetem Wohlergehen
Ihr Wohlseyn müsse lang so fest wie Cedern stehen,
Ihr Thun begleite stets ein günstiges Geschick;
Ihr Haus sey wie bisher des Segens Sammelplatz,
Und lasse Sie noch spät Möninens Ruder führen,
Gesundheit müsse Sie bis an Ihr Ende zieren,
Dann diese ist gewiß der allergröste Schatz.

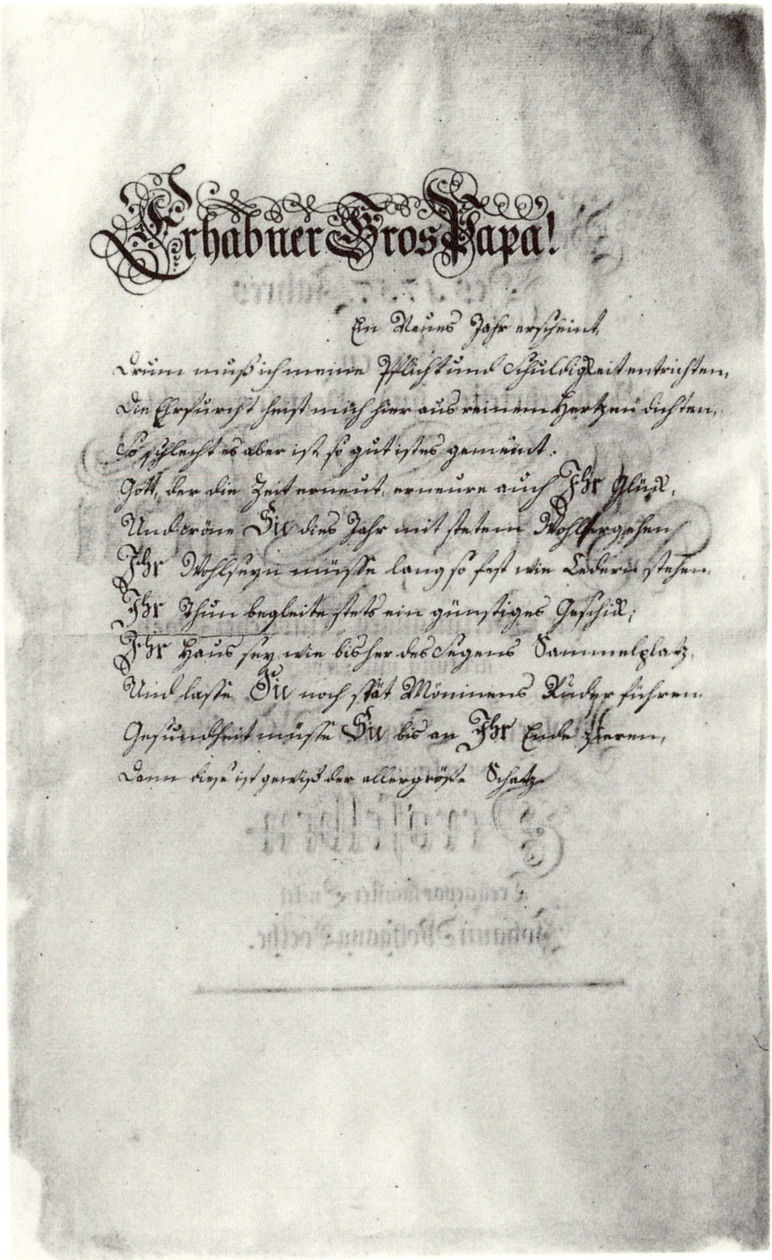
Erhabner Gros Papa!

Ein Neues Jahr erscheint,
Drum muß ich meine Pflicht und Schuldigkeit entrichten,
Die Ehrfurcht heißt mich hier aus reinem Hertzen dichten,
So schlecht es aber ist, so gut ist es gemeint.
Gott, der die Zeit erneut, erneure auch Ihr Glück,
Und kröne Sie dies Jahr mit stetem Wohlergehen
Ihr Wohlseyn müsse lang so fest wie Cedern stehen,
Ihr Thun begleite stets ein günstiges Geschick;
Ihr Haus sey wie bisher des Segens Sammelplatz,
Und lasse Sie noch spät Minervens Ruder führen.
Gesundheit müsse Sie bis an Ihr Ende zieren,
Denn diese ist gewiß der allergrößte Schatz.

Erhabne GrosMama!

Des Jahres erster Tag
Erweckt in meiner Brust ein zärtliches Empfinden,
Und heist mich ebenfals Sie ietzo anzubinden
Mit Versen, die vielleicht kein Kenner lesen mag;
Indessen hören Sie die schlechte Zeilen an,
Indem sie wie mein Wunsch aus wahrer Liebe fliesen
Der Segen müsse sich heut über Sie ergiesen,
Der Höchste schütze Sie, wie er bisher getan.
Er wolle Ihnen stets, was Sie sich wünschen, geben,
Und lasse Sie noch oft ein Neues Jahr erleben.
Dies sind die Erstlinge, die Sie anheut empfangen,
Die Feder wird hinfort mehr Fertigkeit erlangen.

Erhabne Gros Mama!

Des Jahres erster Tag
Erweckt in meiner Brust ein zärtliches Empfinden,
Und heist mich ebenfals Sie itzo anzubinden
Mit Versen, die vielleicht kein Kenner lesen mag;
Indessen hören Sie die schlechten Zeilen an,
Indem sie wie mein Wunsch aus wahrer Liebe fließen.
Der Segen müsse sich heut über Sie ergießen,
Der Höchste schütze Sie, wie er bisher getan.
~~Er wolle Ihnen stets, was Sie sich wünschen, gönnen,~~
Und lasse Sie noch oft ein Neues Jahr erleben.
Dies sind die Erstlinge, die Sie anheut empfangen,
Die Feder wird hinfort mehr Fertigkeit erlangen.

Annette an ihren Geliebten.

Ich sah wie Doris bey Damöten stand,
Er nahm sie zärtlich bey der Hand;
Lang sahen sie einander an;
Und sahn sich um, ob nicht die Aeltern wachen,
Und da sie niemand sahn,
Geschwind – Genug sie machtens, wie wirs machen.

Schreiber: Ernst Wolfgang Behrisch.

Annette an ihren Geliebten.

Ich sah wie Doris bey Damöten stand,
Er nahm sie zärtlich bey der Hand;
Lang sahen sie einander an,
Und sahn sich um, ob nicht die Aeltern wachten,
Und da sie niemand sahn,
Geschwind — Genug sie machtens, wie wirs machten.

3

Willkomm und Abschied.

Es schlug mein Herz, geschwind zu Pferde!
Es war gethan fast eh gedacht;
Der Abend wiegte schon die Erde,
Und an den Bergen hing die Nacht:
Schon stand im Nebelkleid die Eiche,
Ein aufgethürmter Riese, da,
Wo Finsterniß aus dem Gesträuche
Mit hundert schwarzen Augen sah.

Der Mond von einem Wolkenhügel
Sah kläglich aus dem Duft hervor,
Die Winde schwangen leise Flügel,
Umsaußten schauerlich mein Ohr;
Die Nacht schuf tausend Ungeheuer
Doch frisch und fröhlich war mein Muth,
In meinen Adern welches Feuer!
In meinem Herzen welche Glut!

Vor 1 Titel] AlH: Willkommen und Abschied

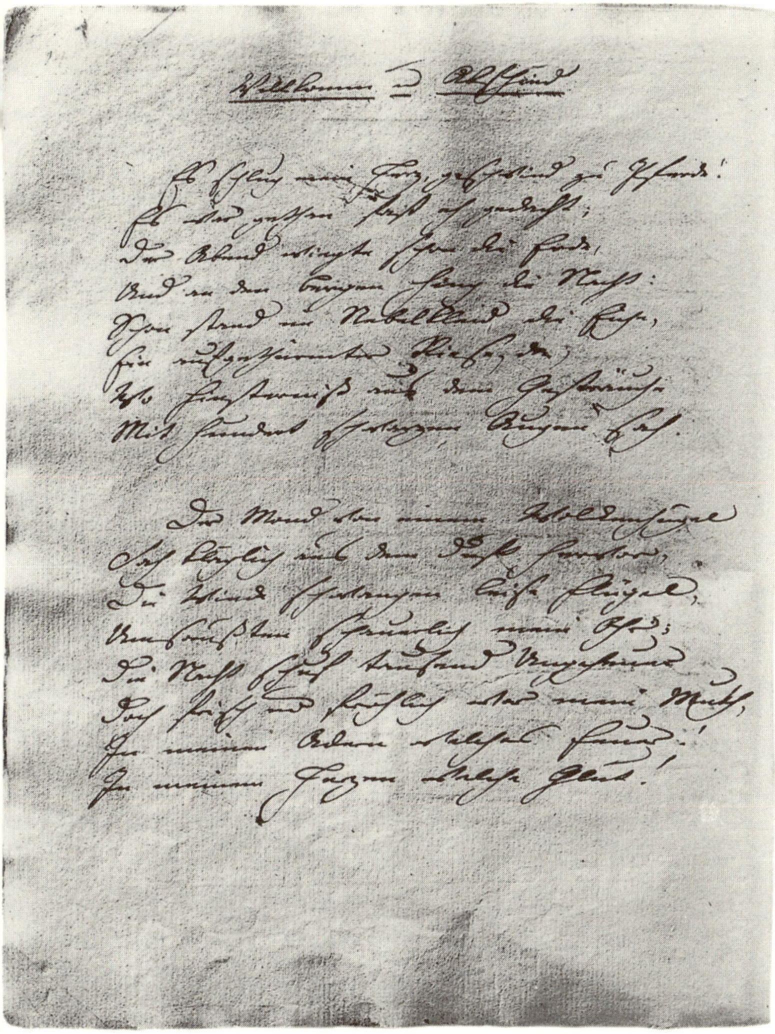
Willkommen und Abschied

Es schlug mein Herz, geschwind zu Pferde!
Es war gethan fast eh gedacht;
Der Abend wiegte schon die Erde,
Und an den Bergen hing die Nacht:
Schon stand im Nebelkleid die Eiche,
Ein aufgethürmter Riese, da,
Wo Finsterniß aus dem Gesträuche
Mit hundert schwarzen Augen sah.

Der Mond von einem Wolkenhügel
Sah kläglich aus dem Duft hervor,
Die Winde schwangen leise Flügel,
Umsausten schauerlich mein Ohr;
Die Nacht schuf tausend Ungeheuer
Doch frisch und fröhlich war mein Muth,
In meinen Adern welches Feuer!
In meinem Herzen welche Gluth!

Dich sah ich, und die milde Freude
Floß von dem süßen Blick auf mich,
Ganz war mein Herz an deiner Seite
Und jeder Athemzug für dich.
Ein Rosenfarbnes Frühlingswetter
Umgab das liebliche Gesicht,
Und Zärtlichkeit für mich – Ihr Götter!
Ich hofft es, ich verdient es nicht!

Doch \ach/ schon mit der Morgensonne
Verengt der Abschied mir das Herz:
In deinen Küssen, welche Wonne!
In deinem Auge, welcher Schmerz!
Ich ging, du standst und sahst zur Erden,
Und sahst mir nach mit nassem Blick:
Und doch, welch Glück geliebt zu werden!
Und lieben, Götter, welch ein Glück!

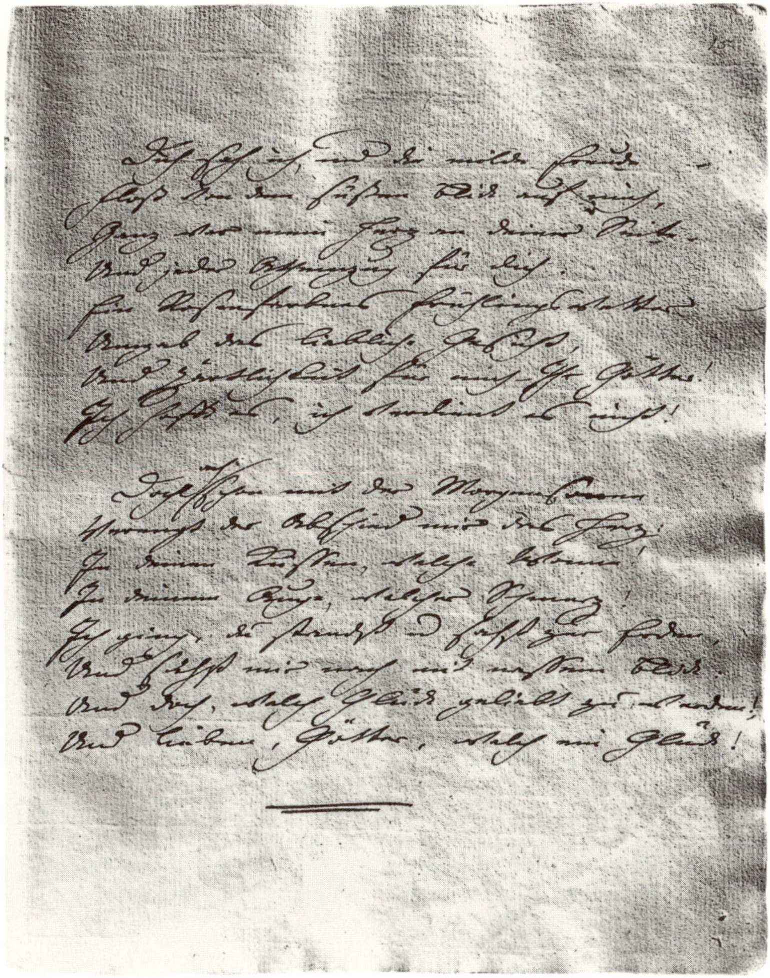

15

Dich sah ich, und die milde Freude
Floß von dem süßen Blick auf mich;
Ganz war mein Herz an deiner Seite
Und jeder Atemzug für dich.
Ein rosenfarbnes Frühlingswetter
Umgab das liebliche Gesicht,
Und Zärtlichkeit für mich – ihr Götter!
Ich hofft' es, ich verdient' es nicht!

Doch ach, schon mit der Morgensonne
Verengt der Abschied mir das Herz:
In deinen Küssen, welche Wonne!
In deinem Auge, welcher Schmerz!
Ich ging, du standst und sahst zur Erden,
Und sahst mir nach mit nassem Blick:
Und doch, welch Glück, geliebt zu werden!
Und lieben, Götter, welch ein Glück!

4

Maylied.

Wie herrlich leuchtet
Mir die Natur!
Wie glänzt die Sonne
Wie lacht die Flur!

Es dringen Blüten
Aus jedem Zweig
Und tausend Stimmen
Aus dem Gesträuch,

Und Freud und Wonne
Aus jeder Brust.
O Erd o Sonne
O Glück o Lust!

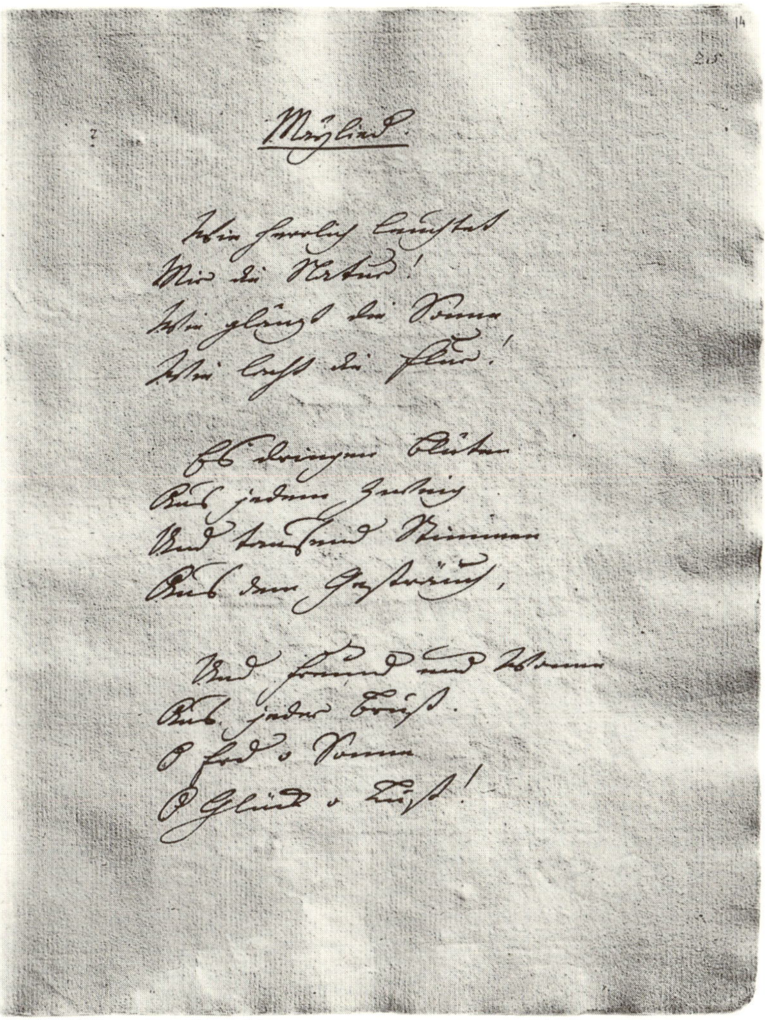

Maylied.

Wie herrlich leuchtet
Mir die Natur!
Wie glänzt die Sonne
Wie lacht die Flur!

Es dringen Blüten
Aus jedem Zweig
Und tausend Stimmen
Aus dem Gesträuch,

Und Freud und Wonne
Aus jeder Brust.
O Erd o Sonne
O Glück o Lust!

O Lieb o Liebe,
So golden schön,
Wie Morgenwolcken
Auf jenen Höhn:

Du segnest herrlich
Das frische Feld,
Im Blüthendampfe
Die volle Welt.

O Mädchen Mädchen
Wie lieb ich dich
Wie blickt dein Auge!
Wie liebst du mich.

So liebt die Lerche
Gesang und Luft,
Und Morgenblumen
Den Himmelsduft

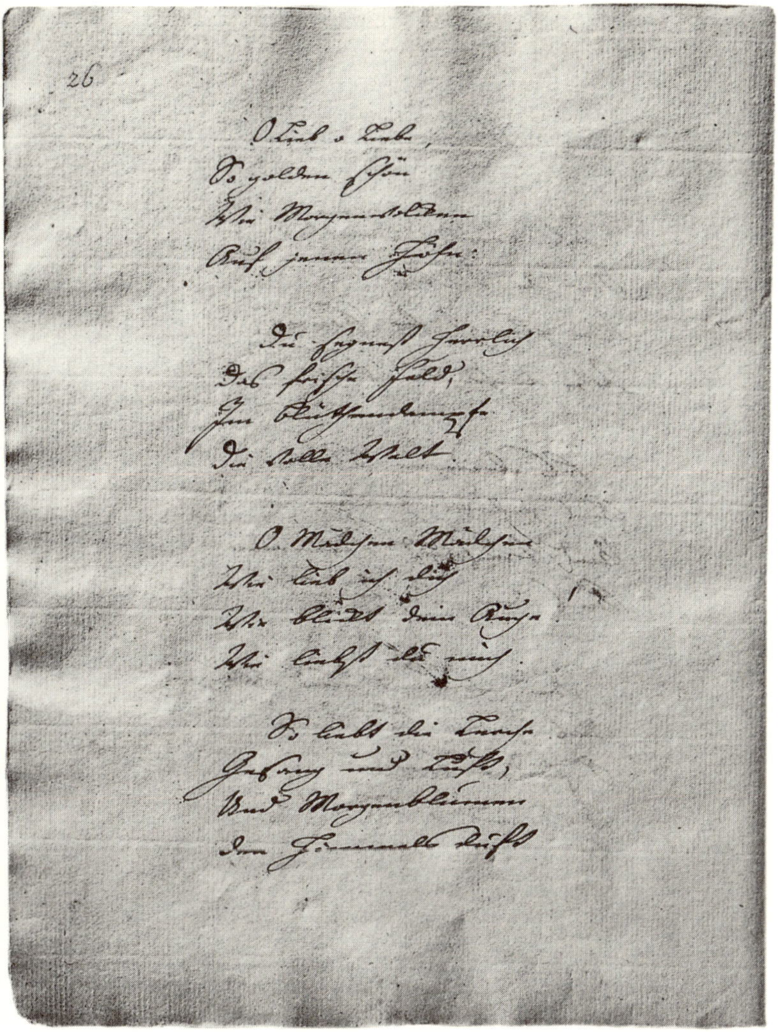
26

O Lieb' o Liebe,
So golden schön
Wie Morgenwolken
Auf jenen Höhn:

Du segnest herrlich
Das frische Feld,
Im Blütendampfe
Die volle Welt.

O Mädchen Mädchen
Wie lieb ich dich
Wie blinkt dein Auge
Wie liebst du mich.

So liebt die Lerche
Gesang und Luft,
Und Morgenblumen
Den Himmelsduft

Wie ich dich liebe
Mit warmen Blut,
Die du mir Jugend
Und Freud und Muth

Zu neuen Liedern
Und Tänzen giebst,
Sey ewig glücklich
Wie du mich liebst!

---

30 warmen] AlH: warmem

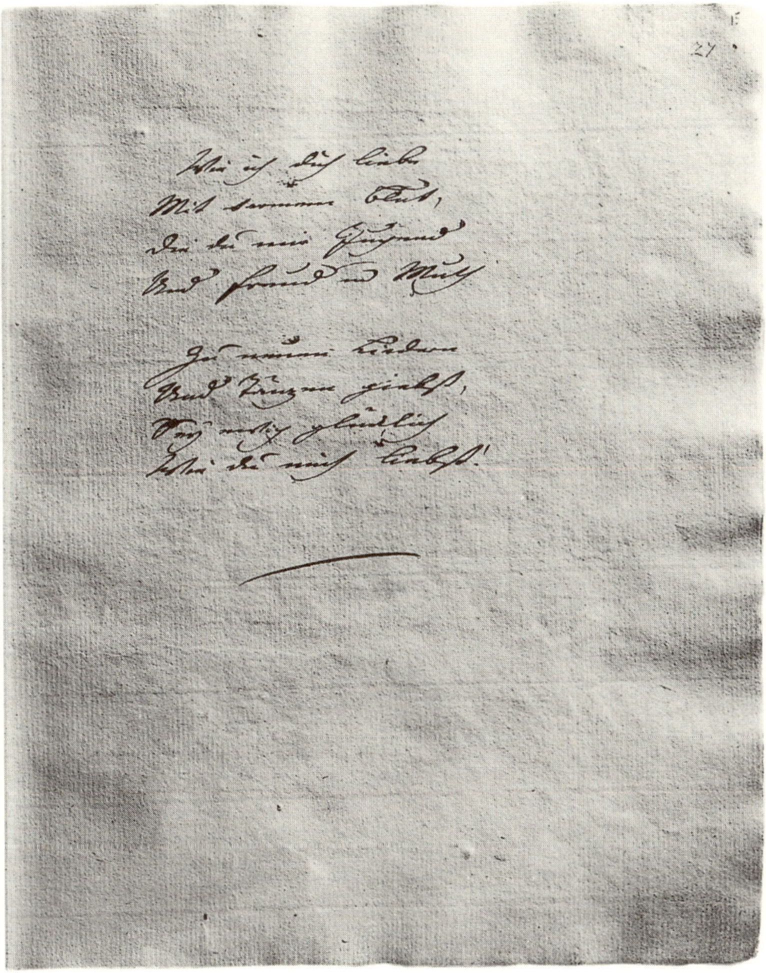
27

Wie ich dich liebe
Mit warmem Blut,
Die du mir Jugend
Und Freud und Muth

Zu neuen Liedern
Und Tänzen giebst,
Sey ewig glücklich
Wie du mich liebst!

5

⟨Mit einem gemalten Band⟩

⟨Kleine Blumen, kleine Blätter⟩

Kleine Blumen, Kleine Blätter
Streuen mir mit leichter Hand
gute iunge Frühlings~~g~~ \G/ötter
Tandlent auf ein luftig Band

Zephier nimms auf deine Flügel
Schlings um meiner Liebsten Kleid
Und dan tritt sie für den Spiegel
mit zufriedener Munterkeit

Sieht mit Rosen sich umgeben
Sie wie eine Rosse ~~j~~\i/ung
– einen Kuß geliebtes Leben
Und ich bin belohnt genu⟨n⟩g,

Schreiber: Heinrich Kruse.

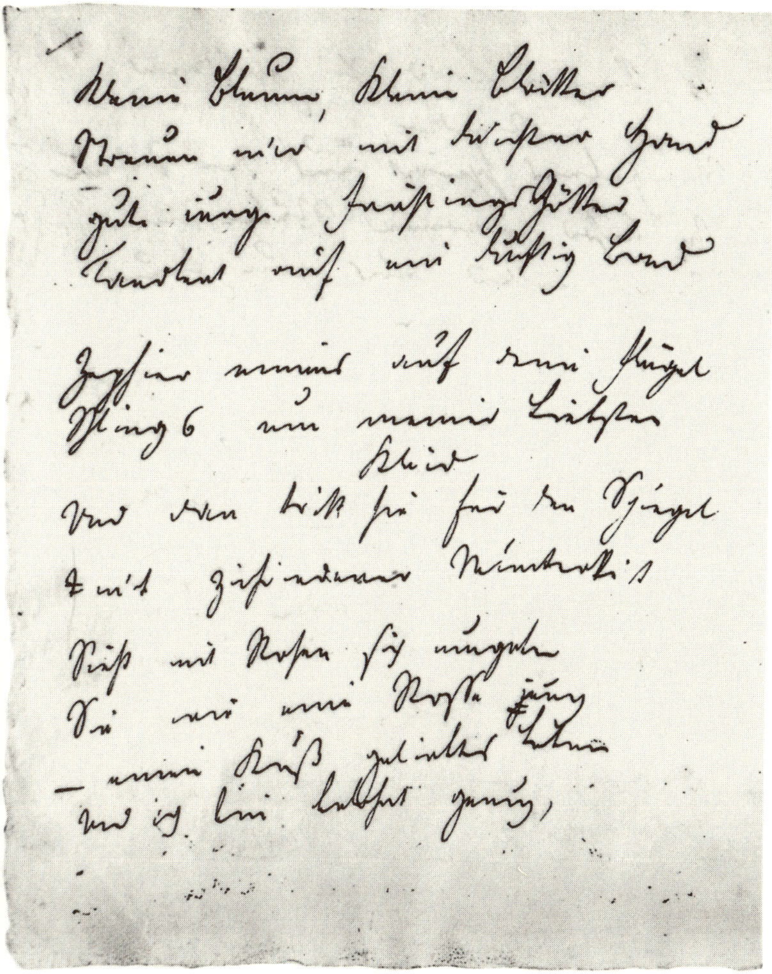

Kleine Blumen, kleine Blätter
Streuen mir mit leichter Hand
Gute junge Frühlingsgötter
Tändelnd auf ein luftig Band

Zephir nimm's auf deine Flügel
Schling's um meiner Liebsten
Kleid
Und dann tritt sie für den Spiegel
Mit zufriedner Munterkeit

Sieht mit Rosen sich umgeben
Sie wie eine Rose jung
— einen Kuß geliebtes Leben
Und ich bin belohnt genung,

Schicksal Seegne diese trieben
Laß mich ihr und laß Sie mein
Laß das Leben unsrer Liebe
Doch kein Rossen Leben sein

Mädgen das wie ich Empfindet
Reig mir deine Liebe Hand
Und das Band daß uns verbindet
sey kein schwages Rossen Band.

:/:
Balde seh ich Rickgen wieder
Balde bald umarm ich Sie
Munter tantzen meine Lieder
Nach der süssten Melodie,

Ach wie Schön hats mir geklungen
Wenn Sie meine Lieder sang

13-16 Schicksal [...] sein] Die Strophe entfällt seit dem Erstdruck 1775.
Nach 20 Balde ... sang] Neues Gedicht, unvollständig wiedergegeben.

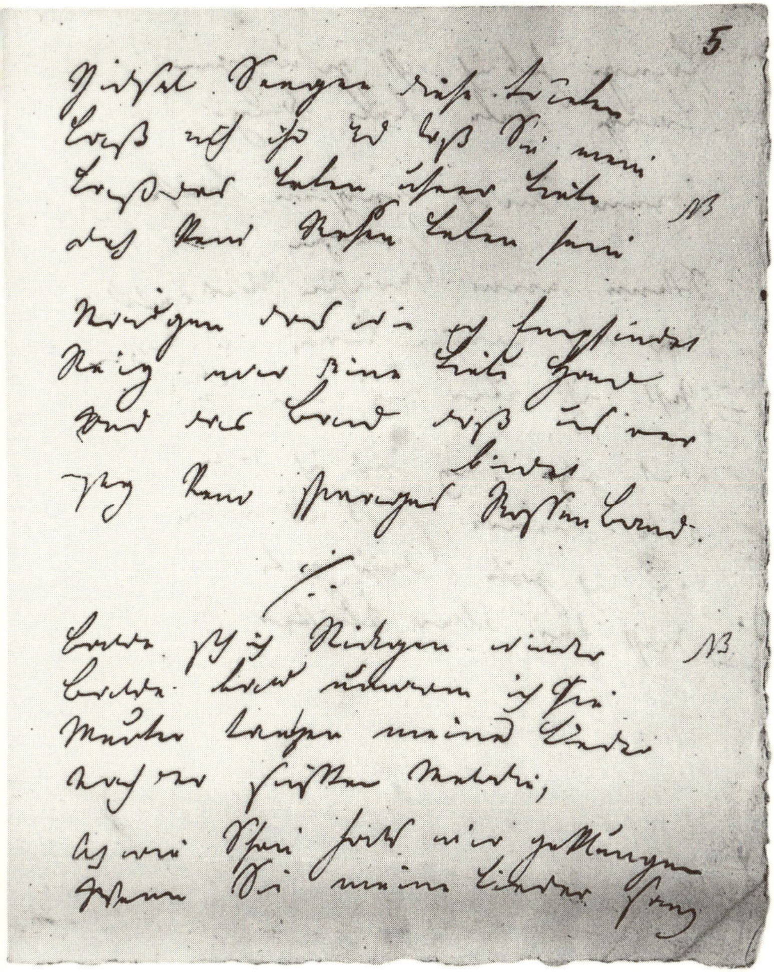

6 Mahomets Gesang.

Seht den Felsenquell
Freudehell
Wie ein Sternenblick!
Über Wolcken
Nährten seine Jugend
Gute Geister
Zwischen Klippen im Gebüsch.

Jünglingfrisch
Tanzt er aus der Wolcke
Auf die Marmorfelsen nieder,
Jauchzet wieder
Nach dem Himmel

Durch die Gipfelgänge
Jagt er bunten Kieseln nach,
Und mit frühem Führertritt
Reisst er seine Bruderquellen
Mit sich fort.

Drunten werden in dem Thal
Unter seinem Fustritt Blumen
Und die Wiese
Lebt von seinem Hauch.

Doch ihn hält kein Schattenthal
Keine Blumen,

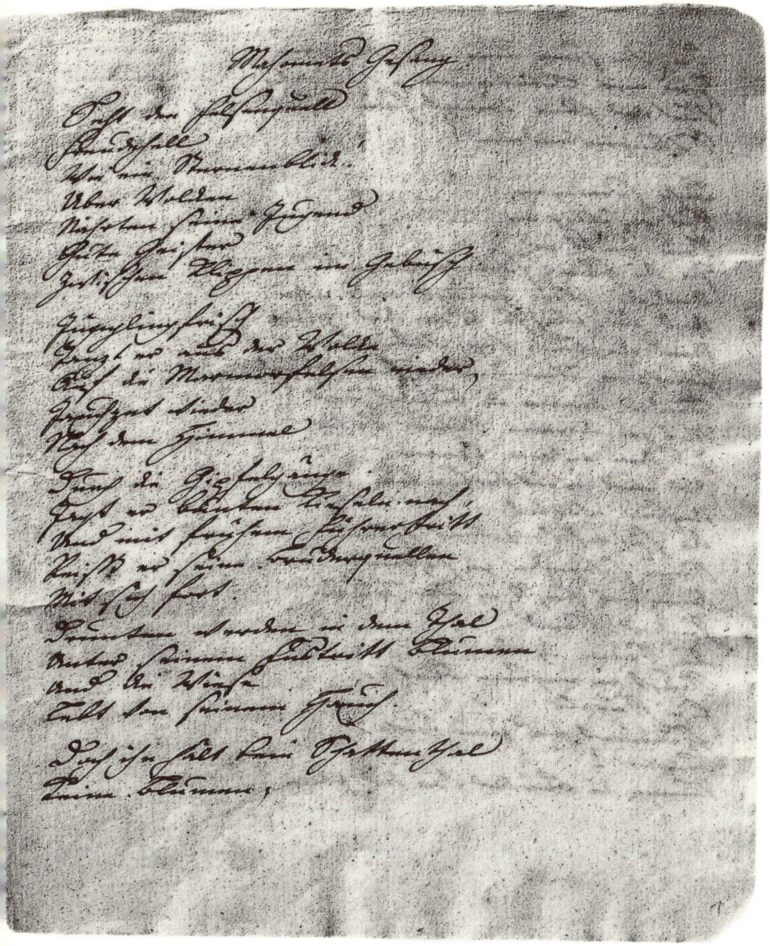
Mahomets Gesang.
Seht den Felsenquell
Freudehell
Wie ein Sternenblick.
Über Wolken
Nährten seine Jugend
Gute Geister
Zwischen Klippen im Gebüsch
Jünglingfrisch
Tanzt er aus der Wolke
Auf die Marmorfelsen nieder,
Jauchzet wieder
Nach dem Himmel
Durch die Gipfelgänge
Jagt er bunten Kieseln nach,
Und mit frühem Führertritt
Reißt er seine Bruderquellen
Mit sich fort.
Drunten werden in dem Thal
Unter seinem Fußtritt Blumen
Und die Wiese
Lebt von seinem Hauch
Doch ihn hält kein Schattenthal
Keine Blumen,

Die ihm seine Knie umschlingen,
Ihm mit Liebesaugen schmeicheln:
Nach der Ebne dringt sein Lauf
Schlangewandelnd.

Bäche schmiegen
Sich gesellig an:
Nun tritt er
In die Ebne silberprangend
Und die Ebne prangt mit ihm:
Und die Flüsse von der Ebne
Und die Bäche von Gebürgen
Jauchzen ihm und rufen: Bruder!
Bruder, nimm die Brüder mit!
Mit zu deinem Alten Vater
Zu dem ewgen Ozean,
Der mit weitverbreite~~n~~\ten/ Armen
Unsrer wartet,
Die sich ach! vergebens öffnen
Seine Sehnenden zu fassen,
Denn uns frisst in öder Wüste
Gier'ger Sand,
Die Sonne droben
Saugt an unserm Blut,
Ein Hügel
Hemmet uns zum Teiche!
Bruder!
Nimm die Brüder von der Ebne

---

27 Schlangewandelnd] AlH: Schlangenwandelnd *33 von Gebürgen] AlH:* von den Bergen
38 weitverbreiteten] AlH: ausgespannten *39 Unsrer] AlH:* Unser

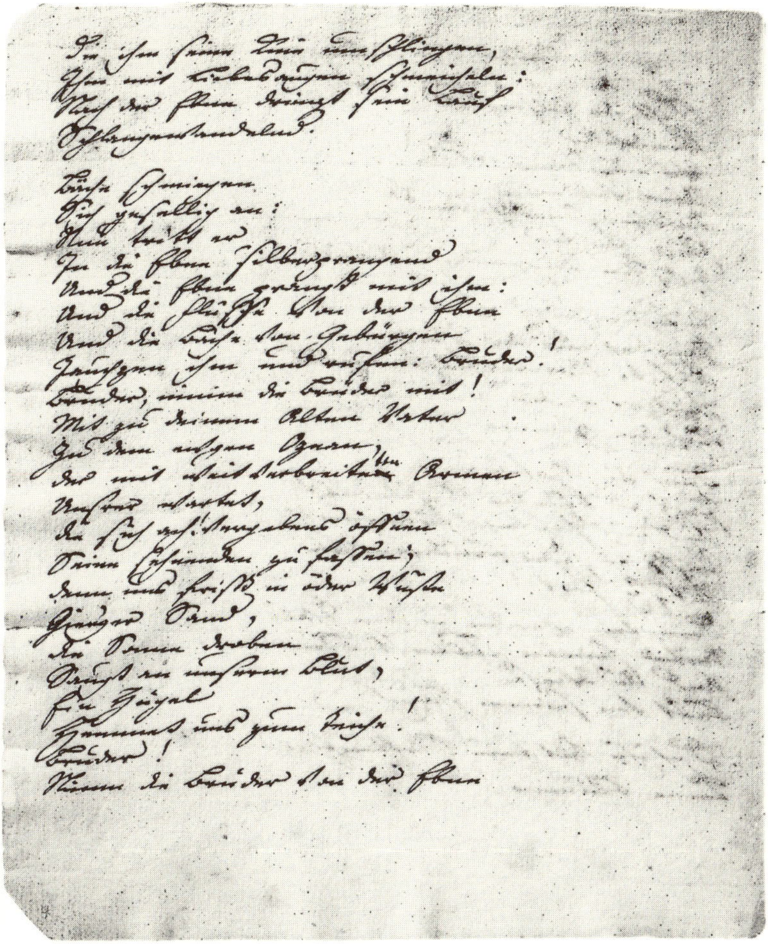
Die ihm seine Knie umschlingen,
Ihm mit Liebesaugen schmeicheln:
Nach der Ebne dringt sein Lauf
Schlangenwandelnd.

Bäche schmiegen
Sich gesellig an:
Nun tritt er
In die Ebne silberprangend
Und die Ebne prangt mit ihm:
Und die Flüsse von der Ebne
Und die Bäche von Gebürgen
Jauchzen ihm und rufen: Bruder!
Bruder, nimm die Brüder mit!
Mit zu deinem Alten Vater
Zu dem ewgen Ozean,
Der mit weitverbreiteten Armen
Unsrer wartet,
Die sich ach! vergebens öffnen
Seine Sehnenden zu fassen;
Denn uns frißt in öder Wüste
Gierger Sand,
Die Sonne droben
Saugt an unserm Blut,
Ein Hügel
Hemmet uns zum Teiche!
Bruder!
Nimm die Brüder von der Ebne

Nimm die Brüder von Gebürgen,
Mit zu deinem Vater mit.

Kommt ihr alle! –
Und nun schwillt er
Herrlicher, ein \ganz/ Geschlechte
Trägt den Fürsten hoch empor!
Und im rollenden Triumphe
Giebt er Ländern Namen, Städte
Werden unter seinem Fus.

Unaufhaltsam rauscht er \vor/über
Lässt der Türne Flammengipfel,
Marmorhäuser eine Schöpfung
Seiner Fülle hinter sich.

Zedernhäuser trägt der Atlas
Auf den Riesenschultern; sausend
Wehen über seinem Haupte
Tausend Segel auf zum Himmel
Seine Macht und Herrlichkeit.

Und so trägt er seine Brüder
Seine Schäze seine Kinder
Dem erwartenden Erzeuger
Freudebrausend an das Herz.

---

50 von Gebürgen] AlH: von den Bergen *61 \vor/über] AlH:* weiter

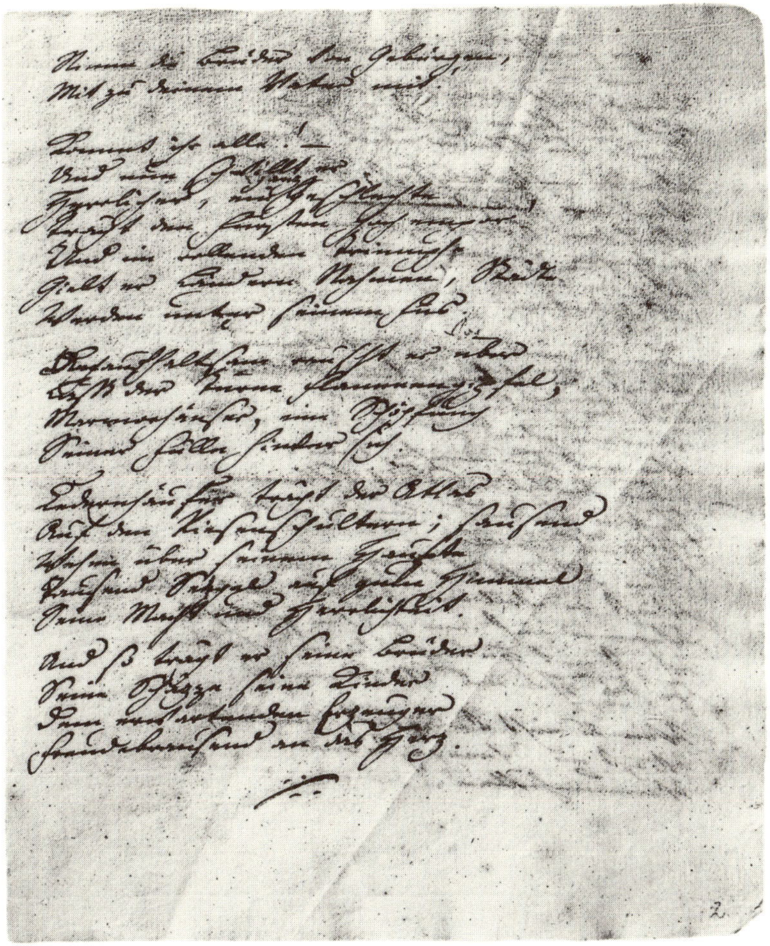
Nimm die Brüder von Gebürgen,
Mit zu deinem Vater mit.

Kommt ihr alle! —
Und nun schwillt er
Herrlicher, ein ganz Geschlechte
Trägt den Fürsten hoch empor
Und im rollenden Triumphe
Gibt er Ländern Nahmen, Städte
Werden unter seinem Fus.

Unaufhaltsam rauscht er über
Läßt der Türme Flammengipfel,
Marmorhäuser, eine Schöpfung
Seiner Fülle hinter sich.

Zedernhäuser trägt der Atlas
Auf den Riesenschultern; sausend
Wehen über seinem Haupte
Tausend Segel auf gen Himmel
Seine Macht und Herrlichkeit.

Und so trägt er seine Brüder
Seine Schätze seine Kinder
Dem erwartenden Erzeuger
Freudebrausend an das Herz.

7

Concerto dramatico
composto dal Sigr Dottore
Flamminio
Detto Panurgo secondo

Aufzuführen in der Darmstädter Gemeinschafft der Heiligen.

Tempo giusto
Die du steigst im Winterwetter
Von Olympus Heiligtuhm
Tahtenschwangerste der Götter
Langeweile! Preis und Ruhm
Danck dir! Schobest meinen Lieben
Stumpfe Federn in die Hand
Hast zum schreiben sie getrieben
Und ein Freudenblatt gesandt.
Allegretto. 3/8
Machst Jungfrau zur Frauen
Gesellen zum Mann
Und wärs nur im Scherze
Wer anders nicht kann.
Und sind sie verehlicht
Bist wieder bald da,
Machst Weibgen zur Mutter
Monsieur zum Papa.
Arioso
Gekaut Papier! Sollts Junos Bildung seyn!
Gar grosen Danck! Mag nicht Ixion seyn.
Allegro con furia
Weh! weh! Schrecken und Todt
Es droht
Herein der iüngste Tag im brausen
Des Sturmes hör ich die Noth
Verdammter Geister sausen
Und roth
In Blutflamm glüht Berg und Flur
In meinen Gebeinen wühlt ein Grausen
Der Hölle, Nacht und Angst
Und das Brüllen des Ungeheuren Löwen
Des Seelenverderbers

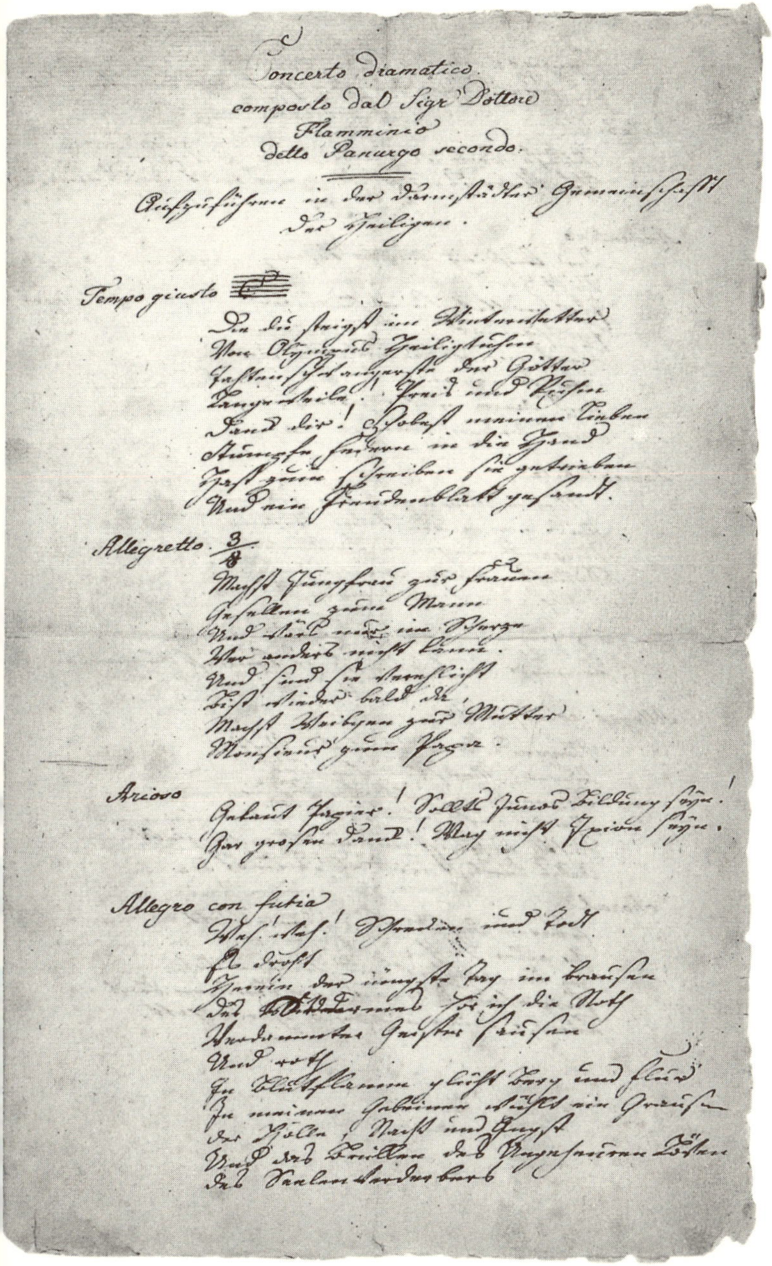
Concerto dramatico
composto dal Sigr Dottore
Flamminio
detto Panurgo secondo.
Aufzuführen in der darmstädter Gemeinschafft
der Heiligen.
Tempo giusto
Die du steigst im Winterwetter
Dank dir!
Stumpfe Federn in die Hand
Hast zum Schreiben sie getrieben
Und ein Freudenblatt gesandt.
Allegretto 3/8
Macht Jungfrau zur Frauen
Gesellen zum Mann
Was andre nicht können.
Macht Weibgen zur Mutter
Monsieur zum Papa.
Arioso
Allegro con furia
Es droht

Umgiebt mich. Ich versincke
In Feuer Seelenquaalen Pechentflammten Schlund.
Cantabile
Schlafe mein Kindlein und ruhe Gesund
Pfeift draus ein Windlein und bellt draus ein Hund.
Andantino
Der Frühling brächte Rosen
Nicht gar.
Ihr möchtet sie wohl lieber
Im Januar.
Wart nur ihr lieben Mädgen
Den Juni ran
Und dann wahrt eure Finger
Sind Dornen dran.
Lamentabile
Meine Augen roth von Tränen
Müde meine Brust von Stöhnen
Nirgends, nirgends find ich Ruh
Schliesse meine Augen zu
Schlaf, verwiege meine Sorgen.
Ein wenig geschwinder. con speranza
Kommst du heut nicht so kommst du morgen.
Allegro con spirito
Nirgends eine Welt von Nichts
Nirgend Menschen ohne Lieb.
Sonne kann nicht ohne Schein
Mensch nicht ohne liebe seyn.
Nichts nichts ist und nichts nichts giebt
Alles ist und alles liebt.
choral.
Erbarm dich unsrer Herre Gott
In aller Noth
In Langerweil und Grillen Noth,
Entzieh uns lieber ein Stückgen Brodt
Kennst deine Kinder o Herre Gott.

Umgiebt mich. Ich verschwinde
In seinen Perlengewanden Schaumentflammenden Schein.

Cantabile

Schlafe mein Kindlein und ruhe gesund
Schreit dann ein Windlein und bellt dann ein Hund.

Andantino

Der Frühling brachte Rosen
Nicht gar.
Ihr möchtet sie wohl lieber
Im Januar.
Wart nur ihr lieben Mädgen
Das Jahr neu
Und dann steht nur Finger
Sind dennen drei.

Lamentabile

Meine Augen voll der Tränen
Müde meine Brust der Seufzen
Nirgends, nirgends find ich Ruh
Schließe meine Augen zu
Schlaf, Verdränge meiner Sorgen.

Für Arme geschrieben. con speranza
Kommst du heut nicht so kommst du morgen.

Allegro con spirito

Nirgends eine Welt ohne Nichts
Niemand Menschen ohne Liebe.
Keiner kann nicht ohne Schein
Mensch nicht ohne Liebe seyn.
Nichts nichtig ist und nichts nichts giebt
Alles lebt ist und alles liebt.

choral.

Erbarme dich unserer Herre Gott
In aller Noth
In Langerweil und Grillen Noth,
Entzück und liebet ein Mädgen dort
Kommst deine Kinder o Herre Gott.

Capriccio con Variationi
Und will auf der Erde
Dumm stille nichts stehn,
Will alles herumi
Didumi sich drehn.
Var. I.
Seiltänzer und Junfern
Studenten Husaren
Geschwungen, gesungen
Geritten, gefahren.
In Lüften, der Erde,
Auf Wasser und Eis
Bricht eines sein Hälsli
Das ander Gott weis
Capriccio da Capo.
V 2.
Auf Schlitschuh wie Blitze
Das Flüssli hina,
Und sind wir nun droben
So sind mir halt da.
Und muss es gleich wieder
Nach Heimä zu geh
Und tuht eim das Hüftli
Und Füesli so weh.
Capriccio da Capo
Var 3.
Geritten wie Teufel
Berg auf und Berg ab
Calop auf Calop
Gehn die Hund nur ein Trab.
Biss Gaul wund am Creuz is
Der Ritter am Steis
Frau Wirtin ein Bett, hohl
Der Teufel die Reis
Capricio da Capo :||:

Capriccio con Variationi

Und still auf der Erde
Dunne stille müßte stehe,
Will alles herum
Dirum sich drehe.

Var. 1.

Seiltänzer und [illegible]
Studenten [illegible]
Geschlungen, geschwungen
Geritten, gefahren.
In Lüften, der Erde,
Auf Wasser und Eis
Sucht eines sein [illegible]
Das ander Gott weiß

Capriccio da Capo.

V. 2.

Auf Schlittschuh [illegible]
Das [illegible] hine,
Und sind mir nun droben
So sind mir halt da.
Und müßt'n gleich wieder
Nach Heime zu gah
Und sucht man das [illegible]
Und [illegible] so weit.

Capriccio da Capo

Var 3.

Geritten uf'm Teufel
Berg auf und Berg ab
[illegible] auf [illegible]
[illegible] die Hund [illegible]
[illegible]
der Ritter am [illegible]
Frau Wirtin ein Bett, [illegible]
der Teufel die Zeit

Capriccio da Capo ///

Air.

Une fille
Gentille
Bien soigneé par Mama
Toute echauffeé,
Dans une Alleé
Se promena.
Elle en gagna
Un gros rhume, et bonne Mama
S'ecria
De toute sa poitrine
Medecin! Medicine!

Un garcon
Bel et bon
Par avanture se trouva
Et s'y preta
Et la frotta,
La bien choffa
Que rhume bientot s'en vola.
le Divin! la Divine!
Medecin! Medicine!

Molto andante

Hat alles seine Zeit
Das nahe wird weit
Das Warme wird kalt
Der Junge wird alt
Das Kalte wird warm
Der Reiche wird arm
Der Narre gescheut
Alles zu seiner Zeit.

Con espressione

Ein Weiblein der Sybillenschaar
Drohte mir Gefahr Gefahr
Von schwarzen Augen im Januar
Und Februar
Und Merz und – ach durch's ganze Jahr.
Wenn Marianne du mitleidig bist
Wie schön, vergönne mir
Die arme kurze Frist.

Air.

Une fille
Gentille
Bien soignée par Mama
Toute echauffée
Dans une Allée
Se promena.
Elle en gagna
Un gros rhume. et bonne Mama
S'écria
De toute sa poitrine,
Medecin! Medicine!

Un garcon
Bell et bon
Par avanture se trouva
Et s'y preta
Et la frotta
La bien choffa
Que rhume bientot s'en vola
le Divin! la Divine!
Medecin! Medicine!

Molto andante

Hat alles seine Zeit
Das nahe wird weit
Das Warme wird kalt
Der Junge wird alt
Das Kalte wird warm
Der Reiche wird arm
Der Narr gescheidt
Alles zu seiner Zeit. –

Con espressione

Ein Weiblein der Sybillenschaar
Drohte mir Gefahr! Gefahr!
Von schwarzem Regen im Januar
Und Februar
Und Marz und – ach durch 6 ganze Jahr.
Wenn Marianne du mitleidig bist
Sei schön, verzeihe mir
Die armen kurze Frist.

2361

Presto fugato.
Und Rosenblüt und Rosen Lust
und Kirschen Äpfel und Birnen voll!
Gejauchtzt getantzt mit voller Brust
Herbey! Herbey! Und laut und toll.
Lasst sie kommen
Alle!
Hier ist genug
Hier schaumt der Most
Die Fässer heraus
Rum Rum.
Didli di dum
Herbey Herbey
Didli di dey.
Die Laffen
Da stehn sie und gaffen
Der Herrlichkeit zu.
Mit! Mit!
Gesprungen! gesungen!
Alten und Jungen!
Mit! Duru! Mit!
Sind grose Geister
Gestopelte Meister
Verschnitten dazu!
Weiber und Kinder
Zöllner und Sünder
Kritaster Poeten
Huren Propheten
Dal dilleri du
Da stehn sie die Laffen
und gaffen :|:
Der Herrlichkeit zu
Dum du. dum du.
Dam dim di di. du
Dam dim di. di du
Huhu! Huhu!

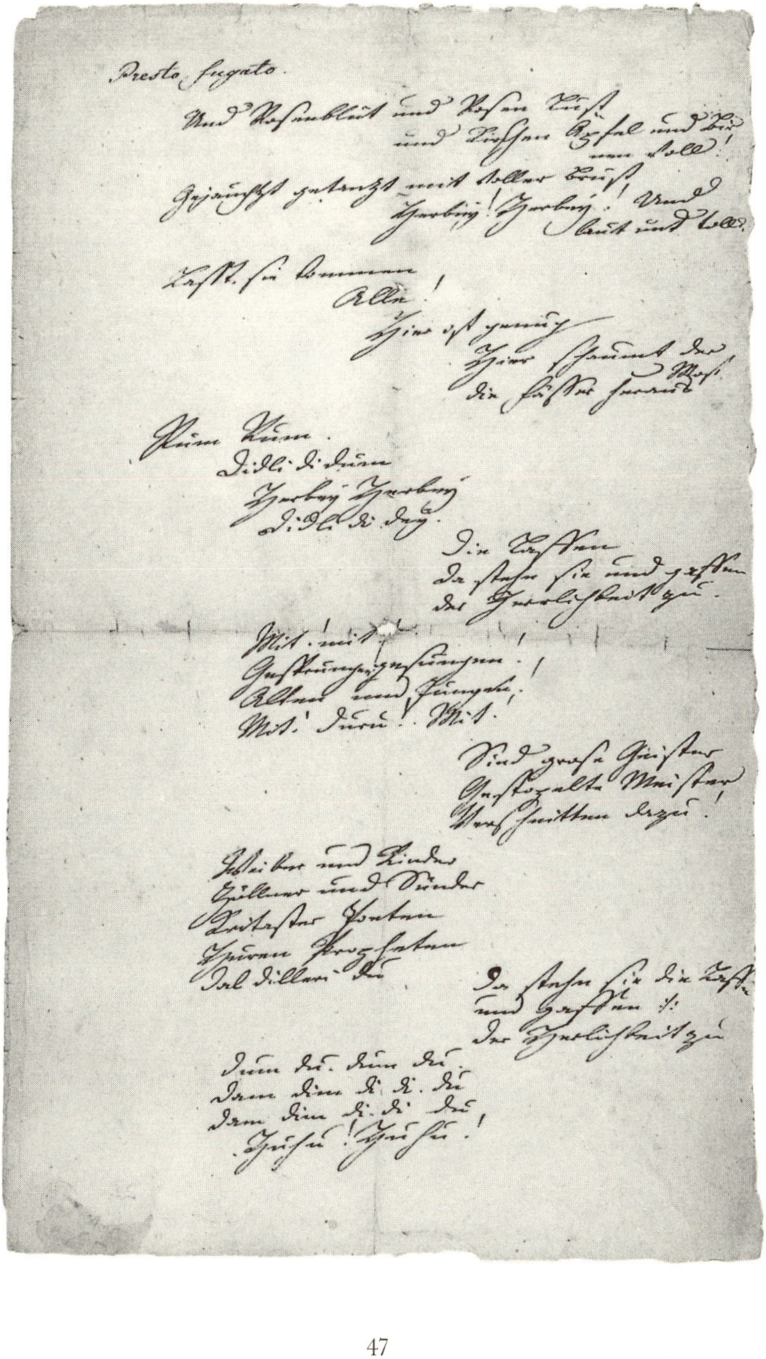
Presto fugato

⟨Aus Lavaters Tagebuch der Rheinreise vom 18. Juli 1774⟩

⟨Auf der Vorseite: 1/2 6 uhr, ihr lieben, erwach' ich, sitz auf – nehme mein Tagebuch und schreib Eüch den lezten guten Tag von Ems aus – So ists – ja Traum ists – bald verträümter Traum, daß ich Eüch fern war, und Traum der Wonne wird seyn⟩ das Wiedersehn – Ja wahrlich, ich darf oft vor Freüd' u: HeimwehFurcht nicht dran denken, daß ich noch so wirklich u: eigentlich ein so liebes weibchen, und zwey so liebe Kinder – u: so viele liebe liebende zu hause habe –

»unterdeß, dictirt mir Goethe aus seinem Bett herüber, unterdeß gehts immer so gerade zu in die Welt n'ein. Es schläft sich, ißt sich, trinkt sich, u: liebt sich auch wol an jedem orte Gottes, wie am andern, folglich also«

»izt schreib er weiter« –
nun ich schrieb
auf ein Papier an der Wand,
wo ich schlief –

Tage der Ruh u: des Drangs, u: des neüen Menschen Genußes
Gönnte mein Vater mir Hier,
Weit, verbreite sich weit, u: tief der Seegen, den Gott mir
Gab ins Herz u: den Blik.
Ihm dem Vater in allen, ihm heft' ich die Zeile des Dankes
Hin in die Ecke der Wand,
Daß sich erwecke mit mir zur Freüd' in dem Vater in allen
Wer hier schläft u: erwacht,
Wer aus der Ferne her kam zum edeln Quell der Gesundheit,
Freüe des Vaters sich Hier.
Ems den 18 Jul. 74. Morgens 6. uhr. J. Casp Lavater.

Schreiber: Johann Caspar Lavater.

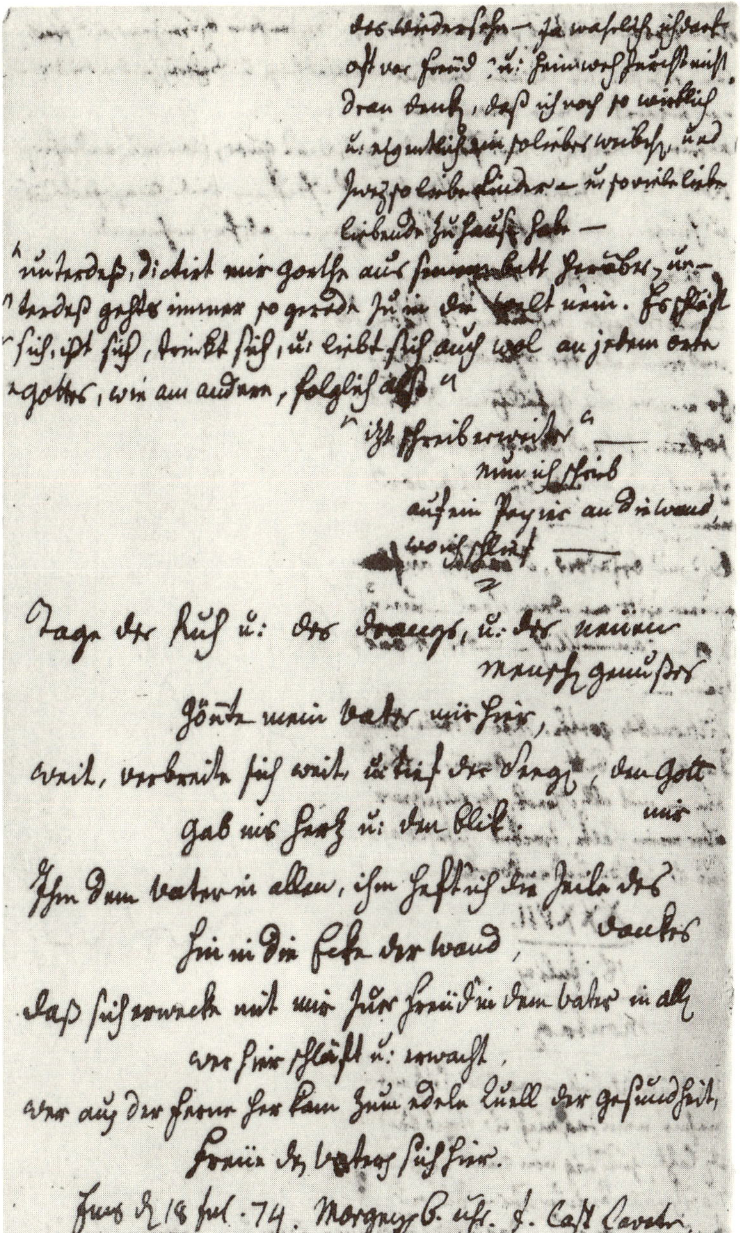
des Wunderschön — ja wahrlich ich dank
oft vor freud u: Heimweh trunken nicht
dran denk, daß ich noch so wirklich
u: eigentlich ein solches weib, und
herz so liebe kinder — u: so viele liebe
liebende zu Hause hab —
„unterdeß, dictiert mir Goethe aus seinem Bett herabe, un-
„terdeß gehts immer so grade zu in der welt rum. Es schläft
„sich, ißt sich, trinkt sich, u: liebt sich auch wol an jedem orte
„gottes, wie am andern, folglich also“
„ich schreib weiter“ —
nun ich schreib
auf ein Papier an die wand,
wo ich steh —

Sage der Kuh u: der Ochsen, u: der neuen
Menschen genüsse
Könnt mein vater mir hier,
weil, verbreiten sich weit, u: tief der Berge, den Gott
gab mir Herz u: den blik. mir
Ihm dem vater in allen, ihm hafft' ich die Seele des
Hin in die fette der wand, dankes
daß sich erweckt mit mir zur freud' in dem vater in allem
wer hier schläft u: erwacht,
wer auch der ferne her kam zum edeln Quell der gesundheit,
freue des vaters sich hier.
Ems d. 18 Jul. 74. Morgens 6. uhr. J. Casp. Lavater.

Goethe dictirt weiter.
II Sura

Es ist so viel Heimweh in d⟨er⟩ Welt, daß eins dem andern die Wage hält.
Da streckt er sich in seinem Bett – denkt, o daß ich mein weibchen hätt'.
Ich kröne mich in meinem Sinn; fort ist die gute Mayerin!
Doch hoffen wir wieder Mayenfreüd,
Er lehret, u: bekehrt die Leüt'
Ich fahr zum schönen Liesel heüt;
⟨Satz von fremder Hand:⟩ Er Hr. Verfaßer ist noch ein wilder Vogel den Gott ganz anders wird Pfeiffen lernen.

explicit Sura.

Nach Abschiedsvisiten – – beym Dr. Kämpf, wollte nichts von mir nehmen – (gab in die Apotheck 1 Thlr.) Posthalter – Brief noch v. Jgfr. Muralt v. Zofingen! – gute Seele – –

Goethe
schrieb an die Wand.

wenn du darnach was fragst,
wir waren hier,
du, der du nach uns kommen magst,
hab wenigstens so frisches Blut
u: sey so leidlich, fromm und gut
u: leidlich glücklich, als wie wir!
Den 18 Jul. 74. Goethe.

1-3 Welt [...] Mayerin] Die Binnenreime in den ersten drei Zeilen legen die Vermutung nahe, daß auch sie als Kurzzeilen zu schreiben wären.

Goethe dichtet weiter.

II Sura.

Es ist so viel Jammers in d' Welt, daß nix dem andern die Wage hält;

Da streckt er sich in seinem Bett — denkt, o daß ich meine Weib-chen hätt.

Ich kröne mich in meinem Sinn; fort ist die gute Magerin!

Doch hoffen wir wieder Magenfreud,

Er lachet, u: belachet die Leut'

Ich sehe zum schönen Tischel hin ihr [illegible] ist noch mit wildem Nagel den Gott gezeichnet [illegible] geschrieben kennen ..

explicit Sura.

Nach abschieds visiten — — bey Dr. [illegible] wollte nichts von mir nehmen — (gab in die apotheck 1 Thlr.) Posthalter — Brief nach [illegible] v. [illegible]! — gute [illegible] —

Goethe

schrieb an die Wand.

Wenn du darnach was fragst,
wir waren hier,
du, der das nachzulesen magst,
hab wenigstens so frisches Blut
u: sey so kindlich, fromm und gut
u: kindlich glücklich, als wir war'n!

d. 18 Jul. 74.

Goethe.

F.-A. Lav. Ms. 16a X.

9

⟨Wen du nicht verlässest Genius⟩
⟨*Wandrers Sturmlied*⟩

Wen du nicht verlässest Genius
Nicht der Regen nicht der Sturm
Haucht ihm Schauer übers Herz
Wen du nicht verlässest Genius
Wird der Regen Wolck
Wird dem Schlossensturm
Entg\eg/ensingen wie die
Lerche du dadroben
Wen du nicht verl⟨ässest Genius⟩

Den du nicht verlässest Genius
Wirst ihn heben übern Schlammpfad
Mit den Feuerflügeln
Wandeln wird er
Wie mit Blumenfüssen
Über Deukalions fluth schlamm
Python todtend leicht gros
Pythius Apollo
Den du nicht verlässest Genius

Dem du nicht verlässest Genius
Wirst die wollnen Flügel unterspreiten
Wenn er auf dem Felsen schläft
Wirst mit Hüterfittigen ihn decken
In des Haines Mitternacht.

Wen du nicht verlässest Genius
Wirst im Schneegestöber Wärm umhüllen

---

5 der Regen Wolck] AlH: dem Regengewölk

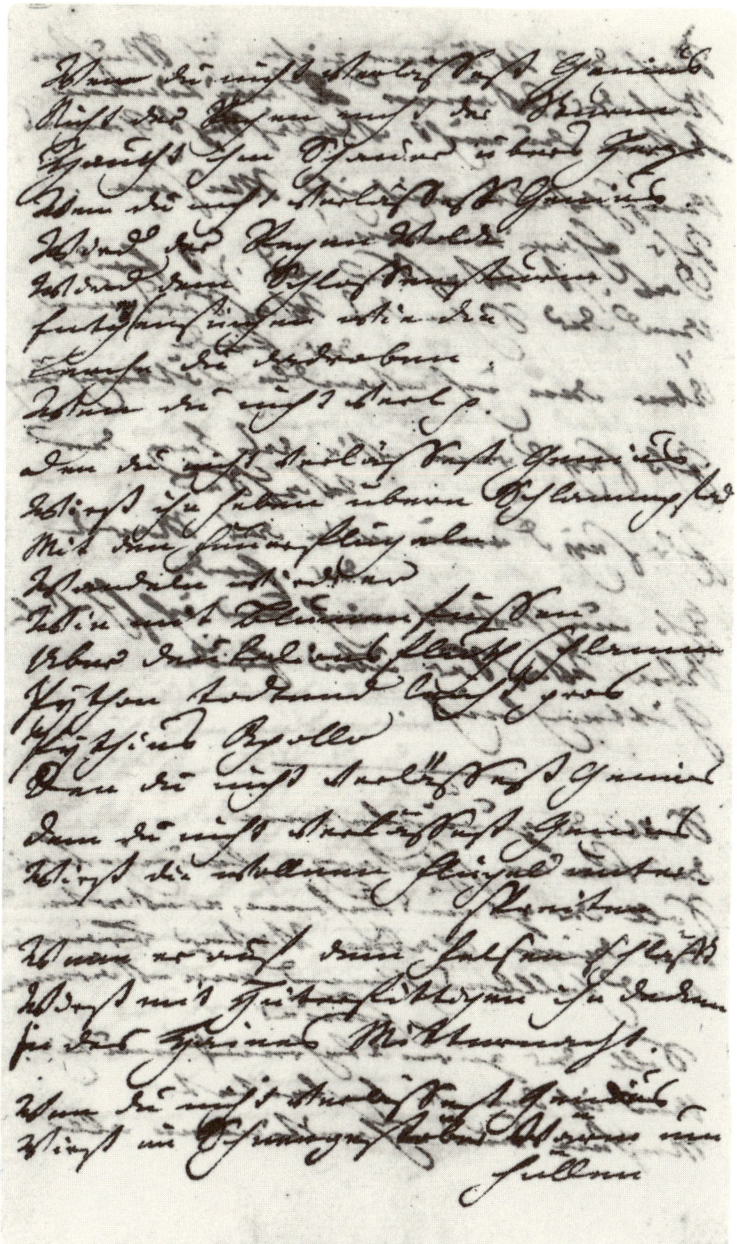

Nach der Wärme ziehn sich Musen
Nach der Wärme Charitinnen,
Wen du nicht verlässest Genius.

Umschwebt mich ihr Musen!
Ihr Charitinnen!
Das ist Wasser das ist Erde
Und der Sohn des Wassers und der Erde
Über den ich wandle Göttergleich

Ihr seid rein wie das Herz der Wasser
Ihr seid rein wie das Mark der Erde
Ihr umschwebt mich und ich schwebe
Über Wasser über Erde
Göttergleich.

Soll der zurückkehren
Der kleine schwarze feurige Bauer
Soll der zurückkehren, erwartend
Nur deine Gaben Vater Bromius
Und helleuchtend umwärmend Feuer
Soll der zurückkehren mutig,
Und ich den ihr begleitet
Musen und Charitinnen all

46 all] AlH: alle

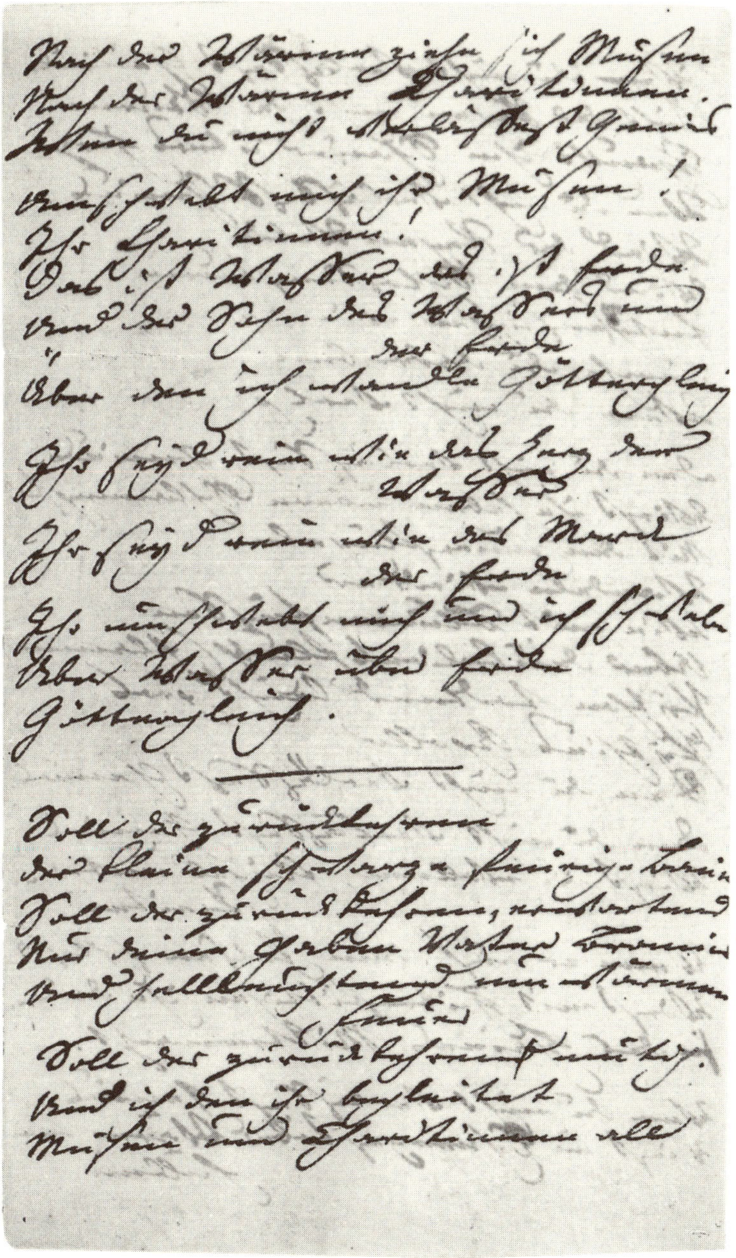

Den Alls erwartet was ihr
Musen und Charitinnen
Umkränzende Seeligkeit
Rings ums Leben verherrlicht habt,
Soll mutlos kehren?

Vater Bromius
Du bist Genius
Jahrhunderts Genius
Bist was innre Glut
Pindarn war
Was der Welt
Phöb Apoll ist.

Weh weh innre Wärme
Seelen Wärme
Mittelpunkt
Glüh ihm entgegen
Phöb Apollen
Kalt wird sonst
Sein Fürstenblick
Über dich vorüber gleiten
Neidgetroffen
Auf der Ceder Grün verweilen
Die zu grünen
Sein nicht harrt

Warum nennt mein Lied dich zulezt?

---

47 Alls] AlH: alles *62 Glüh ihm] AlH:* Glüh *68 Grün] AlH:* Kraft *Nach 70] AlH kein Trennungsstrich.*

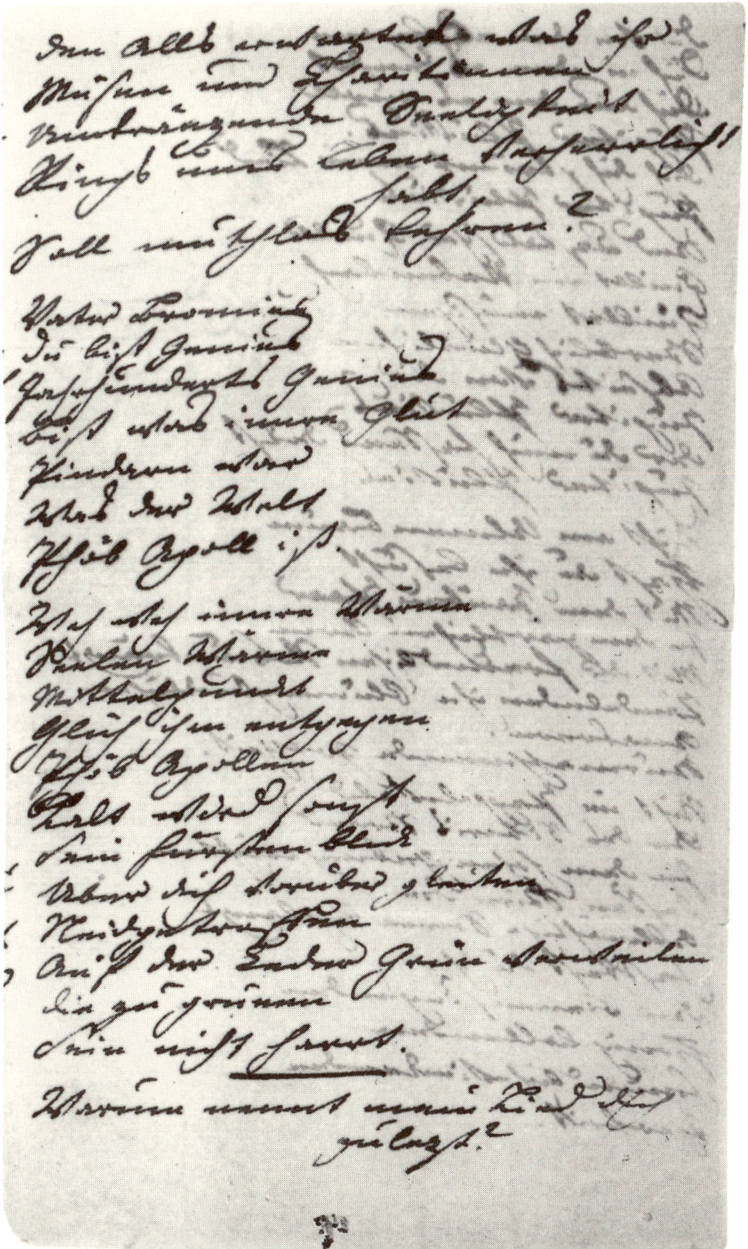

Dich von dem es begann
Dich in dem es endet
Dich aus dem es quoll
Jupiter Pluvius.
Dich dich strömt mein Lied
Jupiter Pluvius.
Und Castalischer Quell
Quillt ein Nebenbach,
Quillet müsigen
Sterblich Glücklichen
Abseits von dir
Jupiter Pluvius
Der du mich fassend deckst
Jupiter Pluvius

Nicht am Ulmen Baum
Hast du ihn besucht
Mit dem Tauben Paar
In dem zärtlichen Arm
Mit der freundlichen Ros umkränzt
Tändelnden ihn blumenglücklichen
Anakreon,
Sturmathmende Gottheit.
Nicht im Pappelwald
An des Sibaris Strand
In dem hohen Gebürg nicht
Dessen Stirn die
Allmächtige Sonne beglänzt
Faßtest du ihn
Den Bienen singenden
Honig lallenden
Freundlich winckenden
Theokrit.

---

74 quoll] AlH: quillt *79 Quillt] AlH:* Rinnt *96-98 In dem [...] beglänzt] AlH:* An des Gebirges | Sonnebeglänzter Stirn nicht *100 Bienen singenden] AlH:* Blumen-singenden

Dich von dem ich begann
Dich in dem ich endet
Dich aus dem ich quell
Jupiter Pluvius.
Dich dich strömt mein Lied
Jupiter Pluvius.
Und Kastalischer Quell
Rinnt ein Nebenbach
Rinnet müßigen
Sterblich Glücklichen
Abseits von dir
Jupiter Pluvius
Der du mich fassend deckst
Jupiter Pluvius

Nicht am Ulmenbaum
Hast du ihn besucht
Mit dem Taubenpaar
In dem zärtlichen Arm
Mit der freundlichen Ros umkränzt
Tändelnden ihn blumenglücklichen
Anakreon.
Sturmathmende Gottheit.
Nicht im Pappelwald
An des Sibaris Strand
In dem hohen Gebürg nicht
Dessen Stirn die
Allmächtige Sonne beglänzt
Faßtest du ihn
Den Bienen singenden
Honig lallenden
Freundlich winkenden
Theokrit.

2673 42

Mir ist ganz wohl euch zu sehen in freyer Gotteswelt, theils des gegenwärtigen Genusses willen der verjüngt Leib und Seele, teils auch in Hofnung gutes Vorbedeutens dass du dich muthig entreissen wirst der papirnen Vestung Spekulations u. literarischer Herrschafft. Denn das raubt dem Menschen alle Freude an sich selbst. Denn er wird herumgeführt von dem und ienem, hie in ein Gärtgen da in eine Baumschule, in einen Irrgarten u. Irrgärtgen, und preiset ihm ieder an seiner Hände Werck, und endlich siehet er in seine Hände die ihm auch Gott gefüllt hat mit Krafft u. allerley Kunst, und es verdreust ihn des Gaffens u. Schmarozens an andrer Schöpfungsfreude, u. kehret zurück zu seinem Erbteil, säet, pflanzt u begiesst, und geniest sein und der seinigen in herzlich Würckender Beschränckung. So mit seyst du eingeseegnet wo du auch stehest und liegest auf Gottesboden, wandere so fort dass sich in dir kräfftige Liebe, aus ihr Einfalt keime, aus der mächtiges Würcken aufblüht. – Lebt wohl. am 31 Aug. ⟨1774⟩

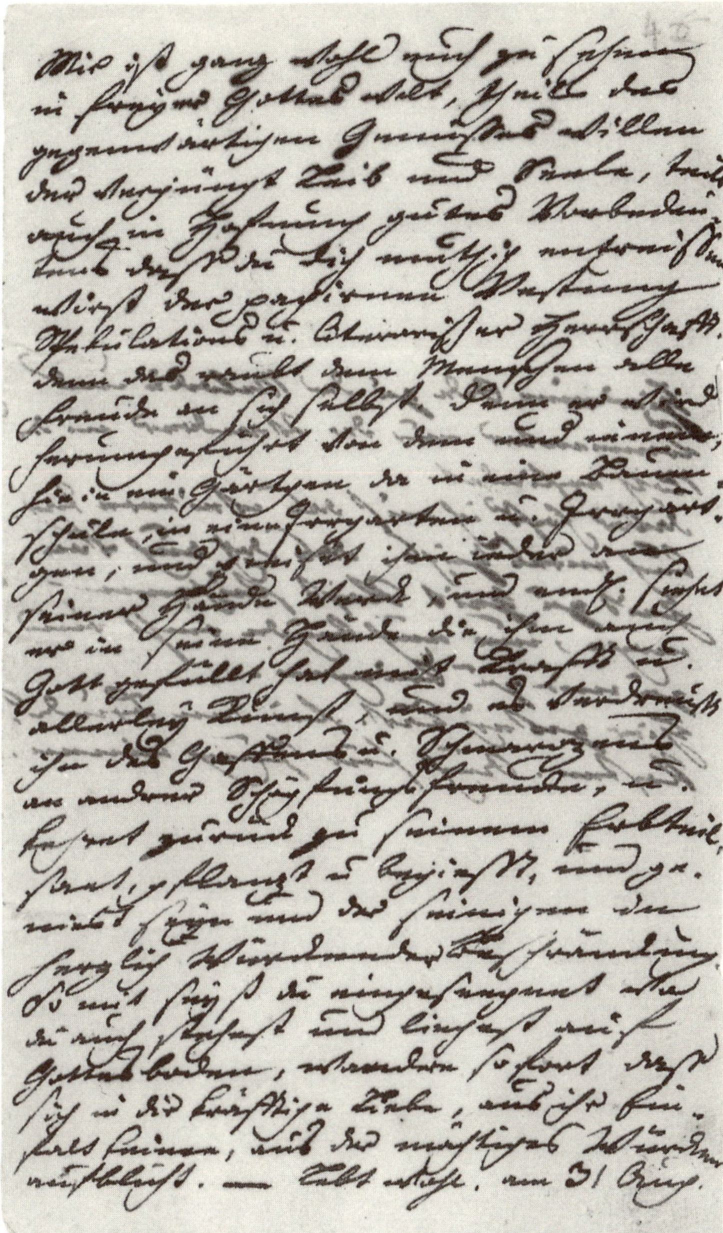

Hier eine Ode zu der Melodie und Commentar nur der Wandrer in der Noth erfindet.
Davor hoffe ich auf das weitere Tagbuch eures Zugs, das doch auch von Zeit zu Zeit Rost [Heinse] führen möge, um euch beyde recht rund zu mir zu bringen. Hier zwey Lav. [Lavater; Predigten?] für den Bruder Rosten. Auch für Jung einen.

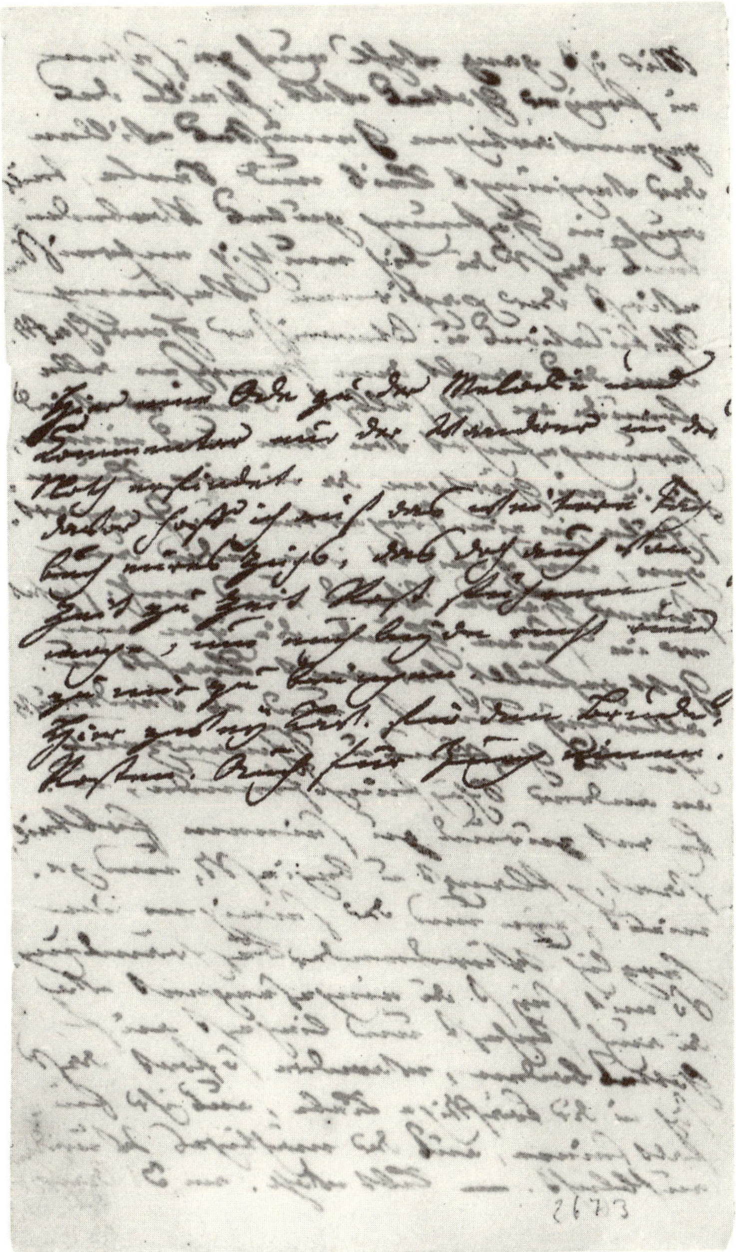

Wenn die Räder rasselten Rad an Rad
Rasch ums Ziel weg
Hoch flog siegdurchglühter Jünglinge Peitschenknall
Und sich Staub wälzt
Wie von Gebürg herab sich
Kieselwetter ins Tal wälzt
Glühte deine Seel Gefahren Pindar
Muth Pindar – Glühte –
Armes Herz –
Dort auf dem Hügel –
Himmlische Macht –
Nur so viel Glut –
Dort ist meine Hütte –
Zu waten bis dort hin.

---

108 herab sich] AlH: herab *109 Tal wälzt] AlH:* wälzt *111 Muth Pindar – Glühte –] AlH:* Muth. – Glühte? – *116 Dort ist] AlH:* Dort

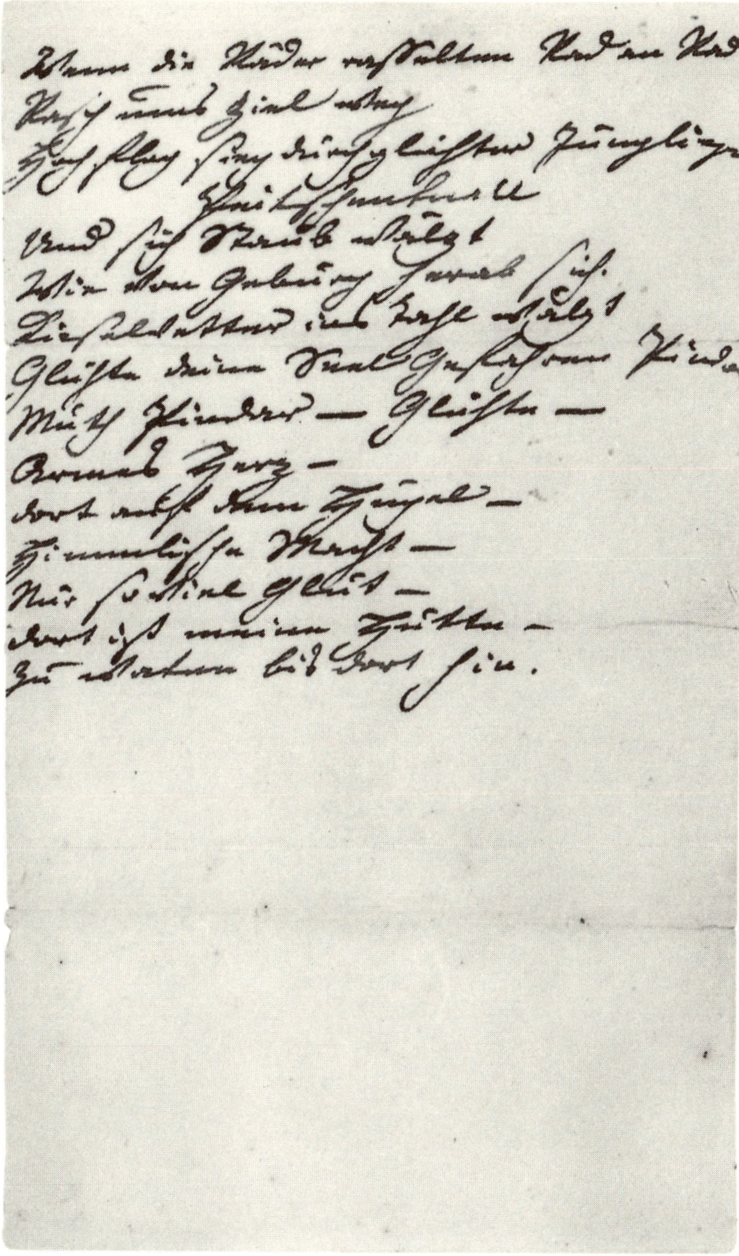
Mich hindert — Glühten —
Brennend Herz —
dort auf dem Hügel —
Himmlische Macht —
Nur so eine Glut —
dort ist meine Hütte —
Zu warten bis dort hin.

Prometheus

Bedecke deinen Himmel Zevs
Mit Wolckendunst!
Und übe Knaben gleich
Der Disteln köpft,
An Eichen dich und Bergeshöhn!
Musst mir meine Erde
Doch lassen stehn.

Und meine Hütte
Die du nicht gebaut,
Und meinen Heerd
Um dessen Glut
Du mich beneidest.

Ich kenn nichts ärmers
Unter der Sonn als euch Götter.
Ihr nähret kümmerlich
Von Opfersteuern und Gebetshauch
Eure Majestät, und darbtet wären
Nicht Kinder und Bettler
Hoffnungsvolle Tohren.

1 Zevs] AlH: Zeus *(bloße Schreibungsdifferenz)* *3 Knabengleich] AlH:* dem Knaben gleich *13 ärmers] AlH:* Ärmeres

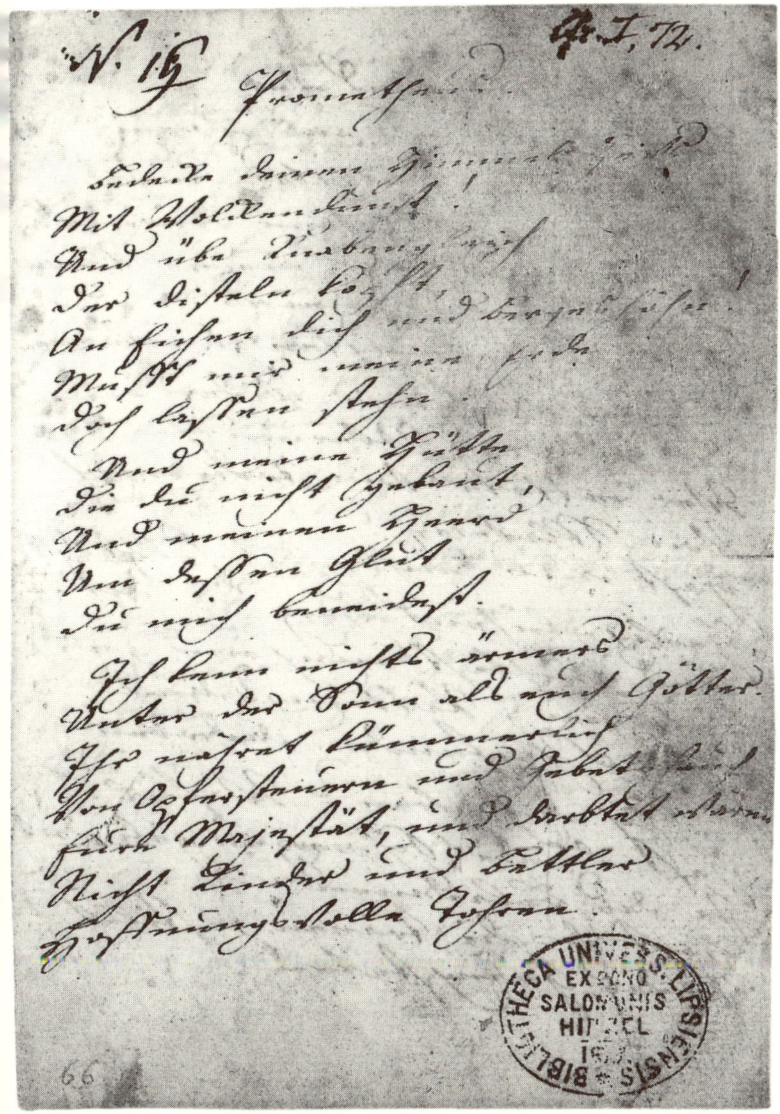
N. 15 Pt. I, 72.

Prometheus

Bedecke deinen Himmel Zeus
Mit Wolckendunst!
Und übe Knabengleich
Der Disteln köpft,
An Eichen dich und Bergeshöhn.
Musst mir meine Erde
Doch lassen stehn
Und meine Hütte
Die du nicht gebaut,
Und meinen Heerd
Um dessen Glut
Du mich beneidest.

Ich kenne nichts ärmers
Unter der Sonn als euch Götter.
Ihr nähret kümmerlich
Von Opfersteuern und Gebetshauch
Eure Majestät, und darbtet wären
Nicht Kinder und Bettler
Hoffnungsvolle Toren.

66

Als ich ein Kind war
Nicht wusste wo aus wo ein
Kehrt mein verirrtes Aug
Zur Sonne als wenn drüber wär
Ein Ohr zu hören meine Klage
Ein Herz wie meins
Sich des bedrängten zu erbarmen.

Wer half mir wider
Der Titanen Übermuth
Wer rettete vom Todte mich
Von Sklaverey?
Hast du's nicht alles selbst vollendet
Heilig glühend Herz?
Und glühtest iung und gut,
Betrogen, Rettungsdanck
Dem Schlafenden dadroben.

Ich dich ehren? Wofür?
Hast du die Schmerzen gelindert
Je des Beladenen
Hast du die Tränen gestillt
Je des Geängsteten.

---

20 Als] AlH: Da *21 wo aus wo] AlH:* wo aus noch *31 du's] AlH:* du *39 gestillt] AlH:* gestillet

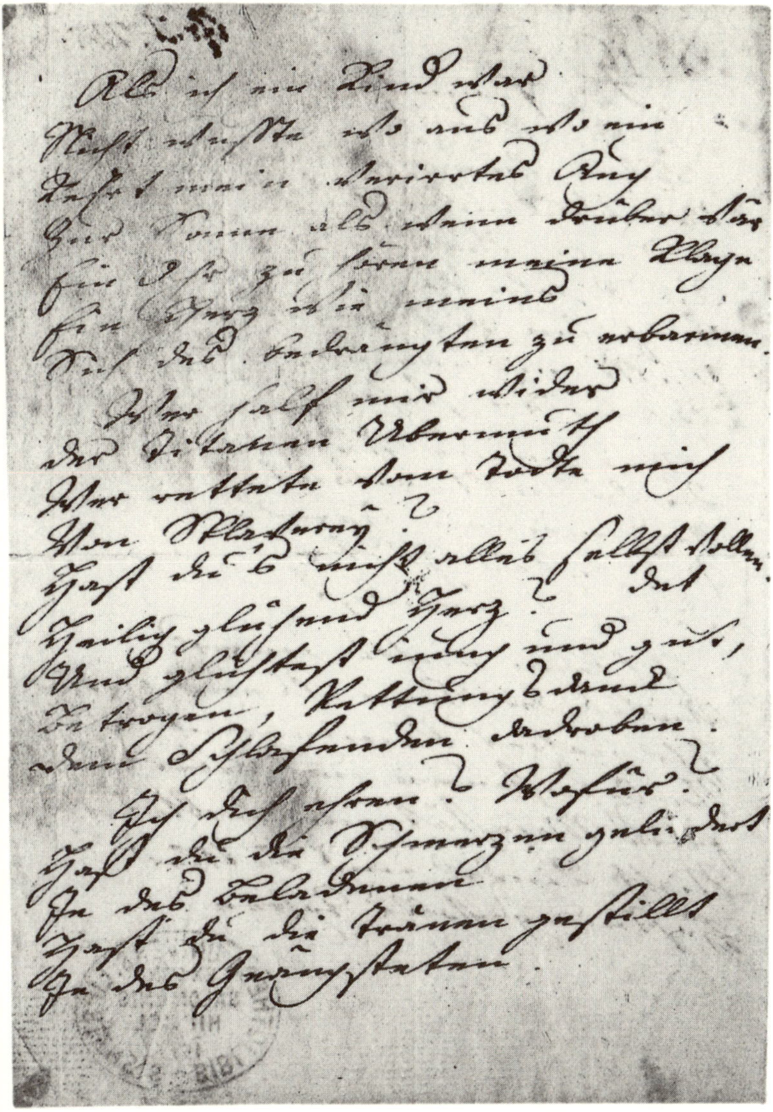

Als ich ein Kind war
Nicht wusste wo aus wo ein
Kehrt ich mein verirrtes Aug
Zur Sonne als wenn drüber wär
Ein Ohr zu hören meine Klage
Ein Herz wie meins
Sich des Bedrängten zu erbarmen.
Wer half mir wider
Der Titanen Übermuth
Wer rettete vom Tode mich
Von Sklaverey?
Hast du's nicht alles selbst vollendet
Heilig glühend Herz? Und
Und glühtest jung und gut,
Betrogen, Rettungsdank
Dem Schlafenden dadroben.
Ich dich ehren? Wofür?
Hast du die Schmerzen gelindert
Je des Beladenen
Hast du die Thränen gestillet
Je des Geängsteten.

Hat nicht mich zum Manne geschmiedet
Die allmächtige Zeit
Und das ewige Schicksaal
Meine Herrn und deine.

Wähntest etwa
Ich sollt ~~in Wüsten fliehn~~ \das Leben hassen/
In Wüsten fliehn
Weil nicht alle Knabenmorgen
Blütenträume reifften.

Hier sitz ich forme Menschen
Nach meinem Bilde
Ein Geschlecht das mir gleich sey
Zu leiden weinen
Geniessen und zu freuen sich,
Und dein nicht zu achten
Wie ich.

---

45 wähntest] AlH: Wähntest du *46 sollt] AlH:* sollte *47 fliehn] AlH:* fliehen *48 f. Knabenmorgen | Blütenträume] AlH:* Blüthenträume *53 weinen] AlH:* zu weinen *54 Geniessen] AlH:* Zu genießen

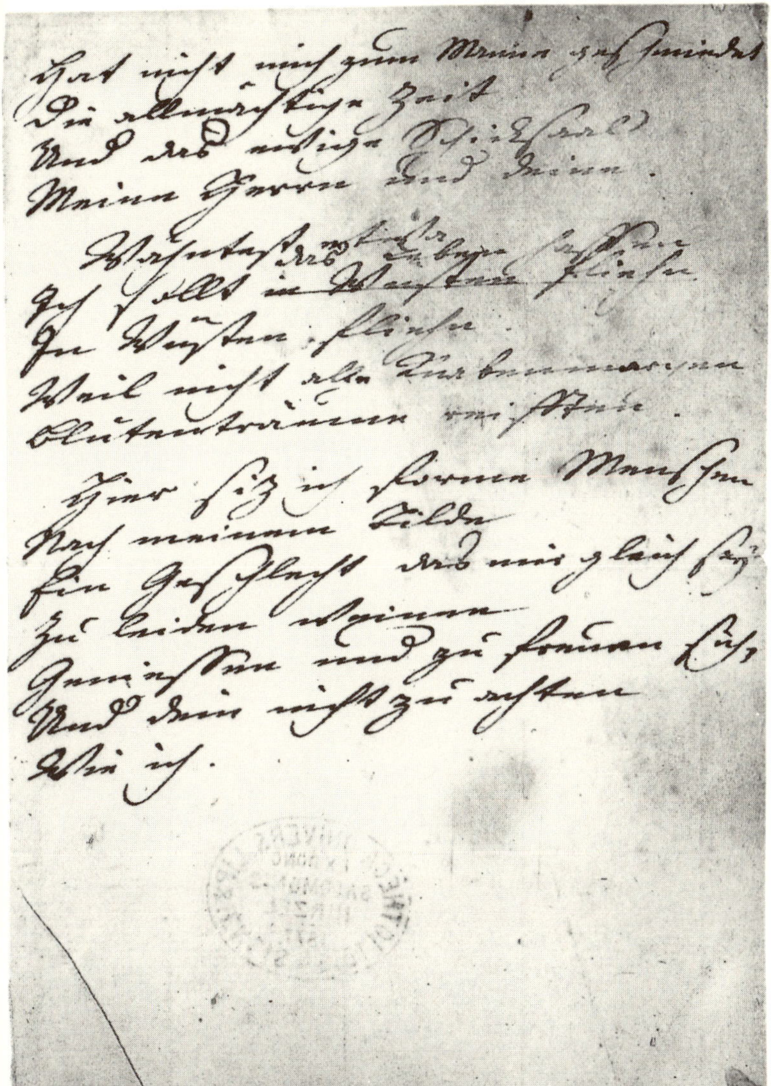
Hat nicht mich zum Manne geschmiedet
Die allmächtige Zeit
Und das ewige Schicksal
Meine Herren und deine.

Wähntest du etwa ich sollte das Leben hassen
Ich sollt in Wüsten fliehe
In Wüsten fliehe
Weil nicht alle Knabenmorgen
Blütenträume reiften.

Hier sitz ich forme Menschen
Nach meinem Bilde
Ein Geschlecht das mir gleich sey
Zu leiden weinen
Genießen und zu freuen sich
Und dein nicht zu achten
Wie ich.

11

An Schwager Kronos
in der Postchaise d 10 Oktbr 1774

Spude dich Kronos
Fort den rasselnden Trott!
Berg ab gleitet der Weeg
Ekles Schwindeln zögert
Mir vor die Stirne dein Haudern.
Frisch, den holpernden
Stock, Wurzeln, Steine den Trott
Rasch in's Leben hinein.

Nun, schon wieder?
Den erathmenden Schritt
Mühsam Berg hinauf.
Auf denn! nicht träge denn!
Strebend und hoffend an.

Weit hoch herrlich der Blick
Rings ins Leben hinein
Vom Gebürg zum Gebürg
Über der ewige Geist
Ewigen Lebens ahndevoll.

Vor 1] Orts- und Zeitangabe fehlen AlH. *5 Haudern] AlH:* Zaudern *7f. Frisch [...] den Trott] AlH:* Frisch, holpert es gleich | Über Stock und Steine den Trott *17 Über] AlH:* Schwebet

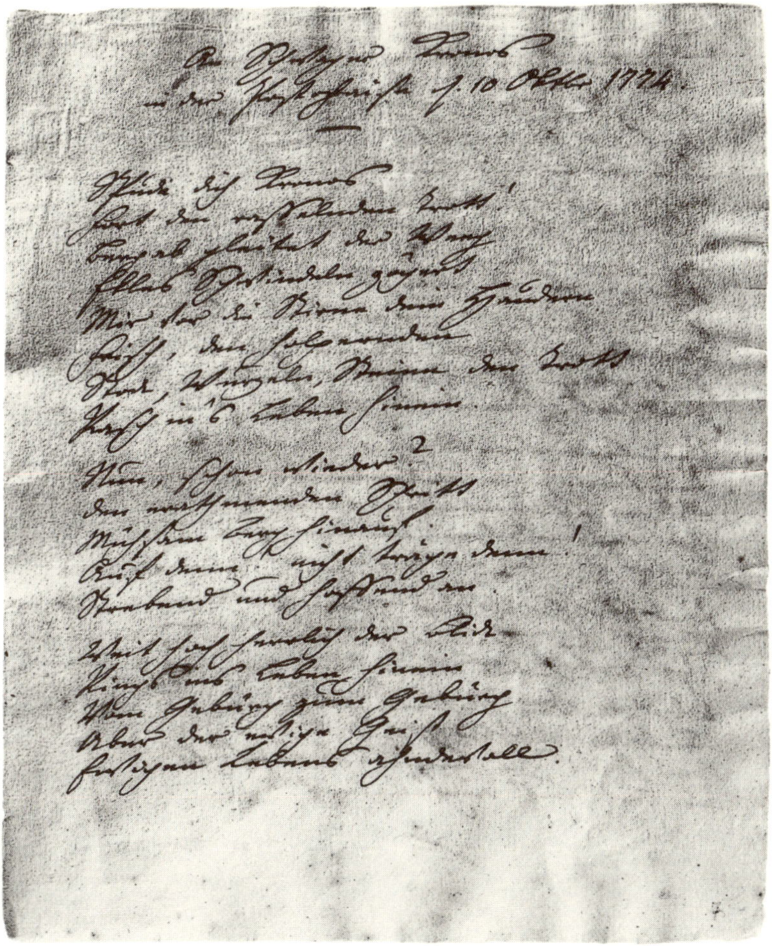
An Schwager Kronos
in der Postchaise d. 10 Octbr 1774.

Spude dich Kronos
Fort den rasselnden Trott!
Bergab gleitet der Weg
Ekles Schwindeln zögert
Mir vor die Stirne dein Zaudern
Frisch, den holpernden
Stock, Wurzeln, Steine den Trott
Rasch ins Leben hinein

2

Nun, schon wieder
Den erathmenden Schritt
Mühsam Berg hinauf.
Auf denn nicht träge denn!
Strebend und hoffend an.

Weit hoch herrlich der Blick
Rings ins Leben hinein
Vom Gebürg zum Gebürg
Schwebet der ewige Geist
Ewigen Lebens ahndevoll.

Seitwärts des Überdachs Schatten
Zieht dich an
Und der Frischung verheisende Blick
Auf der Schwelle des Mädgens da.
Labe dich – mir auch Mädgen
Diesen schäumenden Trunck
Und den freundlichen Gesundheits Blick.

Ab dann frischer hinab
Sieh die Sonne sinckt!
Eh sie sinckt, eh mich fasst
Greisen im Moore Nebeldufft,
Entzahnte Kiefer schnattern
Und das schlockernde Gebein.

Trucknen vom lezten Strahl
Reiss mich, ein Feuermeer
Mir im schaümenden Aug,
Mich geblendeten, taumelnden,
In der Hölle nachtliches Thor.

Töne Schwager dein Horn
Rassle den schallenden Trab
Dass der Orkus vernehme: ein Fürst kommt,
Drunten von ihren Sizzen
Sich die Gewaltigen lüfften

---

11 der] AlH: ein *11 verheisende] AlH:* verheißender *25 Und [...] Blick.] AlH:* Diesen frischen Gesundheitsblick! *31 schlockernde] AlH:* schlotternde *35 geblendeten, taumelnden] AlH:* geblendeten Taumelnden *37 dein] AlH:* in's *39-41 ein Fürst kommt | [...] lüfften] AlH:* wir kommen, | Daß gleich an der Thüre | Der Wirth uns freundlich empfange.

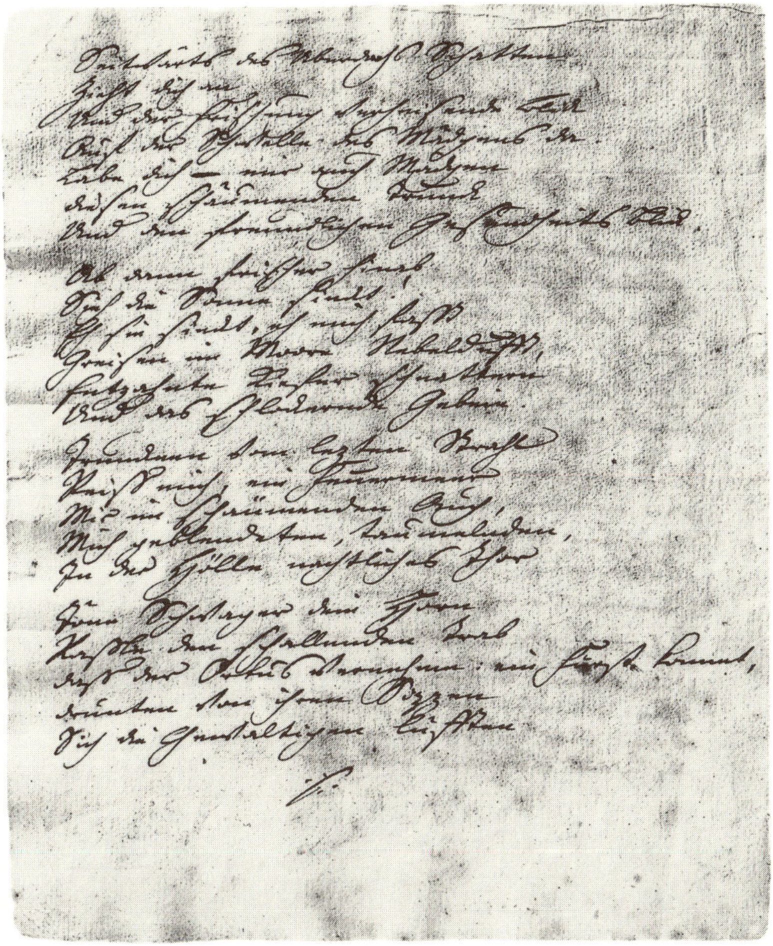

Ein iunger Mensch ich weis nicht wie
Starb einst an der Hypochondrie.
Und ward denn auch begraben.
Da kam ein schöner Geist herbey
Der hatte seinen Stuhlgang frey
Wie's denn so Leute haben.
Der sezt nothdürftig sich auf's Grab,
Und legte da sein Häuflein ab,
Beschaute freundlich seinen Dreck,
Ging wohl erathmet wieder weg,
Und sprach zu sich bedächtiglich:
»Der gute Mensch wie hat er sich verdorben!
»Hätt er geschissen so wie ich,
»Er wäre nicht gestorben!

Lehrer.
Bedenck o Kind woher sind diese Gaben
Du kannst nichts von dir selber haben.
Kind.
Ey alles hab ich vom Papa!
Lehrer.
Und der, woher hats der?
Kind.
Vom Grospapa!
Lehrer.
Nicht doch! Woher hats denn der Grospapa bekommen.
Kind.
Der hats genommen.

Nach 14 Lehrer ... genommen] Vollständiges Gedicht (Catechisation).

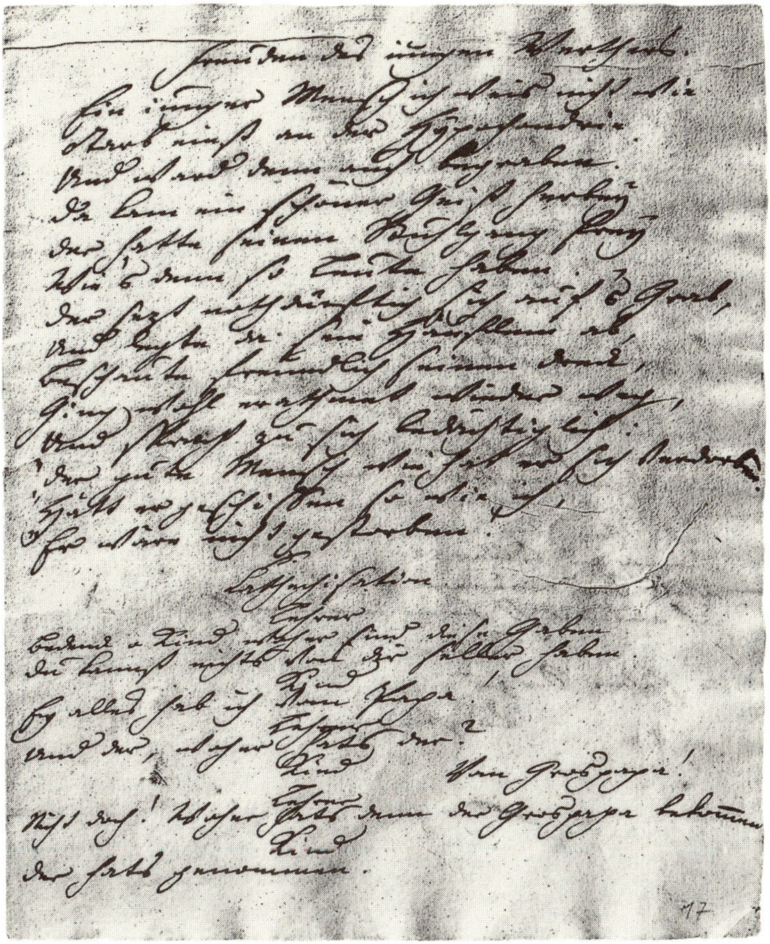

Freuden des jungen Werthers.

Ein junger Mensch ich weiß nicht wie
Starb einst an der Hypochondrie
Und ward denn auch begraben.
Da kam ein schöner Geist herbey
Der hatte seinen Stuhlgang frey
Wie's denn so Leute haben.
Der setzt nothdürftig sich aufs Grab,
Und legte da sein Häufflein ab
Beschaute freundlich seinen Dreck,
Ging wohl erathmet wieder weg,
Und sprach zu sich bedächtiglich:
„Der gute Mensch der hat sich verderbt,
Hätt er geschissen so wie ich
Er wäre nicht gestorben."

Katechisation

Lehrer
Bedenk o Kind woher sind diese Gaben
Du kannst nichts von dir selber haben.
Kind
Ey alles hab ich vom Papa.
Lehrer
Und der, woher hats der?
Kind
Vom Großpapa!
Lehrer
Nicht doch! Woher hats denn der Großpapa bekommen
Kind
Der hats genommen.

17

⟨Aus dem Tagebuch der Schweizer Reise 1775⟩

Ein ieder der schreibet in dieses **Buch**
Mag zum Teufel schicken mit einem **Fluch**
Wenn ihn einer nicht will lassen **Gahn**
Nach seinem Sinn und Herzens **Wahn**.

⟨*Auf dem See*⟩

//
Ich saug an meiner Nabelschnur
Nun Nahrung aus der Welt.
Und herrlich rings ist die Natur
Die mich am Busen hält.
Die Welle wieget unsern Kahn
Im Rudertackt hinauf
Und Berge Wolcken angethan
Entgegnen unserm Lauf.
//
Aug mein Aug was sinkst du nieder
Goldne Träume kommt ihr wieder
Weg du Traum so Gold du bist
Hier auch Lieb und Leben ist.
Auf der Welle blinken
Tausend schwebenden Sterne
Liebe Nebel trinken
Rings die türmende Ferne
Morgenwind umflügelt
Die beschattetete Bucht
Und im See bespiegelt
Sich die reifende Frucht

1-3 Ich saug [...] die Natur] AlH: Und frische Nahrung, neues Blut | Saug' ich aus freier Welt; | Wie ist Natur so hold und gut,
7 Wolcken angethan] AlH: Wolkig himmelan *8 Entgegnen] AlH:* Begegnen *12] AlH danach neue Strophe 14 und 18* schwebenden *und* beschattetete *sind Verschreibungen, die nach dem Vorbild der WA in den Ausgaben stillschweigend berichtigt werden. 15 Liebe] AlH:* Weiche

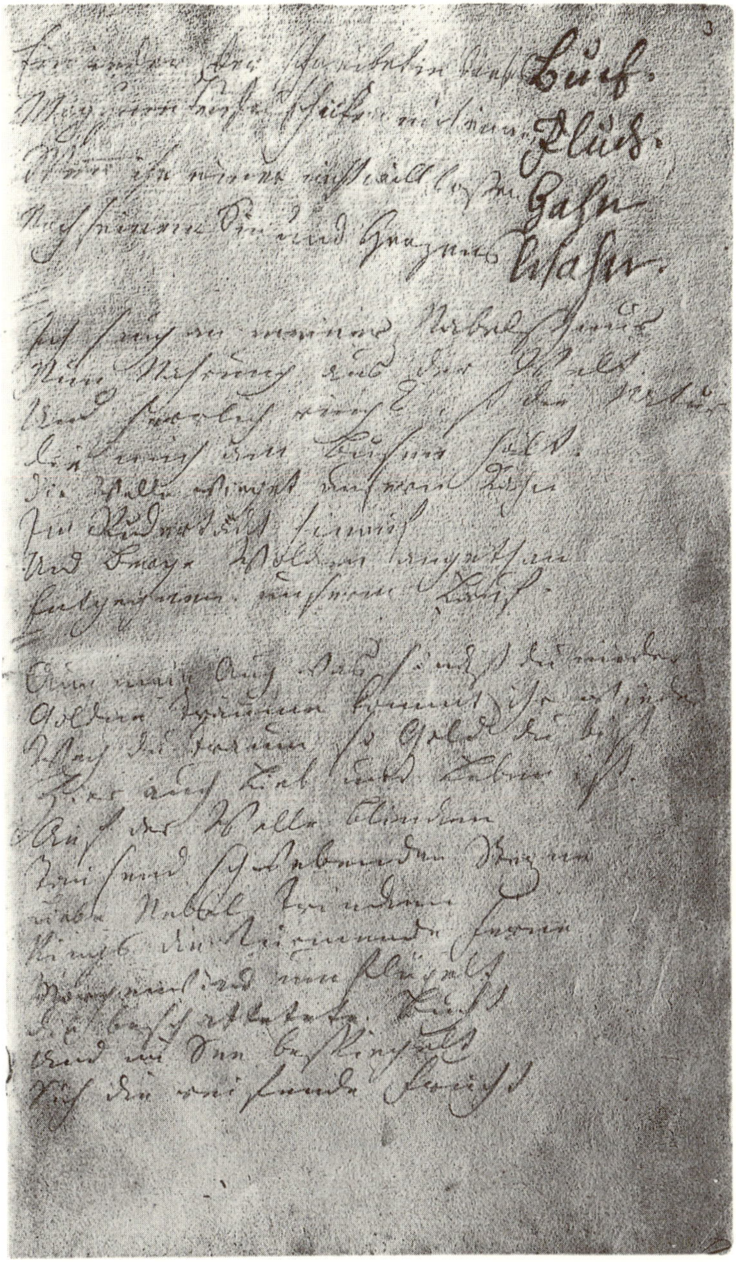

14 Herbstgefühl.

Fetter grüne, du Laub,
Am Rebengeländer
Hier mein Fenster herauf
Gedrängter quellet,
Zwillingsbeeren, und reifet
Schneller und glänzend voller.
Euch brütet der Mutter Sonne
Scheideblick; ~~E~~\euch/ umsäuselt
Des holden Himmels
Fruchtende Fülle;
Euch kühlet des Mondes
Freundlicher Zauberhauch
Und euch bethauen, ach!
Aus diesen Augen
Der ewig belebenden Liebe
Vollschwellende Trähnen.

---

1 Laub] AlH (seit S!): Laub' *vermutlich Druckfehler.*

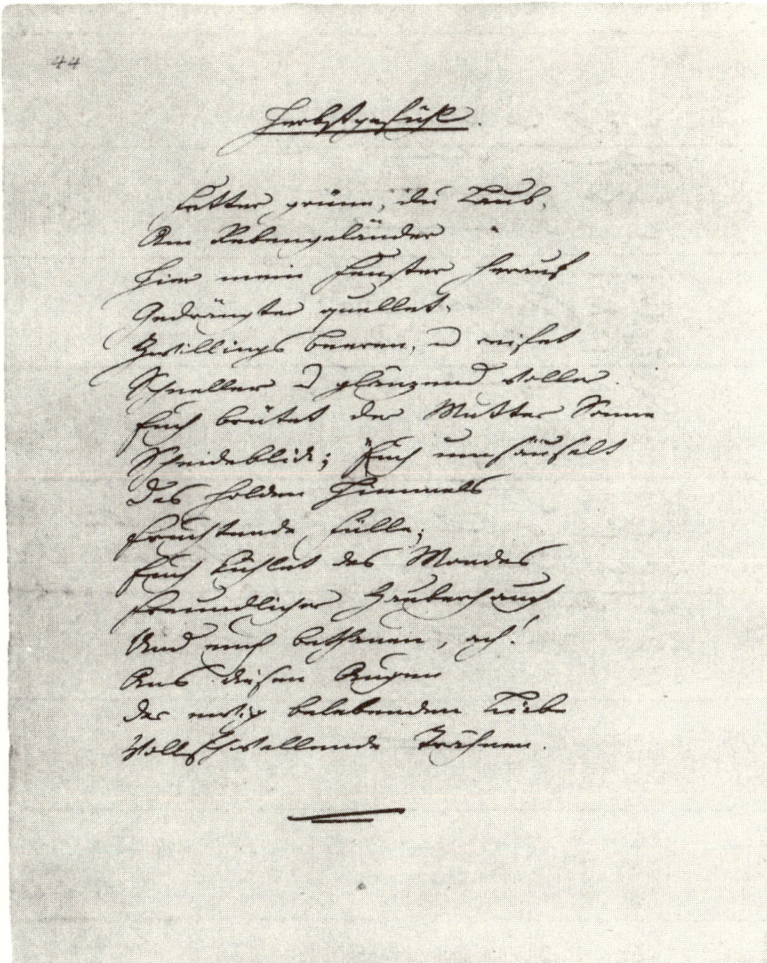
44

Herbstgefühl.

Fetter grüne, du Laub,
Am Rebengeländer
Hier mein Fenster herauf
Gedrängter quellet,
Zwillingsbeeren, u reifet
Schneller u glänzend voller.
Euch brütet der Mutter Sonne
Scheideblick; Euch umsäuselt
Des holden Himmels
Fruchtende Fülle;
Euch kühlet des Mondes
Freundlicher Zauberhauch
Und euch betauen, ach!
Aus diesen Augen
Der ewig belebenden Liebe
Vollschwellende Thränen.

15

Eislebens Lied

Sorglos über die Fläche weg
Wo vom kühnsten Wager die Bahn
Dir nicht vorgegraben du siehst,
Mache dir selber Bahn! –
Stille, Liebchen mein Herz!
Krachts gleich, brichts doch nicht,
Brichts gleich, bricht\s/ nicht mit dir!

Königlich Gebet.

Ha, ich bin Herr der Welt! mich lieben
Die Edlen die mir dienen
Ha, ich bin Herr der Welt! ich liebe
Die Edlen denen ich gebiete.
O gieb mir Gott im Himmel dass ich mich
Der Höh und Lieb nicht überhebe.

Vor 1 Titel] AlH: Muth   *Nach 4 AlH neue Strophe. Königlich Gebet.] Vollständiges Gedicht.*

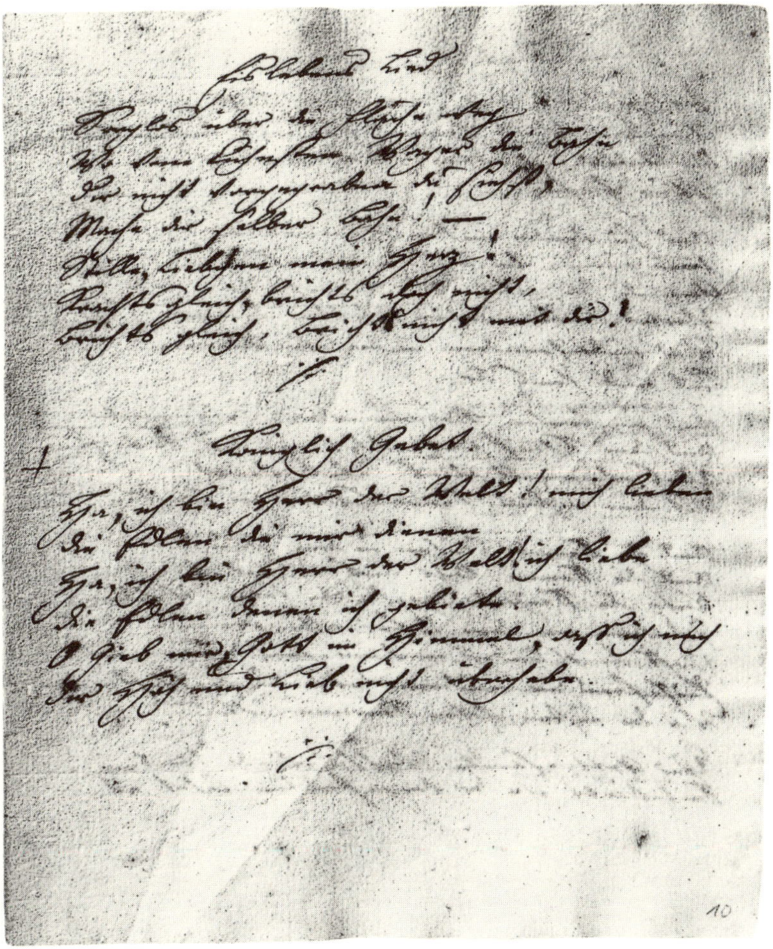

Eislebens Lied

Sorglos über die Fläche weg,
Wo vom kühnsten Wager die Bahn
Dir nicht vorgegraben du siehst,
Mache dir selber Bahn! —
Stille, Liebchen, mein Herz!
Krachts gleich, brichts doch nicht,
Brichts gleich, brichts nicht mit dir!

G.

Königlich Gebet.

Ha, ich bin Herr der Welt! mich lieben
Die Edlen die mir dienen
Ha, ich bin Herr der Welt ich liebe
Die Edlen denen ich gebiete.
O gieb mir Gott im Himmel, daß ich mich
Der Höh und Lieb nicht überhebe

G.

10

Uns wird es nimmer bange
Wenn alles steigt und fällt,
Und bleiben lange lange
Fort! Ewig so gesellt.

Jägers Nachtlied

Im Felde schleich ich still und wild,
Lausch mit dem Feuerrohr,
Da schwebt so licht dein liebes Bild
Dein süses Bild mir vor.

Du wandelst iezt wohl still und mild
Durch Feld und liebes Thal
Und ach mein schnell verrauschend Bild
Stellt sich dir's nicht einmal?

Des Menschen der in aller Welt
Nie findet Ruh noch Rast;
Dem wie zu Hause, so im Feld
Sein Herze schwillt zur Last.

Mir ist es denck ich nur an dich
Als säh den Mond ich an;

Vor 1 Uns ... gesellt] Schluß des Gedichts Bundeslied.
Vor 1 Titel] AlH: Jägers Abendlied
9-12] Des Menschen [...] zur Last] AlH: | Des Menschen, der die Welt durchstreift | Voll Unmuth und Verdruß, | Nach Osten und nach Westen schweift, | Weil er dich lassen muß.
14 säh den Mond ich an] AlH: in den Mond zu sehn

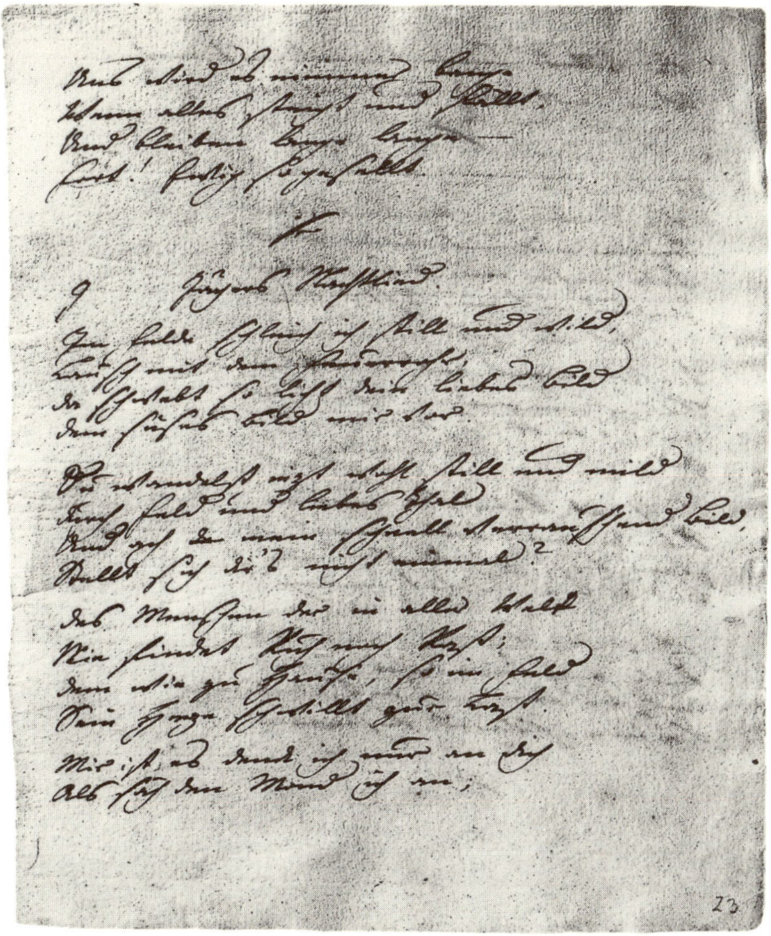
Uns wird es nimmer bange,
Wenn alles steigt und fällt.
Und bleiben lange lange
Für[1] ewig so gesellt.

9 Jägers Nachtlied.

Im Felde schleich ich still und wild,
Lausch mit dem Feuerrohr,
Da schwebt so licht dein liebes Bild
Dein süßes Bild mir vor.

Du wandelst jetzt wohl still und mild
Durch Feld und liebes Thal
Und ach mein schnell verrauschend Bild,
Stellt sich dir's nicht einmal?[2]

Des Menschen der in aller Welt
Nie findet Ruh noch Rast;
Dem wie zu Hause, so im Feld
Sein Herze schwillt zur Last.

Mir ist es denk ich nur an dich
Als säh den Mond ich an;

23

Ein stiller Friede kommt auf mich
Weis nicht wie mir gethan.

Zu einem gemahlten Band

Kleine Blumen kleine Blätter
Streuen mir mit leichter Hand
Gute iunge Frühlings Götter
Tändelnd auf ein luftig Band.

Zephir nimms auf deine Flügel
Schlings um meine Liebe Kleid
Und so tritt sie vor den Spiegel
All in ihrer Munterkeit

Sieht mit Rosen sich umgeben
Sie wie eine Rose iung
Einen Kuss geliebtes Leben
Und ich bin belohnt genung

Fühle was dies Herz empfindet
Reiche frey mir deine Hand
Und das Band das uns verbindet
Sey kein schwaches Rosenband.

---

16 mir gethan] AlH: mir geschehn
Nach 16 Zu einem gemahlten Band] Vollständig die spätere Fassung von Nr. 5.

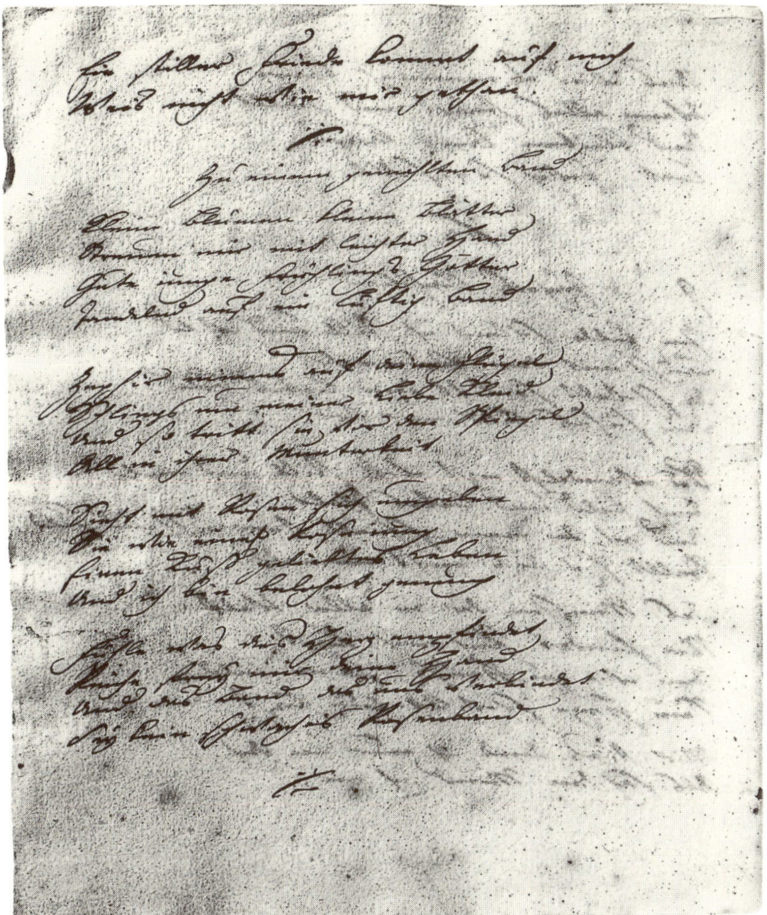

17 ⟨Warum gabst du uns die Tiefen Blicke⟩

Warum gabst du uns die Tiefen Blicke
Unsre Zukunft ahndungsvoll zu schaun
Unsrer Liebe, unserm Erdenglücke
Wähnend seelig nimmer hinzutraun?
Warum gabst uns Schicksaal die Gefühle
Uns einander in das Herz zu sehn,
Um durch all die seltenen Gewühle
Unser wahr Verhältniß auszuspähn.

Ach so viele tausend Menschen kennen
Dumpf sich treibend kaum ihr eigen Herz,
Schweben zwecklos hin und her und rennen
Hoffnungslos in unversehnem Schmerz,
Jauchzen wieder wenn der schnellen Freuden
Unerwarte Morgenröthe tagt.
Nur uns Armen liebevollen beyden
Ist das wechselseitge Glück versagt
Uns zu lieben ohn uns zu verstehen,
In dem Andern sehn was er nie war
Immer frisch auf Traumglück auszugehen
Und zu schwancken auch in Traumgefahr.

Glücklich den ein leerer Traum beschäftigt!
Glücklich dem die Ahndung eitel wär!
Iede Gegenwart und ieder Blick bekräftigt
Traum und Ahndung leider uns noch mehr.

Goethe in der Insel-Bücherei

Lieferbare Titel · Eine Auswahl

Alle Freuden, die unendlichen.
Liebesgedichte und Interpretationen.
Hg. Marcel Reich-Ranicki. IB 1028.
DM 19,80 / öS 145,- / sFr. 19.-

Gedichte
Mit Illustrationen von Ernst
Barlach, Max Liebermann, Hans
Meid und Karl Walser.
Vier Bände in Kassette. IB 1144.
IB 1145. IB 1146. IB 1147.
je DM 16,80 / öS 123,- / sFr. 16.-

Goethes schönste Gedichte.
Hg. Jochen Schmidt. IB 1013.
DM 14,80 / öS 108,- / sFr. 14.-

Das Römische Carneval
Mit den farbigen Figurinen von
1789. Nachwort Isabella Kuhn.
IB 1155.
DM 19,80 / öS 145,- / sFr. 19.-

Römische Elegien
Faksimile der Handschrift.
Transkription und ›Zur Überliefe-
rung‹ von Hans-Georg Dewitz.
Nachwort Horst Rüdiger.
IB 1010.
DM 19,80 / öS 145,- / sFr. 19.-

Siegfried Unseld
Goethe und der Ginkgo
Ein Baum und ein
Gedicht
Mit farbigen Abb.
IB 1188. DM 22,80
öS 166,- / sFr. 21.-

Franz Schubert, Goethe-Lieder
Für Singstimme mit Klavierbeglei
tung. Nachw. P.H. Neumann. IB 2
DM 16,80 / öS 123,- / sFr. 16.-

**Die Tafeln zur Farbenlehre un
deren Erklärungen.** Nachwort J
Teller. 16 teils farb. Tafeln. IB 114
DM 18,80 / öS 137,- / sFr. 18.-

**›Das Tagebuch‹ Goethes und
Rilkes ›Sieben Gedichte‹.**
Erläutert von Siegfried Unseld.
IB 1000.
DM 18,80 / öS 137,- / sFr. 18.-

Die neue Melusine. Mit farbige
Abb. von Willi Harwerth. IB 119
DM 22,80 / öS 166,- / sFr. 21.-

**Romain Rolland, Goethe und
Beethoven.** Ü.: Anton Kippenbe
Mit drei farb. Abb. IB 1193.
DM 22,80 / öS 166,- / sFr. 21.-

**Geschichte meines Herzens
Briefe an Behrisch.** Hg. und mit
einem Anhang versehen von Wilhe
Große. IB 1189.
DM 22,80 / öS 166,- / sFr. 21.-

**Behalte mich ja lieb! Christiane
und Goethes Ehebriefe**
Auswahl und Nachwort:
Sigrid Damm. Mit
einem Frontispiz.
IB 1190. DM 22,80
öS 166,- / sFr. 21.-

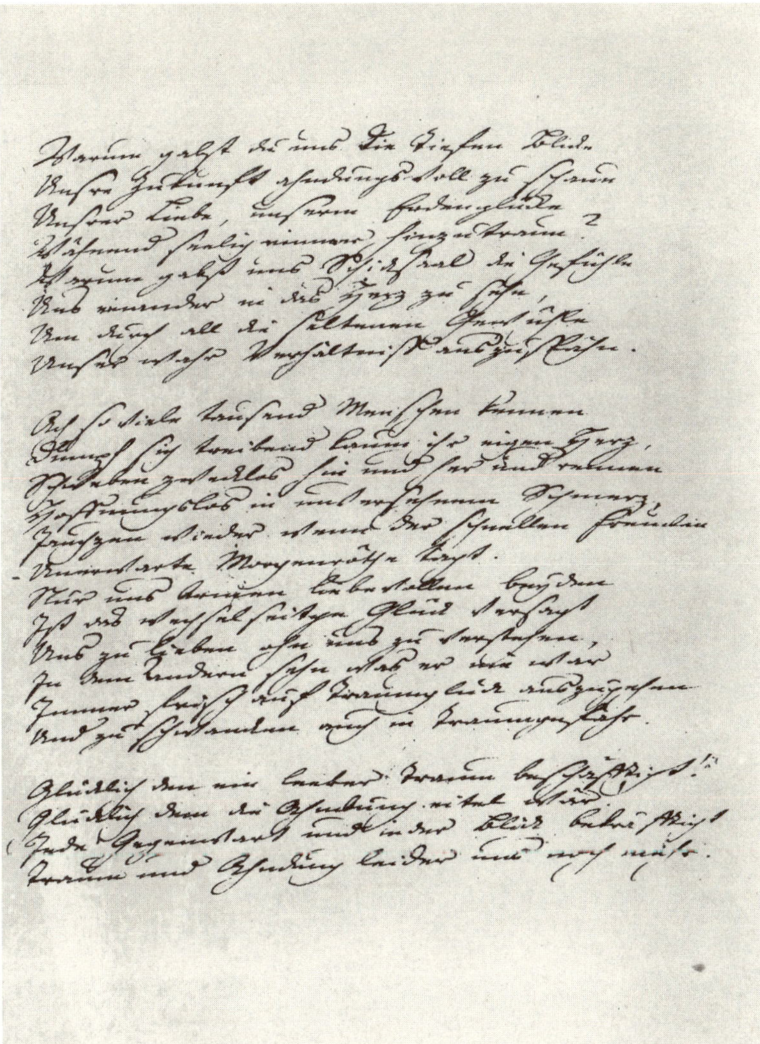

Warum gabst du uns die tiefen Blicke
Unsre Zukunft ahndungsvoll zu schaun
Unsrer Liebe, unsrem Erdenglücke
Wähnend selig nimmer hinzutraun?
Warum gabst uns Schicksal die Gefühle
Uns einander in das Herz zu sehn,
Um durch all die seltenen Gewühle
Unser wahr Verhältniß auszuspähn.

Ach so viele tausend Menschen kennen
Dumpf sich treibend kaum ihr eigen Herz,
Schweben zwecklos hin und her und rennen
Hoffnungslos in unversehnem Schmerz,
Jauchzen wieder wenn der schnellen Freuden
Unerwartete Morgenröthe tagt.
Nur uns armen liebevollen beyden
Ist das wechselseitge Glück versagt
Uns zu lieben ohn uns zu verstehen,
In dem andern sehn was er nie war
Immer frisch auf Traumglück auszugehen
Und zu schwanken auch in Traumgefahr.

Glücklich den ein leerer Traum beschäfftigt!
Glücklich dem die Ahndung eitel wär!
Jede Gegenwart und jeder Blick bekräfftigt
Traum und Ahndung leider uns noch mehr.

Sag was will das Schicksaal uns bereiten?
Sag wie band es uns so rein genau?
Ach du warst in abgelebten Zeiten
Meine Schwester oder meine Frau.

Kanntest ieden Zug in meinem Wesen,
Spähtest wie die reinste Nerve klingt,
Konntest mich mit Einem Blicke lesen
Den so schweer ein sterblich Aug durchdringt.
Tropftest Mässigung dem heissen Blute,
Richtetest den wilden irren Lauf,
Und in deinen Engels Armen ruhte
Die zerstörte Brust sich wieder auf,
Hieltest zauberleicht ihn angebunden
Und vergaukeltest ihm manchen Tag.
Welche Seeligkeit glich ienen Wonnestunden,
Da er danckbaar dir zu Füssen lag.
Fühlt sein Herz an deinem Herzen schwellen,
Fühlte sich in deinem Auge gut,
Alle seine Sinnen sich erhellen
Und beruhigen sein brausend Blut.

Und von allem dem schwebt ein Erinnern
Nur noch um das ungewisse Herz
Fühlt die alte Wahrheit ewig gleich im Innern,
Und der neue Zustand wird ihm Schmerz.
Und wir scheinen uns nur halb beseelet
Dämmernd ist um uns der hellste Tag.
Glücklich dass das Schicksaal das uns quälet
Uns doch nicht verändern mag.

d. 14 Apr. 76 G.

Sag was will das Schicksal uns bereiten?
Sag wie band es uns so rein genau?
Ach du warst in abgelebten Zeiten
Meine Schwester oder meine Frau.

Kanntest jeden Zug in meinem Wesen,
Spähtest wie die reinste Nerve klingt,
Konntest mich mit einem Blicke lesen
Den so schwer ein sterblich Aug durchdringt.
Tropftest Mäsigung dem heisen Blute,
Richtetest den wilden irren Lauf,
Und in deinen Engelsarmen ruhte
Die zerstörte Brust sich wieder auf,
Hieltest zauberleicht ihn angebunden
Und vergaukeltest ihm manchen Tag.
Welche Seligkeit glich jenen Wonnestunden,
Da er dankbar dir zu Füsen lag.
Fühlt sein Herz an deinem Herzen schwellen,
Fühlte sich in deinem Auge gut,
Alle seine Sinnen sich erhellen
Und beruhigen sein brausend Blut.

Und von allem dem schwebt ein Erinnern
Nur noch um das ungewisse Herz
Fühlt die alte Wahrheit ewig gleich im Innern,
Und der neue Zustand wird ihm Schmerz.
Und wir scheinen uns nur halb beseelet
Dämmernd ist um uns der hellste Tag.
Glücklich dass das Schicksal das uns quälet
Uns doch nicht verändern mag.

d. 14 Apr. 76. G.

Wandrers Nachtlied. ⟨I⟩

Der du von dem Himmel bist
Alle Freud und Schmerzen stillest,
Den der doppelt elend ist
Doppelt mit Erquickung füllest.
Ach ich bin des Treibens müde!
Was soll all die Quaal und Lust.
Süsser Friede,
Komm ach komm in meine Brust!
Am Hang des Ettersberg
d. 12. Febr. 76
G.

2 Alle Freud] AlH: Alles Leid *6 die Quaal] AlH:* der Schmerz

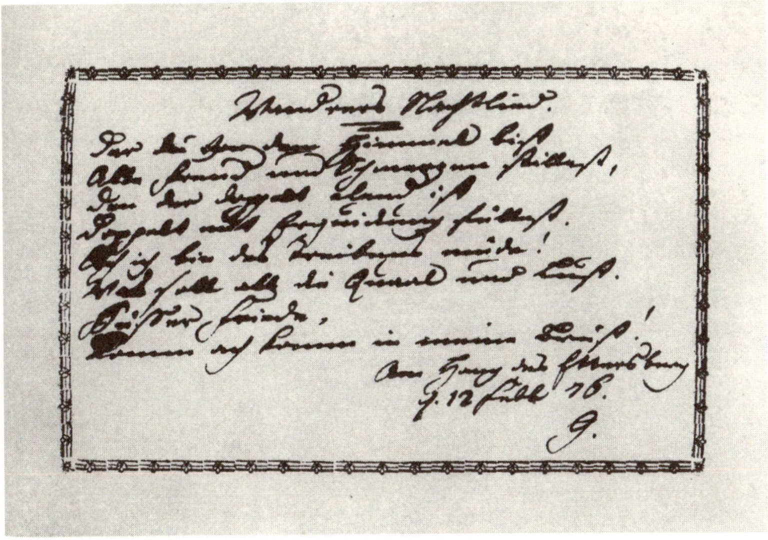
Wandrers Nachtlied.

Der du von dem Himmel bist
Alle Freud und Schmerzen stillest,
Den der doppelt elend ist
Doppelt mit Erquickung füllest.
Ach ich bin des Treibens müde!
Was soll all die Qual und Lust.
Süßer Friede,
Komm ach komm in meine Brust!

Am Hang des Ettersberg
d. 12 Febr. 76.
G.

19 ⟨Gib das Tagwerk meiner Hände⟩

⟨*Hoffnung*⟩

Gib das Tagwerk meiner Hände
Gutes Glück das ichs vollende
Sei ein Bild der Garten hier
Pflanzt ich ahndungsvolle Träume
Jetzt noch Stangen diese Bäume
Geben einst noch Schatten mir.

1-6 Gib [...] Schatten mir] AlH: Schaff', das Tagwerk meiner Hände, | Hohes Glück, daß ich's vollende! | Laß, o laß mich nicht ermatten! | Nein, es sind nicht leere Träume: | Jetzt nur Stangen, diese Bäume | Geben einst noch Frucht und Schatten.

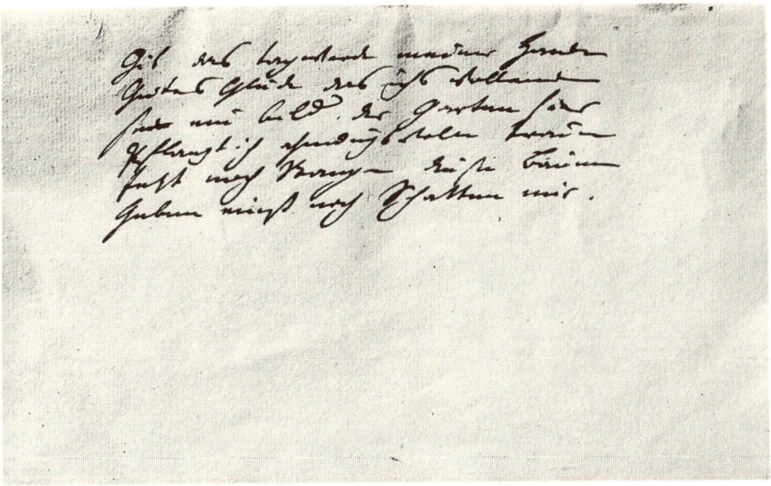

20 ⟨Alles gaben Götter⟩

Alles gaben Götter die unendlichen
Ihren Lieblingen ganz
Alle Freuden die unendlichen
Alle Schmerzen die unendlichen ganz.

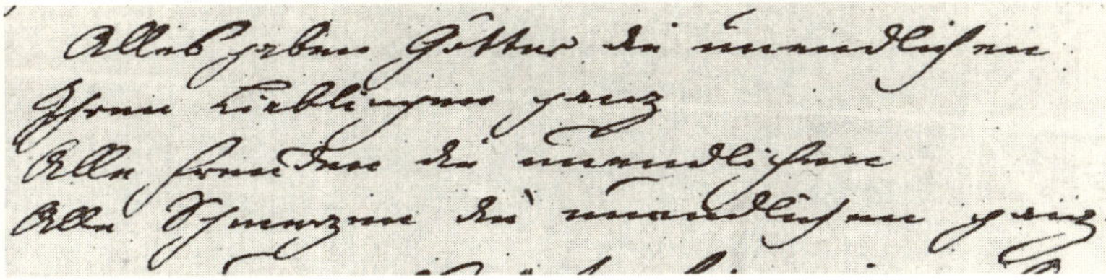
Alles geben Götter die unendlichen
Ihren Lieblingen ganz
Alle Freuden die unendlichen
Alle Schmerzen die unendlichen ganz.

21

Harzreise
im Winter

Dem Geyer gleich,
Der auf schweren Morgenwolcken
Mit sanftem Fittich ruhend
Nach Beute schaut,
Schwebe mein Lied.

Denn ein Gott hat
Jedem seine Bahn ~~vorgezeichnet~~
Vorgezeichnet,
Die der Glückliche
Rasch zum freudigen
Ziele ~~läuft~~ rennt:
Wem aber Unglück
Das Herz zusammen~~schloß~~zog,
Er sträubt vergebens
Sich gegen die Schrancken
Des ehernen Fadens,
Den die doch bittre Scheere
Nur einmal lößt.

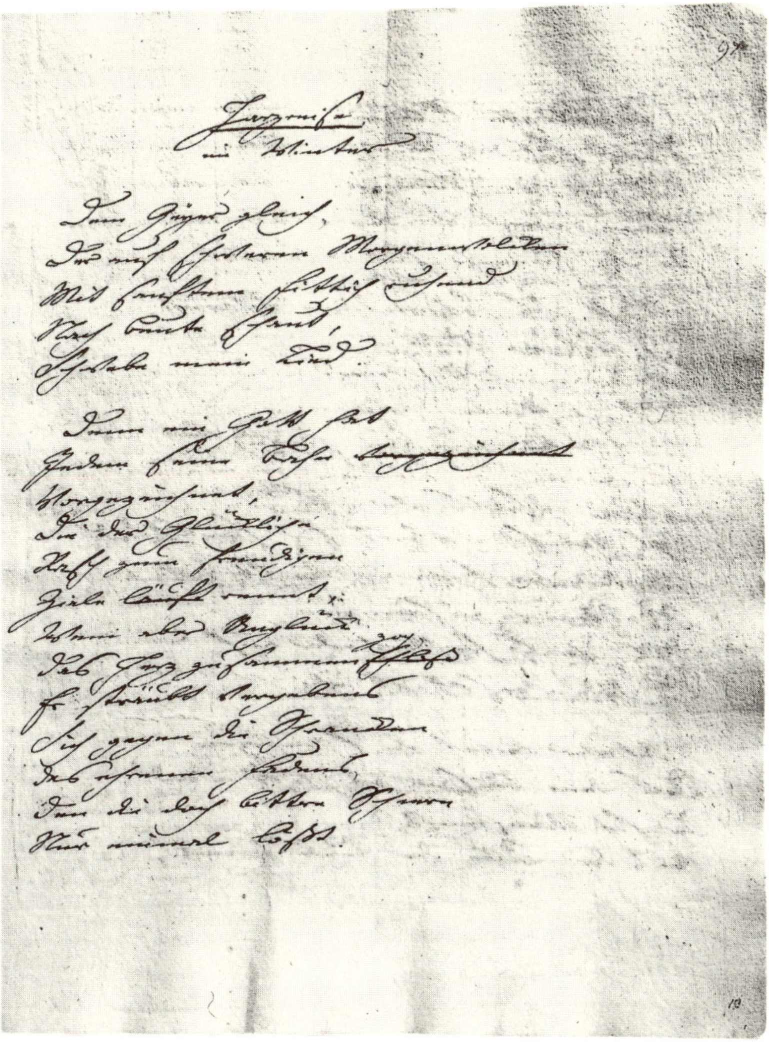

97

Harzreise
im Winter

Dem Geyer gleich,
Der auf schweren Morgenwolken
Mit sanftem Fittich ruhend
Nach Beute schaut,
Schwebe mein Lied.

Denn ein Gott hat
Jedem seine Bahn ~~vorgezeichnet~~
Vorgezeichnet,
Die der Glückliche
Rasch zum freudigen
Ziele läuft rennt:
Wem aber Unglück
Das Herz zusammenzog
Er sträubt vergebens
Sich gegen die Schranken
Des ehernen Fadens,
Den die doch bittre Schere
Nur einmal löst.

18

In Dickigts Schauer
Drängt sich das rauhe Wild,
Und mit den Sperlingen
Haben längst die Reichen
In ihre Sümpfe sich gesenckt.

Leicht ists folgen dem Wagen
Den Fortuna führt,
Wie der gemächliche Troß
Auf gebesserten Wegen
Hinter des Fürsten Einzug.

Aber abseits wer ists?
Ins Gebüsch verliert sich sein Pfad,
Hinter ihm schlagen ~~die Sträuche~~
Die Sträuche zusammen
Das Gras steht wieder auf,
Die Oede verschlingt ihn.

Ach wer heilet die Schmerzen
Des, dem Balsam zu Gift ward?
Der sich Menschenhaß
Aus der Fülle der Liebe trank,

---

29 Aber] AlH: Ach *Druckfehler.*

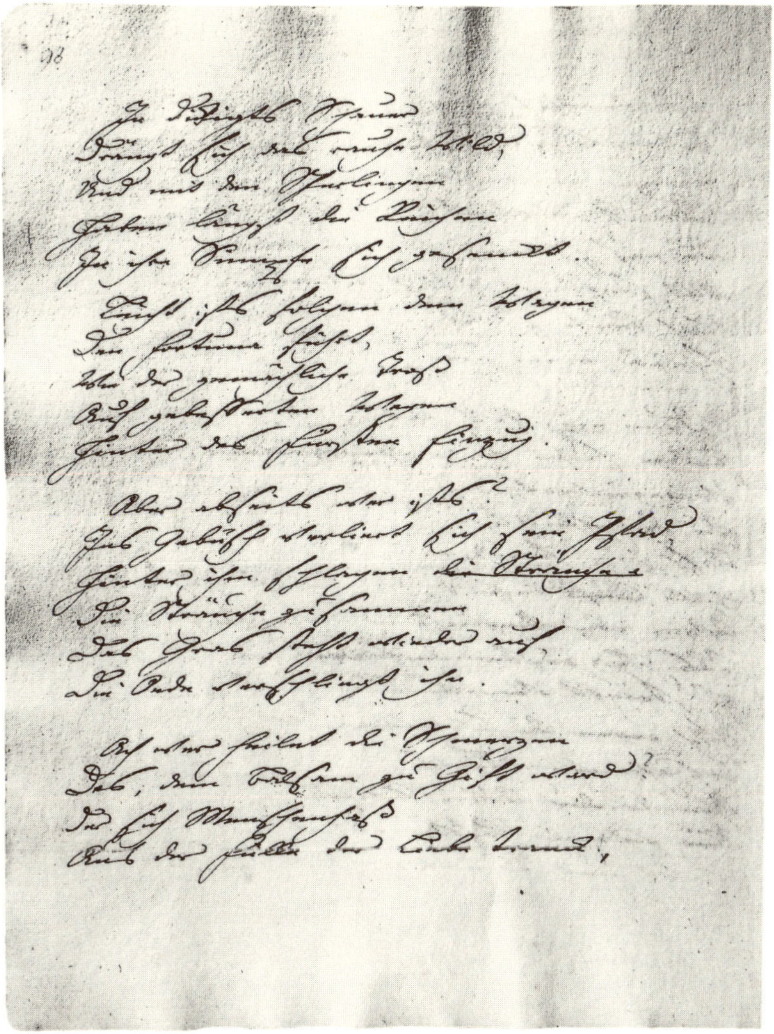
98
In Dickigts Schauer
Drängt sich das rauhe Wild,
Und mit den Sperlingen
Haben längst die Reichen
In ihre Sümpfe sich gesenkt.
Leicht ists folgen dem Wagen
Den Fortuna führt,
Wie der gemächliche Troß
Auf gebesserten Wegen
Hinter des Fürsten Einzug.
Aber abseits wer ists?
Ins Gebüsch verliert sich sein Pfad,
Hinter ihm schlagen die Sträuche
Die Sträuche zusammen
Das Gras steht wieder auf,
Die Öde verschlingt ihn.
Ach wer heilet die Schmerzen
Des, dem Balsam zu Gift ward?
Der sich Menschenhaß
Aus der Fülle der Liebe trank,

Erst verachtet, nun ein Verächter
Zehrt er heimlich auf
Seinen eignen Werth
In ungnügender Selbstsucht.

Ist auf deinem Psalter,
Vater der Liebe, ein Ton
Seinem Ohre vernehmlich,
So erquicke sein Herz!
Oeffne den umwölckten Blick
Über die tausend Quellen
Neben dem Durstenden
In der Wüste.

Der du der Freuden viel schaffst,
Jedem ein überfließend Maß,
Segne die Brüder der Jagd
Auf der Fährte des ~~Schweins,~~ Wilds,
Mit jugendlichem Übermuth
Fröhlicher Mordsucht
Späte Rächer des Unbills
Dem schon Jahre vergeblich
Wehrt mit Knütteln der Bauer.

---

57 Unbills] Alle Drucke: Unbilds *wird als verschleppter Druckfehler eingeschätzt.*

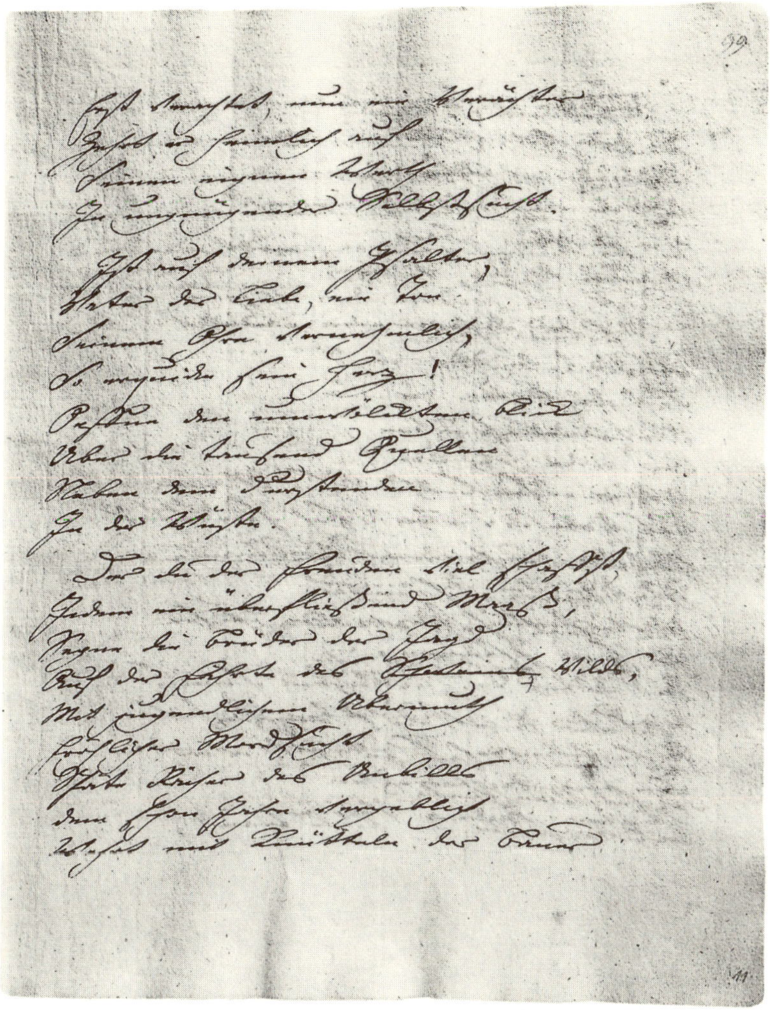

Aber den einsamen hüll
In deine Goldwolcken,
Umgieb mit Wintergrün
Biß die Rose wieder heranreift
Die feuchten Haare,
O Liebe, deines Dichters!

Mit der dämmernden Fackel
Leuchtest du ihm
Durch die Furten bey Nacht,
Über grundlose Wege
Auf öden Gefilden;
Mit dem tausendfarbigen Morgen
Lachst du in's Herz ihm,
Mit dem beizenden Sturm
Trägst du ihn hoch empor.
Winterströme stürzen vom Felsen
In seine Psalmen,
Und Altar des lieblichsten Dancks
Wird ihm des gefürchteten Gipfels
Schneebehangner Scheitel,
Den mit Geisterreihen
Kränzten ahndende Völcker.

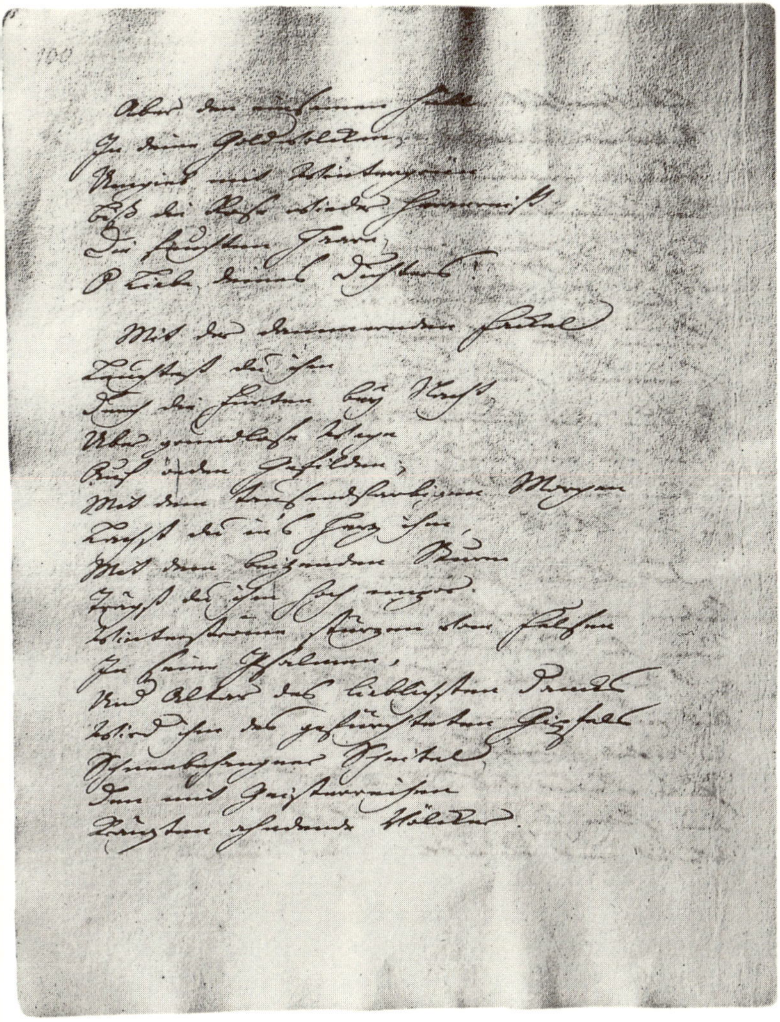
100

Aber den Einsamen hüll
In deine Goldwolken,
Umgieb mit Wintergrün
Biß die Rose wieder heranreift
Die feuchten Haare,
O Liebe, deines Dichters!

Mit der dämmernden Fackel
Leuchtest du ihm
Durch die Furten bey Nacht,
Über grundlose Wege
Auf öden Gefilden;
Mit dem tausendfarbigen Morgen
Lachst du ins Herz ihm;
Mit dem beizenden Sturm
Trägst du ihn hoch empor.
Winterströme stürzen vom Felsen
In seine Psalmen,
Und Altar des lieblichsten Danks
Wird ihm des gefürchteten Gipfels
Schneebehangner Scheitel,
Den mit Geisterreihen
Kränzten ahnende Völker.

Du stehst mit unerforschten Busen
Geheimnißvoll offenbar
Über der erstaunten Welt,
Und schaust aus Wolcken
Auf ihre Reiche und Herrlichkeit
Die du aus den Adern deiner Brüder
Neben dir wässerst.

82 stehst] AlH: siehst *wird als Druckfehler eingeschätzt.* *82 unerforschten] Schreibfehler? AlH:* unerforschtem

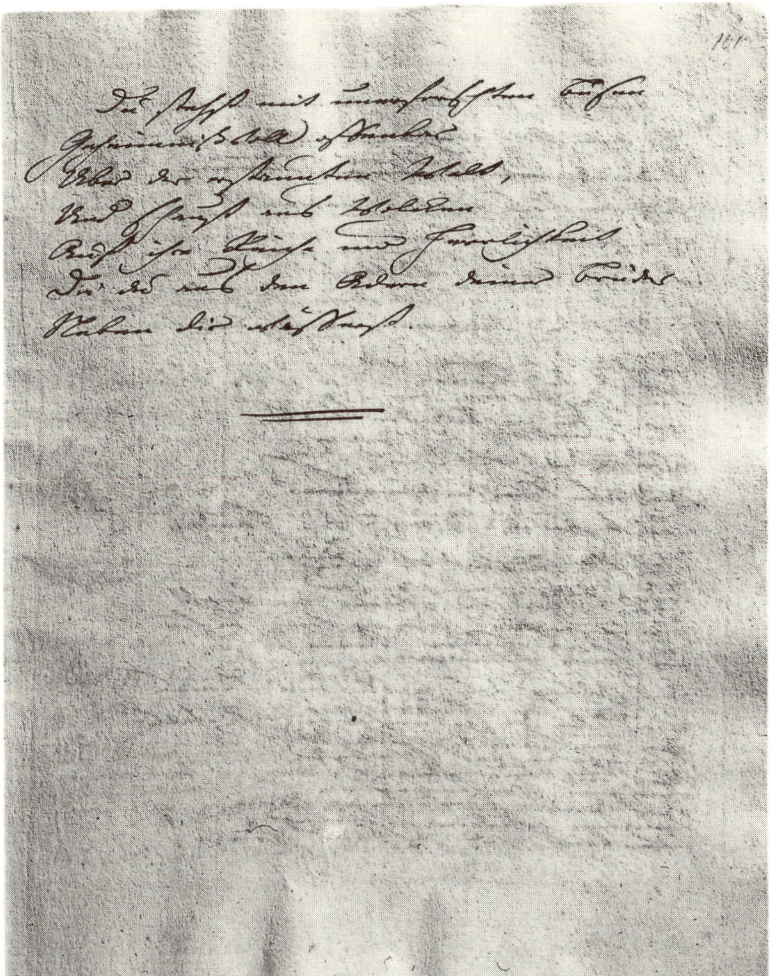

Der Fischer.

Das Wasser rauscht', das Wasser schwoll,
Ein Fischer saß daran,
Sah nach dem Angel ruhevoll,
Kühl biß ans Herz, hinan:
Und wie er sizt und wie er lauscht
Theilt sich die Fluth empor,
Aus dem bewegten Wasser rauscht
Ein feuchtes Weib hervor.

Sie sang zu ihm, sie sprach zu ihm:
Was lockst du meine Brut
Mit Menschenwiz und Menschen List
Hinauf in Todes Gluth?
Ach wüßtest du wie's Fischlein ist
So wohlig auf dem Grund,
Du stiegst herunter wie du bist,
Und würdest erst gesund.

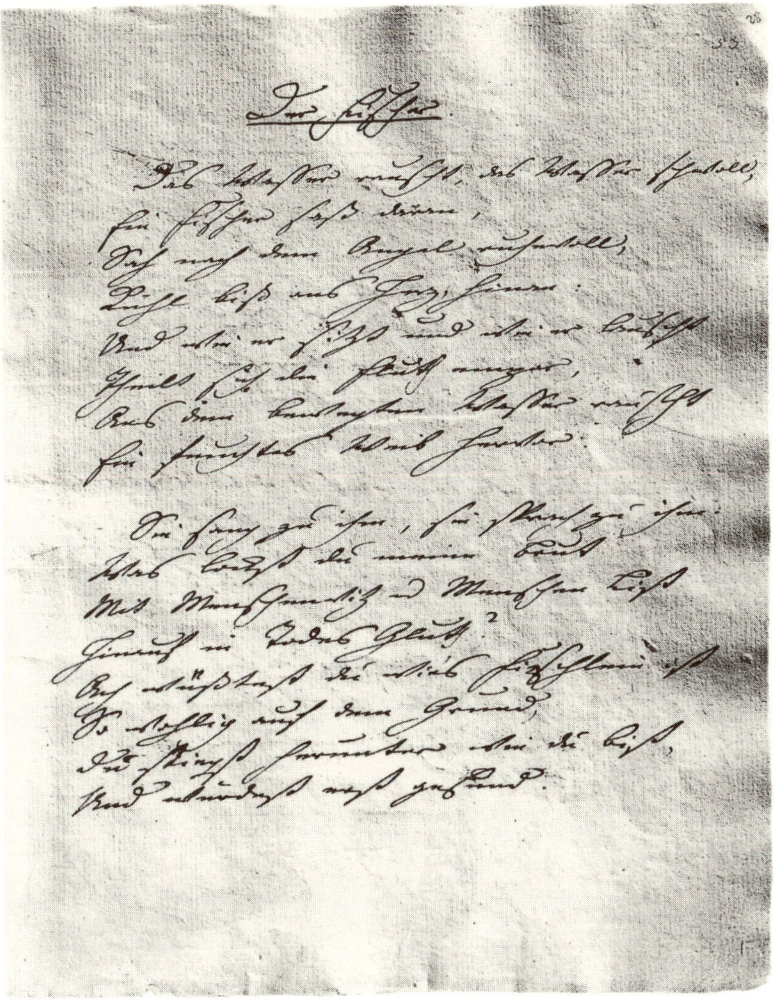

53

Der Fischer.

Das Wasser rauscht', das Wasser schwoll,
Ein Fischer saß daran,
Sah nach dem Angel ruhevoll,
Kühl bis ans Herz hinan:
Und wie er sitzt und wie er lauscht
Theilt sich die Fluth empor,
Aus dem bewegten Wasser rauscht
Ein feuchtes Weib hervor.

Sie sang zu ihm, sie sprach zu ihm:
Was lockst du meine Brut
Mit Menschenwitz und Menschenlist
Hinauf in Todesgluth? 2
Ach wüßtest du wie's Fischlein ist
So wohlig auf dem Grund,
Du stiegst herunter wie du bist,
Und würdest erst gesund.

Labt sich die liebe Sonne nicht
Der Mond sich nicht im Meer?
Kehrt wellenathmend ihr Gesicht
Nicht doppelt schöner her?
Lockt dich der tiefe Himmel nicht,
Das feucht verklärte Blau?
Lockt dich dein eigen Angesicht
Nicht her in ewgen Thau?

Das Wasser rauscht, das Wasser schwoll,
Netzt ihm den nackten Fuß,
Sein Herz wuchs ihm so sehnsuchtsvoll
Wie bey der Liebsten Gruß
Sie sprach zu ihm sie sang zu ihm,
Da wars um ihn geschehn,
Halb zog sie ihn halb sank er hin
Und ward nicht mehr gesehn.

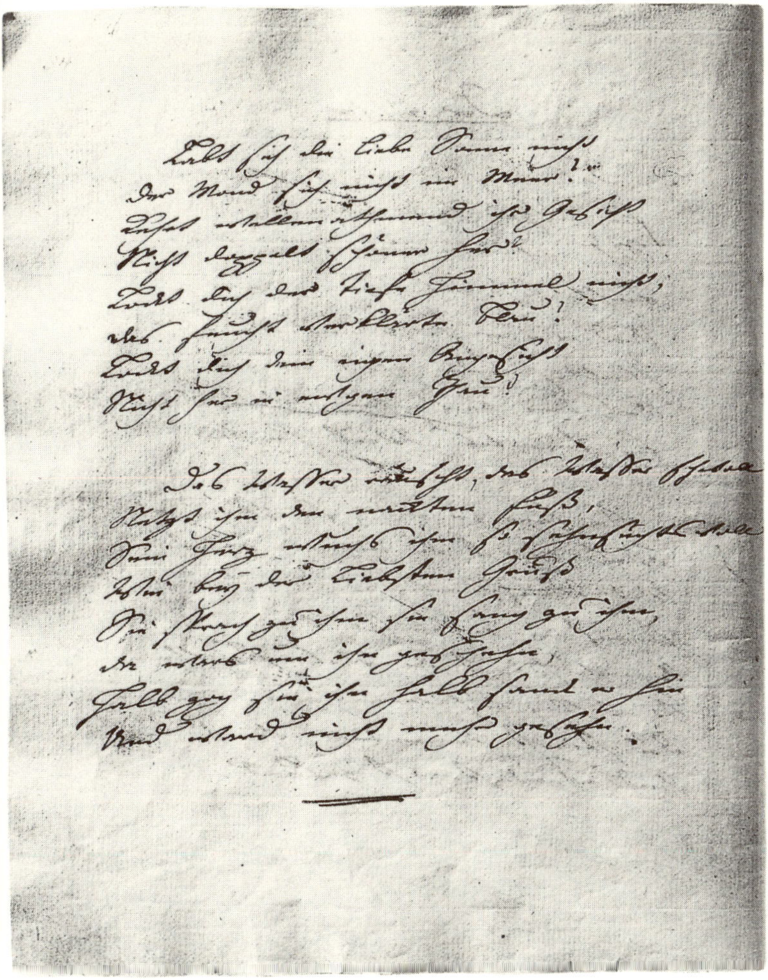

Labt sich die liebe Sonne nicht,
Der Mond sich nicht im Meer?
Kehrt wellenathmend ihr Gesicht
Nicht doppelt schöner her?
Lockt dich der tiefe Himmel nicht,
Das feucht verklärte Blau?
Lockt dich dein eigen Angesicht
Nicht her in ewgen Thau?

Das Wasser rauscht, das Wasser schwoll,
Netzt ihm den nackten Fuß,
Sein Herz wuchs ihm so sehnsuchtsvoll
Wie bey der Liebsten Gruß.
Sie sprach zu ihm, sie sang zu ihm,
Da wars um ihn geschehn,
Halb zog sie ihn, halb sank er hin
Und ward nicht mehr gesehn.

23

⟨Über allen Gipfeln⟩
⟨*Wandrers Nachtlied* II⟩

Über allen Gipfeln
Ist Ruh
In allen Wipfeln
Spürest du
Kaum einen Hauch;
Die Vögel schweigen im Walde.
Warte nur, balde
Ruhest du auch.

---

6 Vögel] AlH: Vögelein

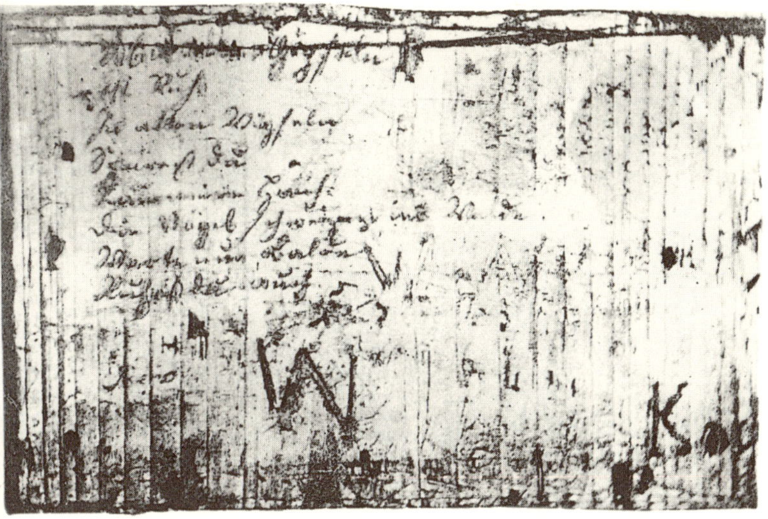

An den Mond

Füllest wieder 's liebe Thal
Still mit Nebelglanz
Lösest endlich auch einmal
Meine Seele ganz

Breitest über mein Gefild
Lindernd deinen Blick
Wie der Liebsten Auge, mild
Über mein Geschick.

Das du so beweglich kennst
Dieses Herz im Brand
Haltet ihr wie ein Gespenst
An den Fluss gebannt

Wenn in öder Winternacht
Er von Tode schwillt
Und bey Frühlingslebens Pracht
An den Knospen quillt.

Seelig wer sich vor der Welt
Ohne Hass verschliesst
Einen Mann am Busen hält
Und mit dem geniest,

Was den Menschen unbewust
Oder wohl veracht
Durch das Labyrinth der Brust
Wandelt in der Nacht.

---

1 's liebe] AlH: Busch und *7 der Liebsten] AlH:* des Freundes *9-12 Das ... gebannt] Strophe entfällt in AlH. Dafür sind vier andere Strophen eingeschoben. Abdruck in den Erläuterungen, S. 269 13-14 Wenn in [...] quillt] In AlH stark verändert:* Wenn du in der Winternacht | Wüthend überschwillst, | Oder um die Frühlingspracht | Junger Knospen quillst, *19 Mann] AlH:* Freund *21f. Was den [...] veracht] AlH:* Was, von Menschen nicht gewußt | Oder nicht bedacht,

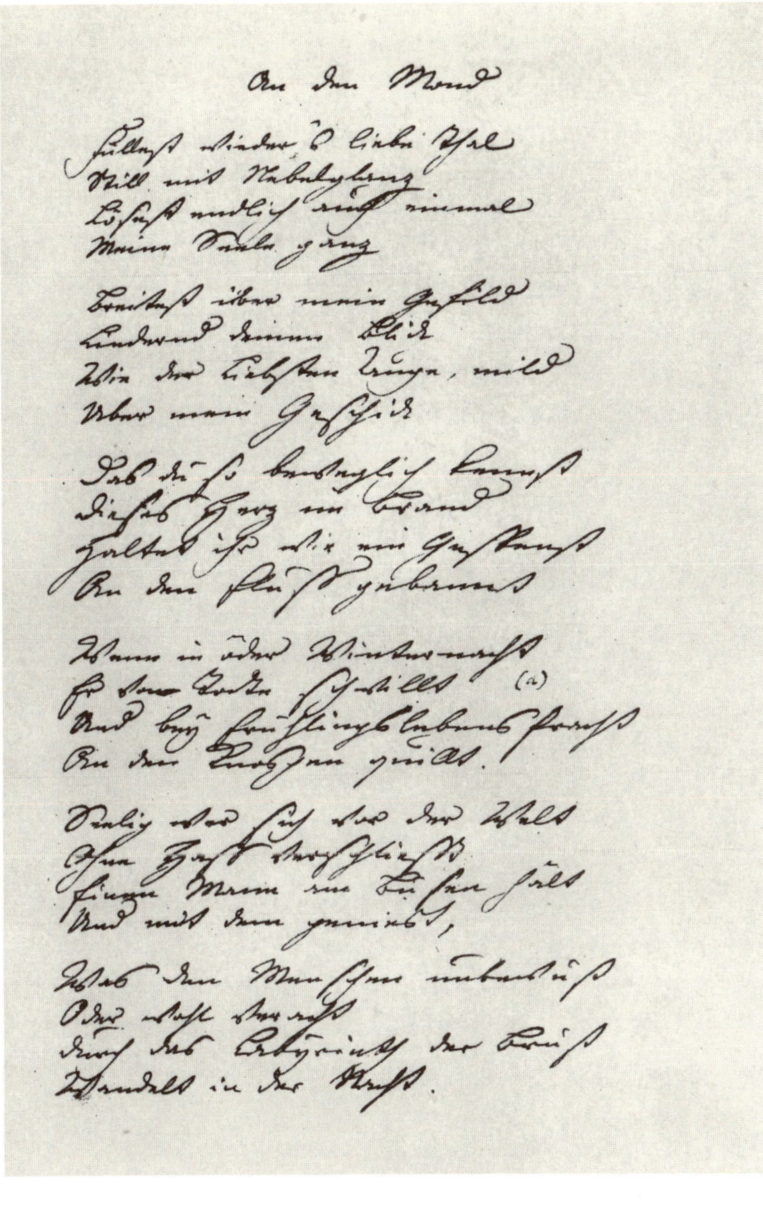

An den Mond

Füllest wieder 's liebe Thal
Still mit Nebelglanz
Lösest endlich auch einmal
Meine Seele ganz

Breitest über mein Gefild
Lindernd deinen Blick
Wie der Liebsten Auge, mild
Über mein Geschick.

Das du so beweglich kennst
Dieses Herz im Brand
Haltet ihr wie ein Gespenst
An den Fluß gebannt

Wenn in öder Winternacht
Er vom Tode schwillt (a)
Und bey Frühlingslebens Pracht
An den Knospen quillt.

Selig wer sich vor der Welt
Ohne Haß verschließt
Einen Mann am Busen hält
Und mit dem genießt,

Was den Menschen unbewußt
Oder wohl veracht
Durch das Labyrinth der Brust
Wandelt in der Nacht.

25 ⟨Des Menschen Seele Gleicht dem Wasser⟩
⟨Gesang der Geister über den Wassern⟩

1. ⟨Geist usw.⟩
Des Menschen Seele
Gleicht dem Wasser
Vom Himmel kommt es,
Zum Himmel steigt es

2.
Und wieder nieder
Zur Erde muss es
Ewig wechselnd.

1.
Strömt von der hohen
Steilen Felswand
Der reine Strahl
Stäubt er lieblich
In Wolcken-Wellen
Zum glatten Fels
Und leicht empfangen
Wallt er schleyrend
Leisrauschend
Zur Tiefe nieder

2.
Ragen Klippen
Dem Sturz entgegen,
Schaumt er unmuthig
Stufenweise
Zum Abgrund.

In den Drucken ist die Rede nicht auf die beiden Geister verteilt. 11 Stäubt er lieblich] AlH: Dann stäubt er lieblich *15 schleyrend] AlH:* verschleiernd

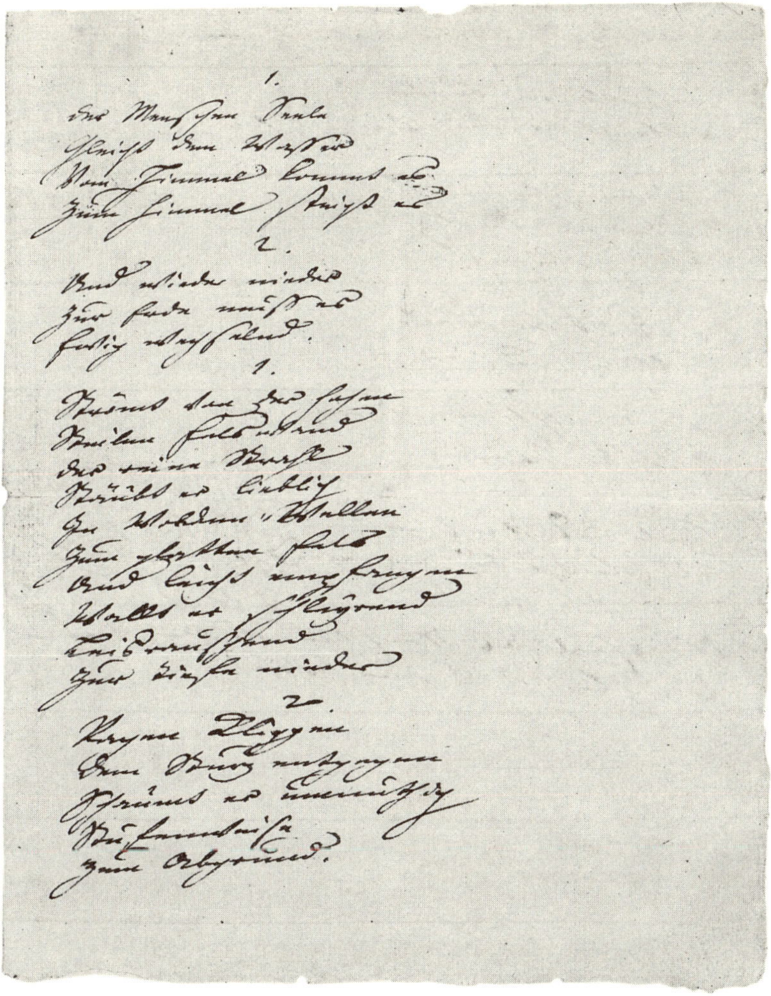
1.
Des Menschen Seele
Gleicht dem Wasser
Vom Himmel kommt es
Zum Himmel steigt es
2.
Und wieder nieder
Zur Erde muß es
Ewig wechselnd.
1.
Strömt von der hohen
Steilen Felswand
Der reine Strahl
Stäubt er lieblich
In Wolkenwellen
Zum glatten Fels
Und leicht empfangen
Wallt er verschleiernd
Leisrauschend
Zur Tiefe nieder
2.
Ragen Klippen
Dem Sturz entgegen
Schäumt er unmuthig
Stufenweise
Zum Abgrund.

1.

Im flachen Bette
Schleicht er das Wiesthal hin.

2.

Und im glatten See
Weiden ihr Antliz
Alle Gestirne

1.

Wind ist der Welle
Lieblicher Buhler

2.

Wind mischt von Grund aus
Alle die Wogen

1.

Seele des Menschen,
Wie gleichst du dem Wasser

2.

Schicksaal des Menschen
Wie gleichst du dem Wind.

---

24 Wiesthal] AlH: Wiesenthal *25 im] AlH:* in dem *31 Alle die] AlH:* Schäumende

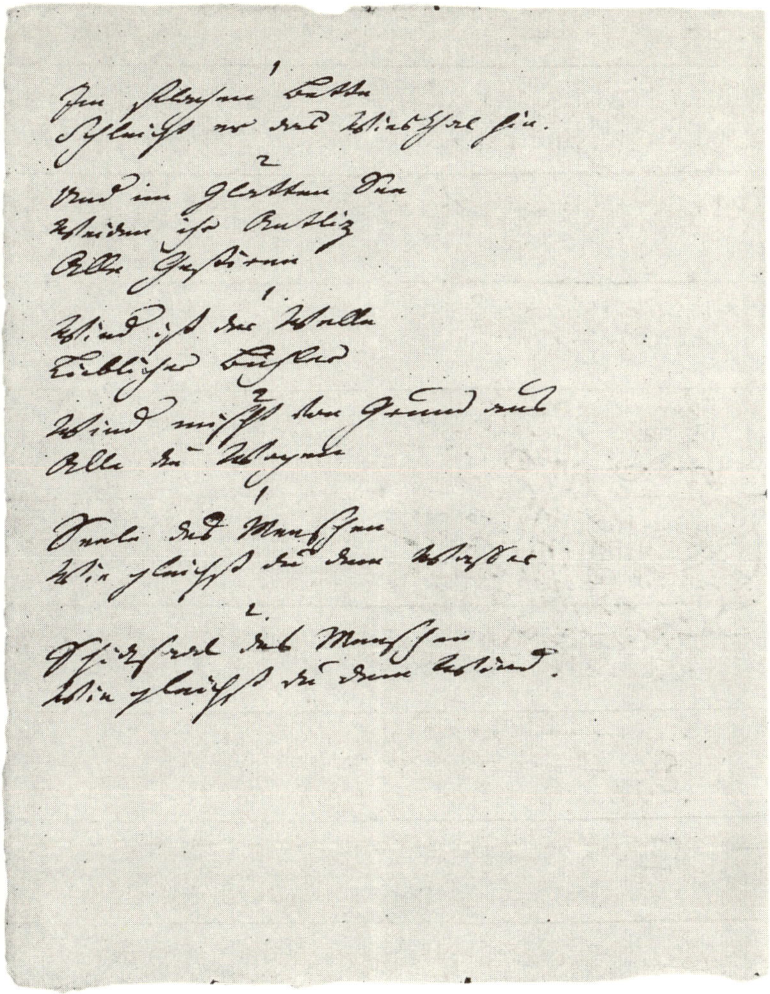

1
Im flachen Bette
Schleicht er das Wiesenthal hin.
2
Und im glatten See
Weiden ihr Antliz
Alle Gestirne
1
Wind ist der Welle
Lieblicher Buhler
2
Wind mischt vom Grund aus
Alle die Wogen
1
Seele des Menschen
Wie gleichst du dem Wasser
2
Schicksal des Menschen
Wie gleichst du dem Wind.

Gränzen der Menschheit

Wenn der uralte
Heilige Vater
Mit gelassener Hand
Aus rollenden Wolcken
Segnende Blize
Über die Erde sä't,
Küß ich den letzten
Saum seines Kleides,
Kindliche Schauer
Treu in der Brust.

Denn mit Göttern
Soll sich nicht messen
Irgend ein Mensch.
Hebt er sich aufwärts
Und berührt
Mit dem Scheitel die Sterne,
Nirgends haften dann
Die unsichern Solen
Und mit ihm spielen
Wolken und Winde.

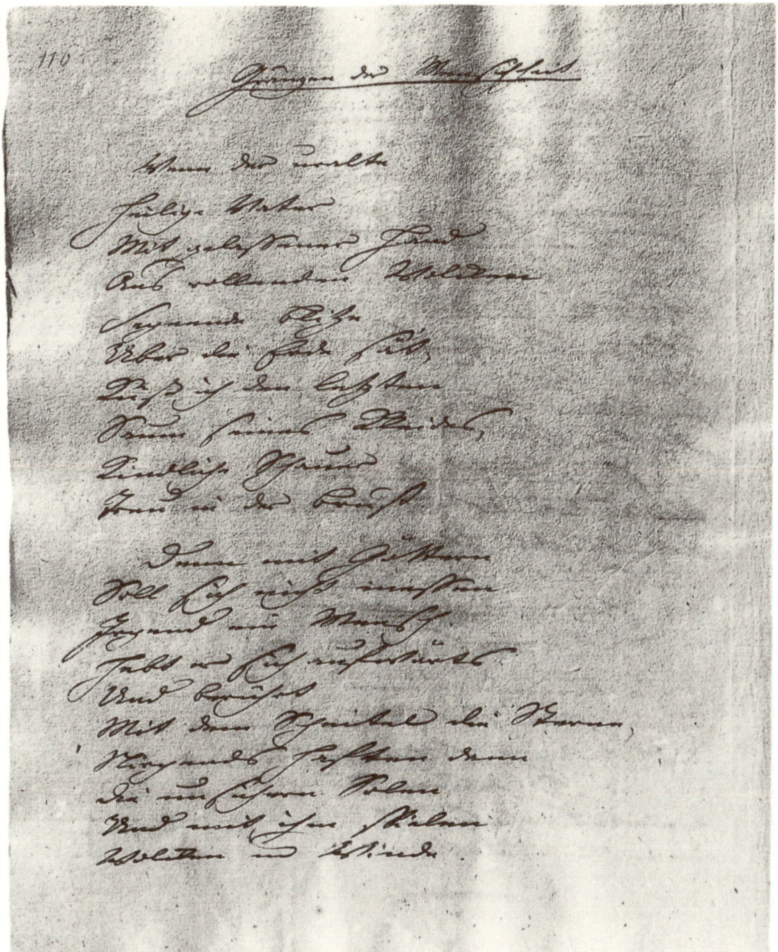
110

Gränzen der Menschheit

Wenn der uralte
Heilige Vater
Mit gelassener Hand
Aus rollenden Wolken
Segnende Blitze
Über die Erde sät,
Küss' ich den letzten
Saum seines Kleides,
Kindliche Schauer
Treu in der Brust.

Denn mit Göttern
Soll sich nicht messen
Irgend ein Mensch.
Hebt er sich aufwärts
Und berührt
Mit dem Scheitel die Sterne,
Nirgends haften dann
Die unsichern Sohlen
Und mit ihm spielen
Wolken und Winde.

Steht er mit festen
Marckigen Knochen
Auf der wohlgegründeten
Daurenden Erde;
Reicht er nicht auf
Nur mit der Eiche
Oder der Rebe
Sich zu vergleichen.

Was unterscheidet
Götter von Menschen?
Daß viele Wellen
Vor jenen wandlen,
Ein ewiger Strom:
Uns hebt die Welle
Verschlingt die Welle
Und wir versincken.

Ein kleiner Ring
Begränzt unser Leben,
Und viele Geschlechter
Reihen sie daurend
An ihres Daseyns
Unendliche Kette.

---

40 sie] Alle Drucke: sich *ist vielleicht verschleppter Druckfehler.*

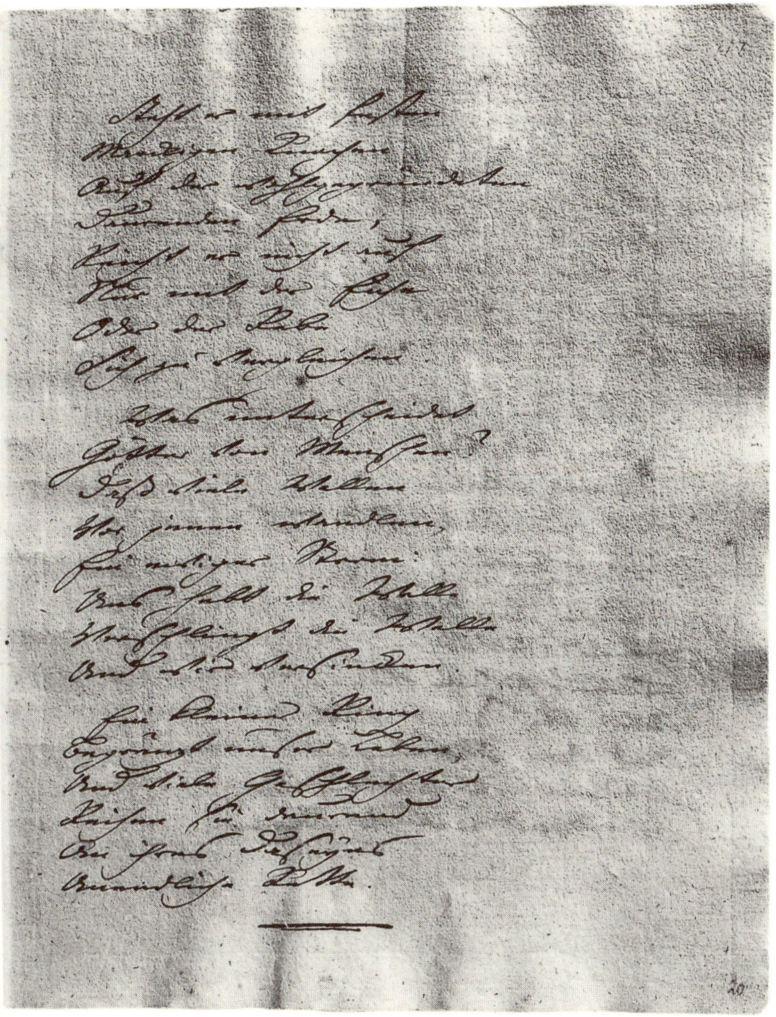
Steht er mit festen
Markigen Knochen
Auf der wohlgegründeten
Dauernden Erde,
Reicht er nicht auf
Nur mit der Eiche
Oder der Rebe
Sich zu vergleichen.

Was unterscheidet
Götter von Menschen?
Daß viele Wellen
Vor jenen wandeln,
Ein ewiger Strom:
Uns hebt die Welle,
Verschlingt die Welle,
Und wir versinken.

Ein kleiner Ring
Begrenzt unser Leben,
Und viele Geschlechter
Reihen sich dauernd
An ihres Daseins
Unendliche Kette.

27

Erlkönig

Wer reitet so spät durch Nacht und Wind?
Es ist der Vater mit seinem Kind;
Er hat den Knaben wohl in dem Arm
Er faßt ihn sicher, er hält ihn warm.

Mein Sohn, was birgst du so bang dein Gesicht? –
Siehst, Vater, du den Erlkönig nicht?
Den Erlenkönig mit Kron' und Schweif? –
Mein Sohn es ist ein Nebelstreif. –

»Du liebes Kind komm, geh mit mir;
»Gar schöne Spiele spiel ich mit dir;
»Manch bunte Blumen sind an dem Strand,
»Meine Mutter hat manch gülden Gewand. –

Mein Vater, mein Vater, und hörest du nicht
Was Erlenkönig mir leise verspricht? –
Sey ruhig, bleibe ruhig \mein/ Kind;
In dürren Blättern säuselt der Wind. –

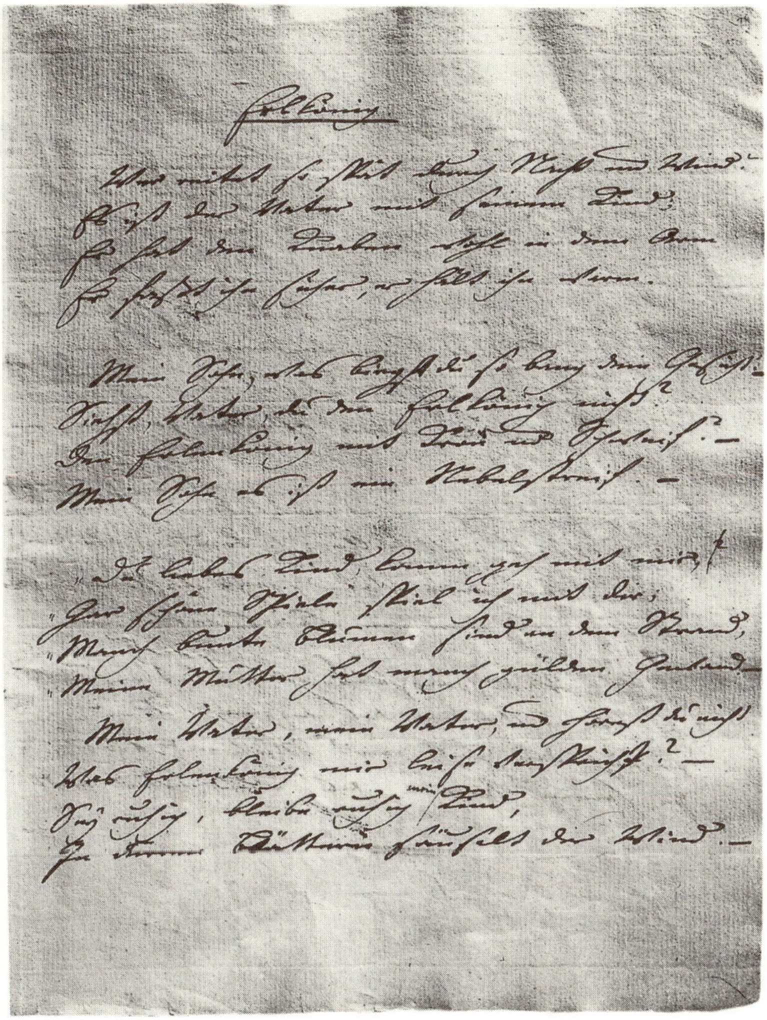

Erlkönig

Wer reitet so spät durch Nacht und Wind?
Es ist der Vater mit seinem Kind;
Er hat den Knaben wohl in dem Arm,
Er faßt ihn sicher, er hält ihn warm.

Mein Sohn, was birgst du so bang dein Gesicht? —
Siehst, Vater, du den Erlkönig nicht?
Den Erlenkönig mit Kron und Schweif? —
Mein Sohn, es ist ein Nebelstreif. —

"Du liebes Kind, komm geh mit mir!
"Gar schöne Spiele spiel ich mit dir;
"Manch bunte Blumen sind an dem Strand,
"Meine Mutter hat manch gülden Gewand. —

Mein Vater, mein Vater, und hörest du nicht,
Was Erlenkönig mir leise verspricht? —
Sei ruhig, bleibe ruhig, mein Kind,
In dürren Blättern säuselt der Wind. —

»Willst, feiner Knabe, du mit mir gehn?
»Meine Töchter sollen dich warten schön,
»Meine Töchter führen den nächtig\lich/en Reihn,
»Und wiegen und tanzen und singen dich ein. –

Mein Vater, mein Vater und siehst du nicht dort
Erlkönigs Töchter am düstern Ort? –
Mein Sohn, mein Sohn ich seh es genau,
Es scheinen die alten Weiden so grau. –

»Ich liebe dich, mich reitzt deine schöne Gestalt;
»Und bist du nicht willig; so brauch ich Gewalt! –
Mein Vater, mein Vater, jezt faßt er mich an!
Erlkönig hat mir ein Leids gethan! –

Dem Vater grausets, er reitet geschwind,
Er hält in Armen das ächzende Kind
Erreicht den Hof mit Mühe und Noth;
In seinen Armen das Kind war todt.

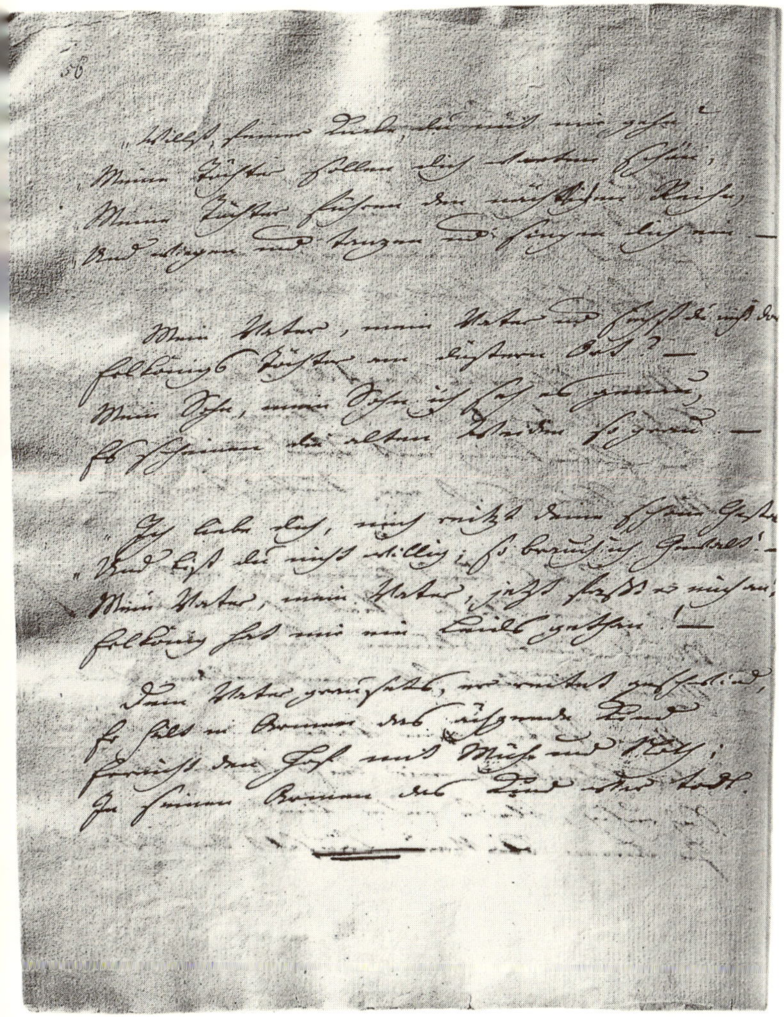

58

„Willst, feiner Knabe, du mit mir gehn?
Meine Töchter sollen dich warten schön;
Meine Töchter führen den nächtlichen Reihn,
Und wiegen und tanzen und singen dich ein. —

Mein Vater, mein Vater, und siehst du nicht dort
Erlkönigs Töchter am düstern Ort? —
Mein Sohn, mein Sohn, ich seh es genau;
Es scheinen die alten Weiden so grau. —

„Ich liebe dich, mich reizt deine schöne Gestalt;
„Und bist du nicht willig, so brauch ich Gewalt! —
Mein Vater, mein Vater, jetzt faßt er mich an!
Erlkönig hat mir ein Leids gethan! —

Dem Vater grauset's, er reitet geschwind,
Er hält in Armen das ächzende Kind,
Erreicht den Hof mit Müh und Noth;
In seinen Armen das Kind war todt.

28

Das Göttliche

Edel sey der Mensch,
Hülfreich und gut!
Denn das allein
Unterscheidet ihn
Von allen Wesen
Die wir kennen.

Heil den unbekannten
Höhern Wesen
Die wir ahnden!
Sein Beyspiel lehr uns
Iene glauben.

Denn unfühl~~bar~~\end/
Ist die Natur;
Es leuchtet die Sonne
Über Bös' und Gute,
Und dem Verbrecher
Glänzen wie dem Besten
Der Mond und die Sterne.

9] Danach folgt in der Erstpublikation im Tiefurter Journal 1783 eine Zeile: Ihnen gleiche der Mensch. *Ihr Fehlen gilt als Versehen; deshalb wird sie seit der Weimarer Ausgabe wieder eingesetzt.*

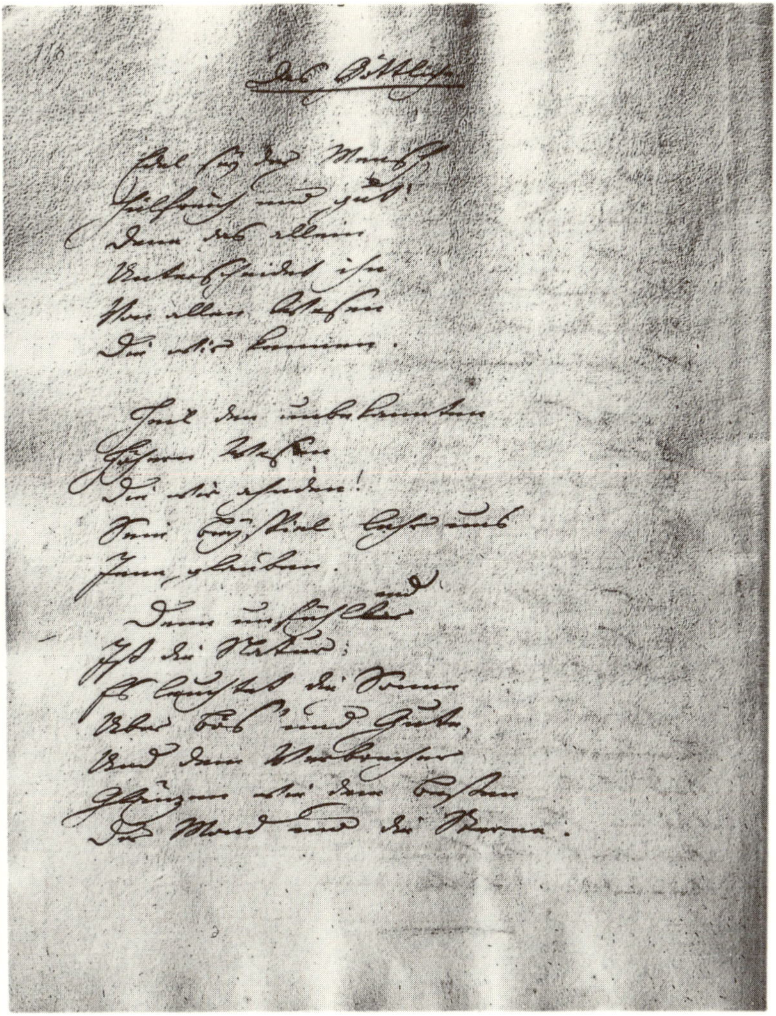
118

Das Göttliche

Edel sey der Mensch,
Hülfreich und gut!
Denn das allein
Unterscheidet ihn
Von allen Wesen
Die wir kennen.

Heil den unbekannten
Höhern Wesen
Die wir ahnden!
Sein Beyspiel lehr uns
Jene glauben.

Denn unfühlbar (end)
Ist die Natur:
Es leuchtet die Sonne
Ueber Bös und Gute,
Und dem Verbrecher
Glänzen wie dem Besten
Der Mond und die Sterne.

Wind und Ströme,
Donner und Hagel
Rauschen ihren Weg,
Und ergreifen
Vorüber eilend,
Einen um den andern.

Auch so das Glück
Tappt unter die Menge,
~~Wählt~~ Faßt bald des Knaben
Lockige Unschuld
Bald auch den kahlen
Schuldigen Scheitel.

Nach ewigen ehrnen
Großen Gesetzen
Müßen wir alle
Unseres Daseyns
Kreise vollenden.

Nur allein der Mensch
Vermag das Unmögliche,

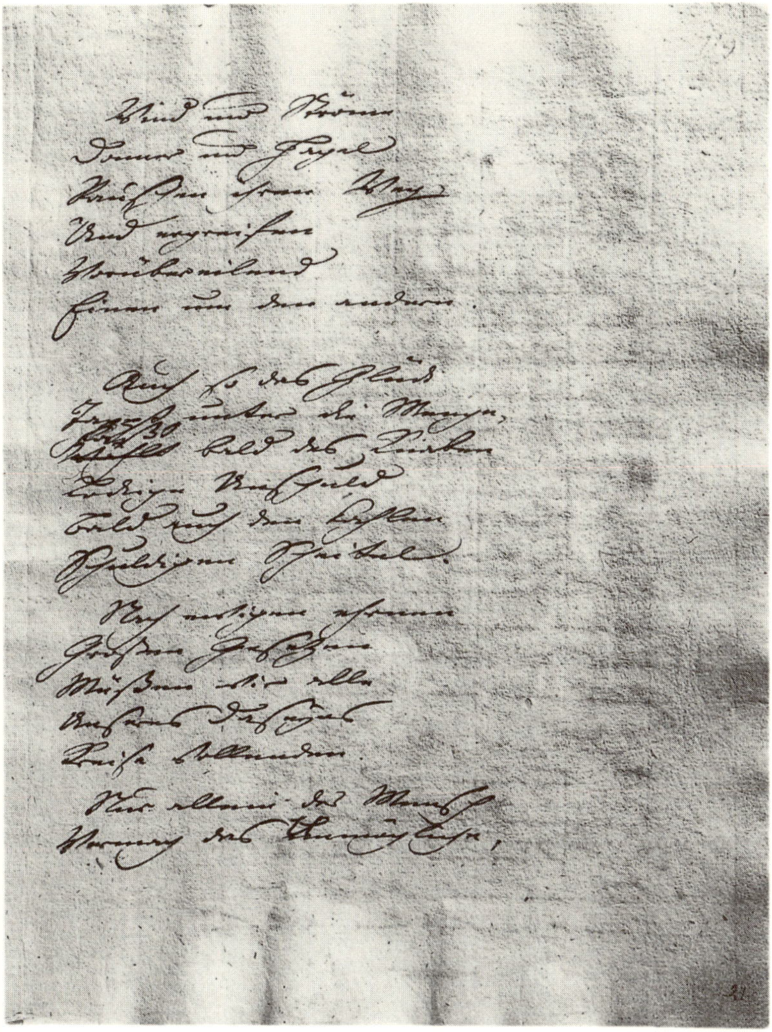

219

Wind und Ströme
Donner und Hagel
Rauschen ihren Weg
Und ergreifen
Vorübereilend
Einen um den andern.

Auch so das Glück
Tappt unter die Menge,
Faßt bald des Knaben
Lockige Unschuld
Bald auch den kahlen
Schuldigen Scheitel.

Nach ewigen ehrnen
Großen Gesetzen
Müssen wir alle
Unsers Daseins
Kreise vollenden.

Nur allein der Mensch
Vermag das Unmögliche,

21

Er unterscheidet
Wählet und richtet,
Er kann dem Augenblick
Dauer verleihen.

Er allein darf
Dem Guten lohnen,
Den Bösen strafen;
Heilen und retten
Alles Irrende, Schweifende
Nüzlich verbinden.

Und wir verehren
Die Unsterblichen,
Als wären sie Menschen,
Thäten im Großen
Was der Beste im Kleinen
Thut oder möchte.

Der edle Mensch
Sey hülfreich und gut!
Unermüdet schaff er
Das Nüzliche, Rechte
Sey uns ein Vorbild
Iener geahndeten Wesen.

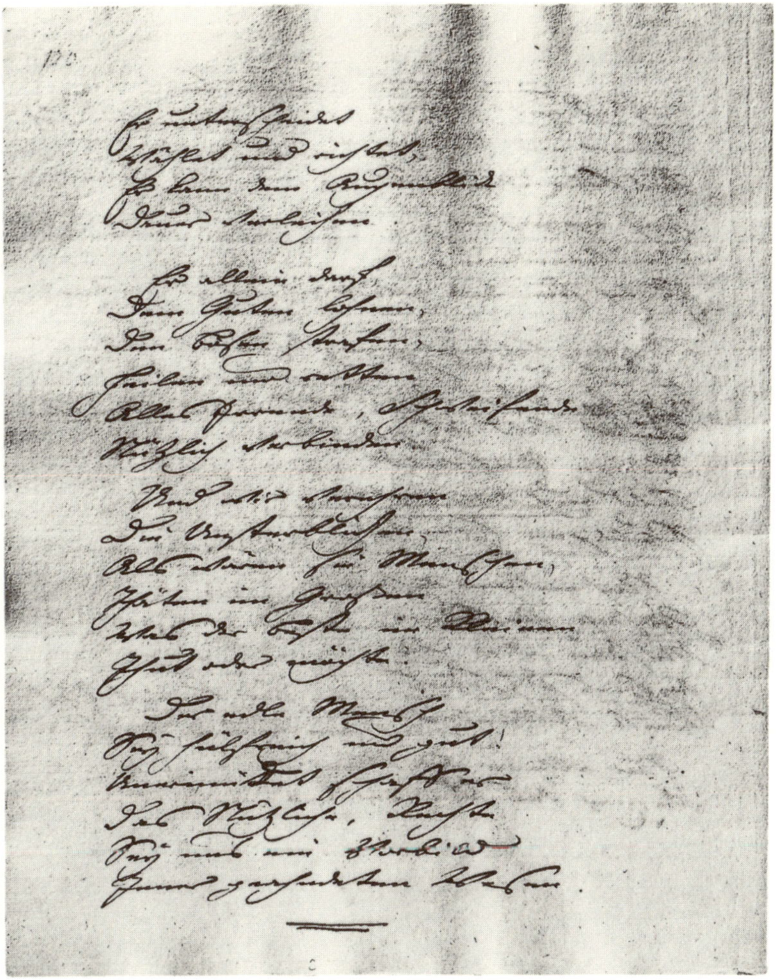
170

Er unterscheidet,
Wählet und richtet;
Er kann dem Augenblick
Dauer verleihen.

Er allein darf
Dem Guten lohnen,
Den Bösen strafen,
Heilen und retten,
Alles Irrende, Schweifende
Nützlich verbinden.

Und wir verehren
Die Unsterblichen,
Als wären sie Menschen,
Thäten im Großen,
Was der Beste im Kleinen
Thut oder möchte.

Der edle Mensch
Sey hülfreich und gut!
Unermüdet schaff er
Das Nützliche, Rechte,
Sey uns ein Vorbild
Jener geahndeten Wesen.

29

Morgen Klagen

O du loses, leidigliebes Mädchen
Sag mir an womit hab ich's verschuldet,
Daß du mich auf diese Folter spannest
Daß du dein gegeben Wort gebrochen.

Drucktest doch so freundlich gestern Abend
Mir die Hände, lispeltest so lieblich:
Ja ich komme, komme gegen Morgen
Ganz gewiß, mein Freund, auf deine Stube.

Angelehnet ließ ich meine Thüre
Hatte wohl die Angeln erst geprüfet
Und mich recht gefreut daß sie nicht knarrten.

Welche Nacht des Wartens ist vergangen!
Wacht ich doch und zählte jedes Viertel:
Schlief ich ein auf wenig Augenblicke,
War mein Herz beständig wach geblieben
Weckte mich von meinem leisen Schlummer.

Ja da segnet' ich die Finsterniße,
Die so ruhig alles überdeckten.

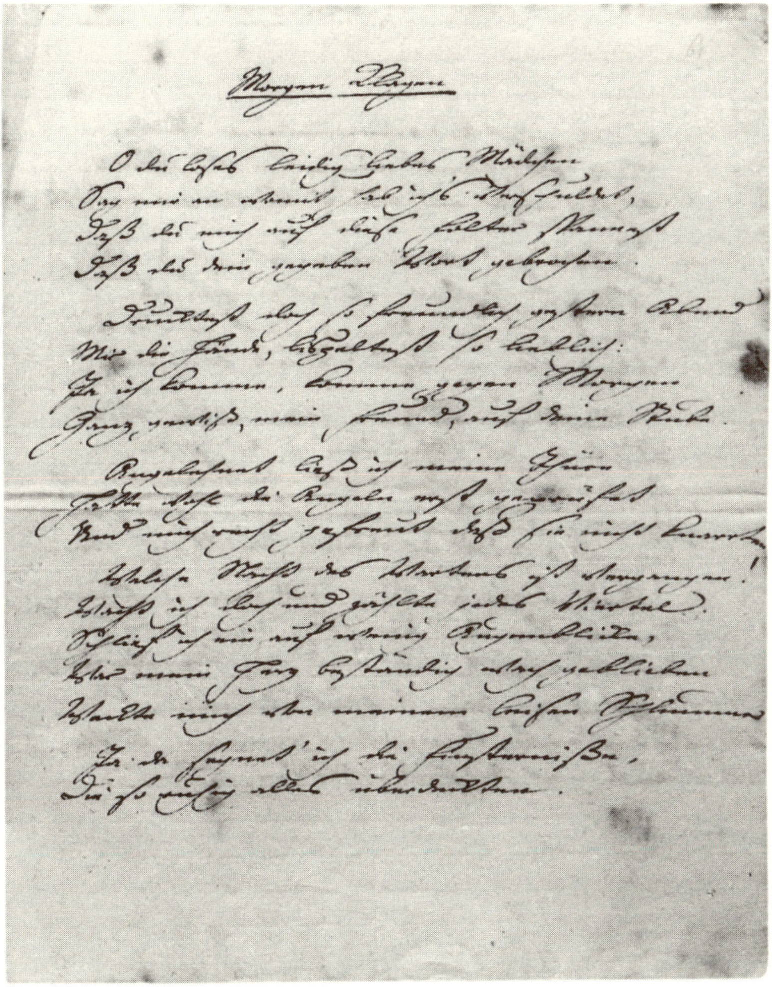
Morgen Klagen

O du loses leidig liebes Mädchen
Sag mir an womit hab ichs verschuldet,
Daß du mich auf diese Folter spannest
Daß du dein gegeben Wort gebrochen.

Drücktest doch so freundlich gestern Abend
Mir die Hände, bejahtest so lieblich:
Ja ich komme, komme gegen Morgen
Ganz gewiß, mein Freund, auf deine Stube.

Angelehnet ließ ich meine Türen
Hatte doch die Angeln erst geprüfet
Und mich recht gefreut daß sie nicht knarrten.

Welche Nacht des Wartens ist vergangen!
Wacht ich doch und zählte jedes Viertel.
Schlief ich ein auf wenig Augenblicke,
War mein Herz beständig wach geblieben
Weckte mich von meinem leisen Schlummer

Ja da segnet ich die Finsternisse,
Die so ruhig alles überdeckten.

Freute mich der allgemeinen Stille,
Horchte lauschend immer in die Stille,
Ob sich nicht ein Laut bewegen möchte.

»Hätte sie Gedancken wie ich dencke,
»Hätte sie Gefühl wie ich empfinde,
»Würde sie den Morgen nicht erwarten,
»Würde schon in dieser Stunde kommen.«

Hüpft ein Kätzchen oben über'n Boden,
Knisterte das Maüschen in der Ecke,
Regte sich, ich weis nicht was, im Hause,
Immer hofft ich deinen Schritt zu hören,
Immer glaubt ich deinen Tritt zu hören.

Und so lag ich lang und immer länger,
Und es fing der Tag schon an zu grauen
Und es rauschte hier und rauschte dorten.

»Ist es ihre Thüre? Wärs die meine!«
Saß ich aufgestemmt in meinem Bette,
Schaute nach der halberhellten Thüre,

---

21 sich] AlH: sie *gilt als Druckfehler.*

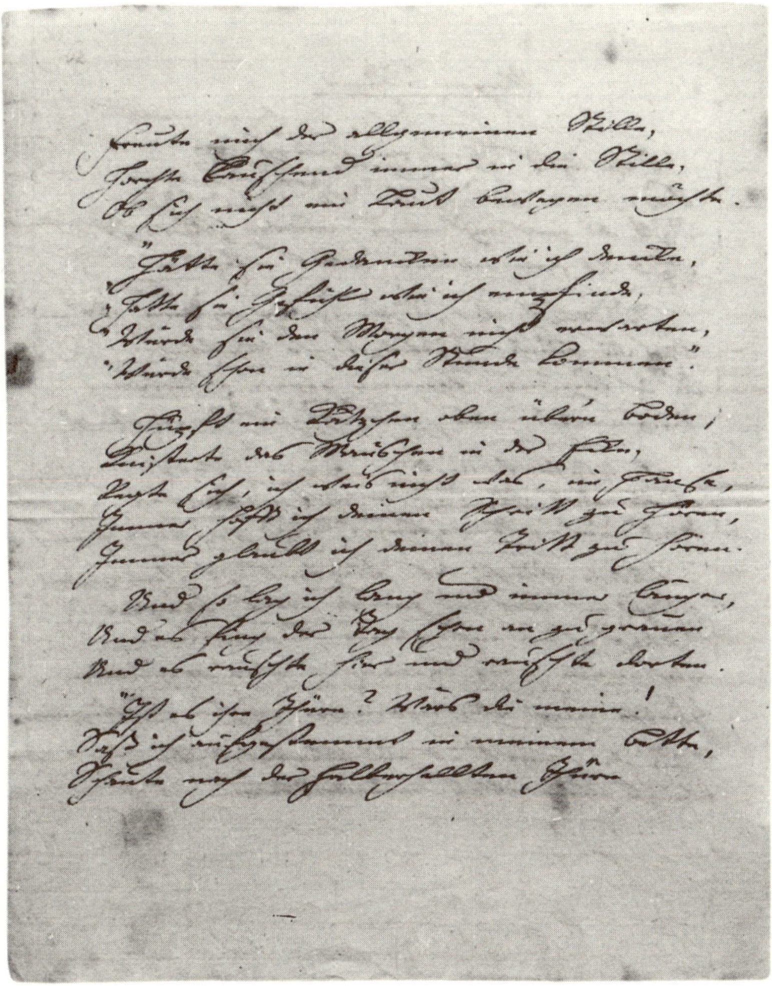
Freute mich der allgemeinen Stille,
Horchte lauschend immer in die Stille,
Ob sich nicht ein Laut bewegen möchte.

"Hätte sie Gedanken wie ich denke,
Hätte sie Gefühl wie ich empfinde,
Würde sie den Morgen nicht erwarten,
Würde schon in dieser Stunde kommen."

Hüpft ein Kätzchen oben überm Boden,
Knisterte das Mäuschen in der Ecke,
Regte sich, ich weiß nicht was, im Hause,
Immer hofft ich deinen Schritt zu hören,
Immer glaubt ich deinen Tritt zu hören.

Und so lag ich lang und immer länger,
Und es fing der Tag schon an zu grauen,
Und es rauschte hier und rauschte dorten.

"Ist es ihre Thüre? Wär's die meine!
Saß ich aufgestemmt in meinem Bette,
Schaute nach der halberhellten Thüre

Ob sie nicht sich wohl bewegen möchte.
Angelehnet blieb ~~die gute Thüre~~\en beyde Flügel/
Auf den ~~zarten~~ \leisen/ Angeln ruhig hangen.

Und der Tag ward immer hell und heller;
Hört ich schon des Nachbars Thüre gehen
Der das Taglohn zu gewinnen eilet,
Hört ich bald darauf die Wagen raßeln,
War das Thor der Stadt nun auch eröffnet,
Und es regte sich der ganze Plunder
Des bewegten Marcktes durcheinander.

Ward nun in dem Hauß ein Gehn und Kommen,
Auf und ab die Stiegen, hin und wieder
Knarrten Thüren, klapperten die Tritte.
Und ich konnte, wie vom schönen Leben,
Mich noch nicht von meiner Hoffnung scheiden.

Endlich, als die ganzverhaßte Sonne
Meine Fenster traf und meine Wände,
Sprang ich auf und eilte nach dem Garten
Meinen heissen, sehnsuchtsvollen Athem

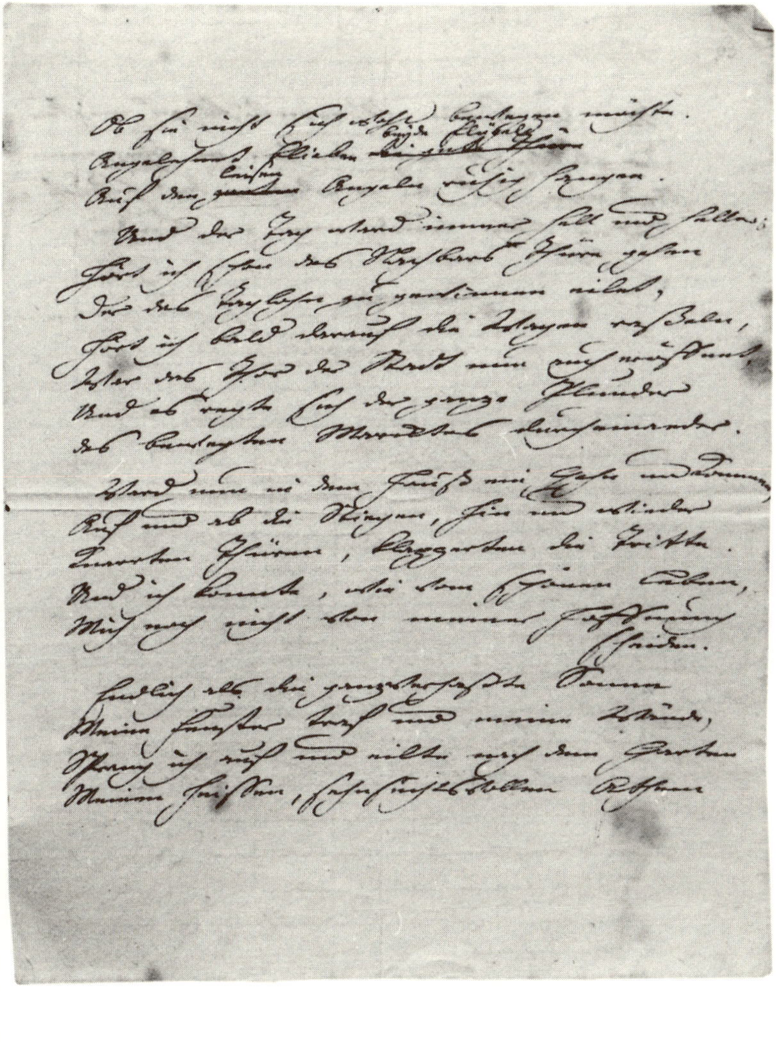

Mit der kühlen Morgenluft zu mischen;
Dir vielleicht im Garten zu begegnen:
Und nun bist du weder in der Laube
Noch im hohen Lindengang zu finden.

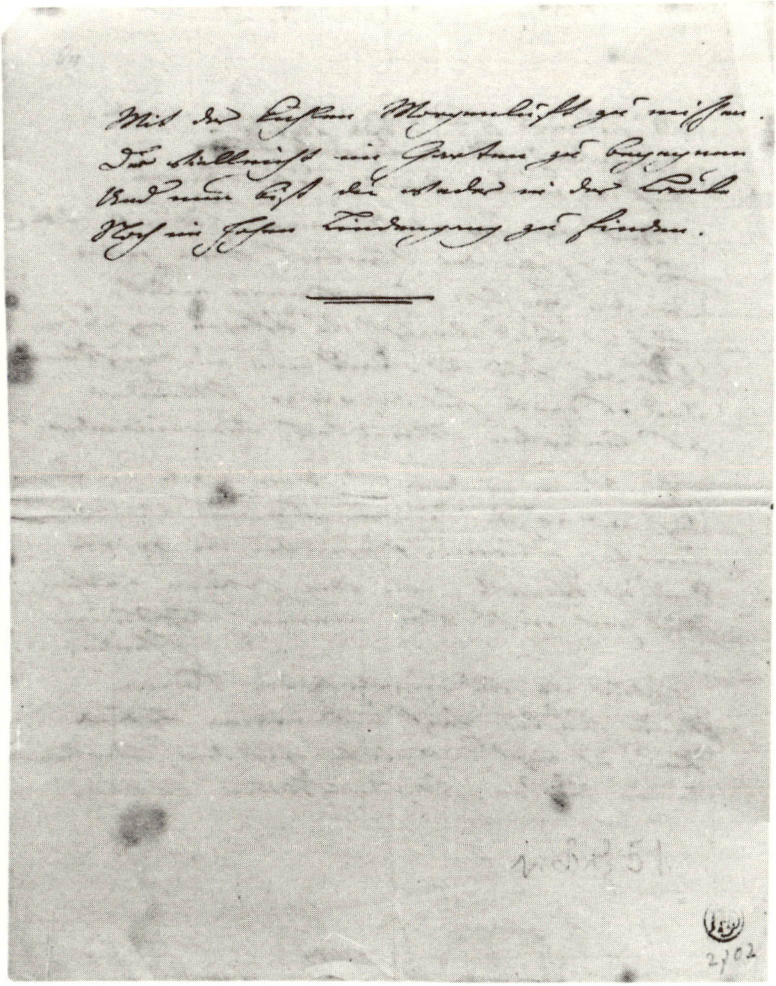
Mit der [illegible] Morgenlüfte zu wehen.
Dir [illegible] im Garten zu begegnen
Und nun bist du wieder in der kühlen
Nacht im hohen Lindengange zu finden.

30

⟨Froh empfind ich mich nun⟩
⟨Fünfte Römische *Elegie*⟩

Froh empfind ich mich nun auf klassischem Boden begeistert,
    Lauter und reizender spricht Vorwelt und Mitwelt zu mir;
Ich befolge den Rath, durchblättre die Werke der Alten
    Mit geschäftiger Hand täglich mit neuem Genuss;
Aber die Nächte hindurch hält Amor mich anders beschäftigt,
    Werd ich auch halb nur gelehrt bin ich doch doppelt vergnügt!
Und belehr ich mich nicht? wenn ich des lieblichen Busens
    Formen sp~~h~~ähe die Hand leite die Hüften hinab.
Dann versteh ich erst recht den Marmor ich denk und vergleiche,
    Sehe mit fühlendem Aug, fühle mit sehender Hand.

---

1 Lauter und reizender spricht Vorwelt und Mitwelt zu mir] AlH: Vor- und Mitwelt spricht lauter und reizender zu mir *3 Ich befolge] AlH:* Hier befolg' ich *6 vergnügt!] AlH:* beglückt *7 Wenn] AlH:* indem *9 erst recht den Marmor] AlH:* den Marmor erst recht

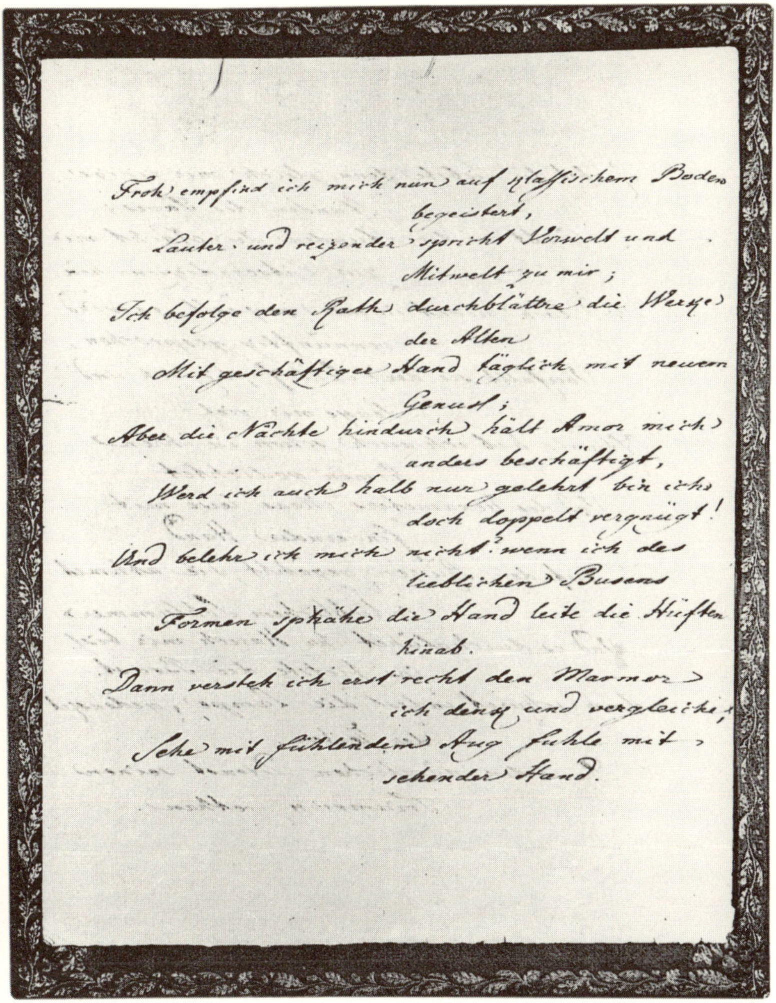

Froh empfind ich mich nun auf klassischem Boden
begeistert,
Lauter und reizender spricht Vorwelt und
Mitwelt zu mir;
Ich befolge den Rath durchblättre die Werke
der Alten
Mit geschäftiger Hand täglich mit neuem
Genuß;
Aber die Nächte hindurch hält Amor mich
anders beschäftigt,
Werd ich auch halb nur gelehrt bin ich
doch doppelt vergnügt!
Und belehr ich mich nicht. wenn ich des
lieblichen Busens
Formen spähe die Hand leite die Hüften
hinab.
Dann versteh ich erst recht den Marmor
ich denk und vergleiche,
Sehe mit fühlendem Aug fühle mit
sehender Hand.

Raubet die Liebste denn gleich mir einige Stunden des Tages;
Giebt sie die Stunden der Nacht mir zur Entschädigung hin.
Wird doch nicht immer geküßt, es wird vernünftig gesprochen,
Überfällt sie der Schlaf, lieg ich und denke mir viel.
Oftmals hab ich auch schon in ihren Armen gedichtet
Und des Hexameters Maas leise mit fingernder Hand
Ihr auf den Rücken gezählt, Sie athmet in lieblichem Schlummer
Und es durchglühet ihr Hauch mir biß ins tiefste die Brust.
Amor schüret indess die Lampe, gedencket der Zeiten
Da er den nämlichen Dienst seinen Triumvirn gethan.

---

11 Raubet] AlH: Raubt *12 sie die Stunden] AlH:* sie Stunden *19 indess die Lampe, gedencket] AlH:* die Lampe indeß und denket

Raubet die Liebste denn gleich mir einige Stunden des Tages;
Giebt sie die Stunden der Nacht mir zur Entschädigung hin.
Wird doch nicht immer geküßt, es wird vernünftig gesprochen,
Überfällt sie der Schlaf, lieg ich und denke mir viel.
Oftmals hab ich auch schon in ihren Armen gedichtet
Und des Hexameters Maas leise mit fingernder Hand
Ihr auf den Rücken gezählt, Sie athmet in lieblichem Schlummer
Und es durchglühet ihr Hauch mir bis ins tiefste die Brust.
Amor schüret indeß die Lampe, gedenket der Zeiten,
Da er den nämlichen Dienst seinen Triumvirn gethan.

Elegie I

Mehr als ich ahndete schön das Glück es ist mir geworden
Amor führte mich klug allen Pallästen vorbey.
Ihm ist es lange bekannt, auch hab ich es selbst wohl erfahren
Was ein goldnes Gemach hinter Tapeten verbirgt.
Nennet blind ihn und Knaben und ungezogen ich kenne
Kluger Amor dich wohl, nimmer bestechlicher Gott!
Uns verführten sie nicht die majestätschen Façaden,
Nicht der galante Balcon, weder das ernste Cortil.
Eilig ging es vorbey, und niedre zierliche Pforte
Nahm den Führer zugleich, nahm den Verlangenden auf.

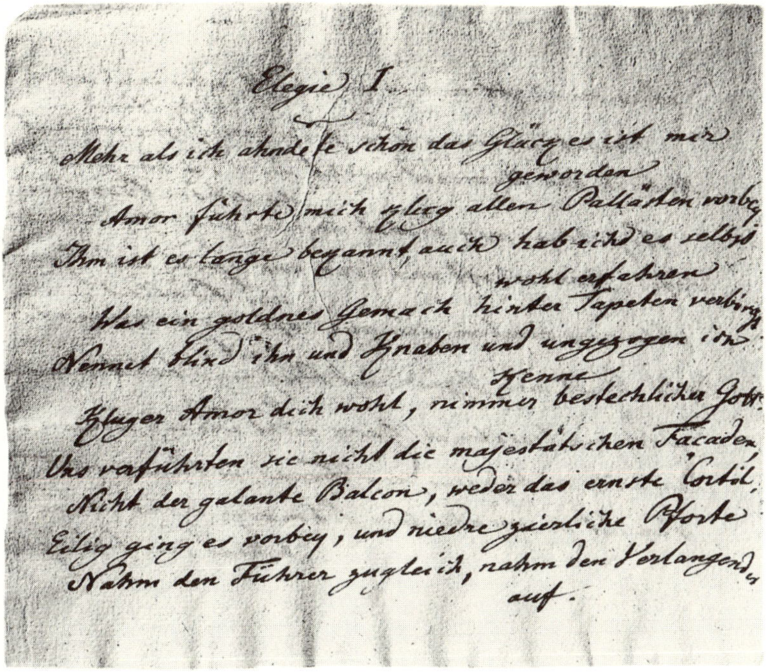

Elegie I.

Mehr als ich ahndete schon das Glück es ist mir geworden

Amor führte mich klug allen Pallästen vorbey.

Ihm ist es lange bekannt, auch hab ichs es selbst wohl erfahren

Was ein goldnes Gemach hinter Tapeten verbirgt.

Nennet blind ihn und Knaben und ungezogen ich kenne

Kluger Amor dich wohl, nimmer bestechlicher Gott.

Uns verführten sie nicht die majestätischen Facaden

Nicht der galante Balcon, weder das ernste Cortil,

Eilig ging es vorbey, und niedre zierliche Pforte

Nahm den Führer zugleich, nahm den Verlangenden auf.

Alles verschafft er mir da, hilft alles und alles erhalten
Streuet jeglichen Tag frischere Rosen mir auf.
Hab ich den Himmel nicht hier? – Was giebst du schöne Borghese,
Nipotina was giebst deinem Geliebten du mehr?
Tafel, Gesellschaft und Cors und Spiel und Oper und Bälle
Amorn rauben sie nur oft die gelegenste Zeit.
Ekel bleibt mir Gezier und Puz und hebet am Ende
Sich ein brocatener Rock nicht wie ein wollener auf?
Oder will sie bequem den Freund im Busen verbergen,
Wünscht er von alle dem Schmuck nicht schon behend sie befreyt?

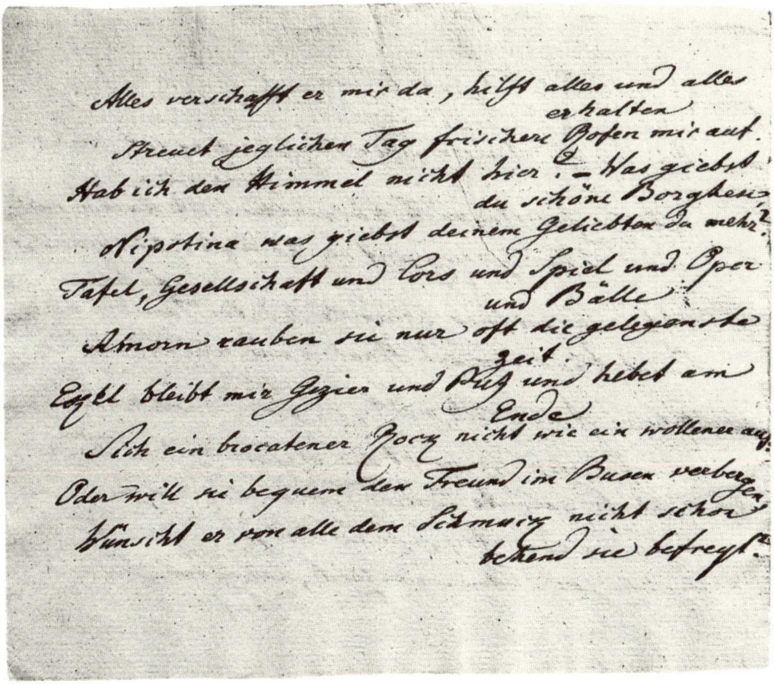

Alles verschafft er mir da, hilft alles und alles erhalten
Streuet jeglichen Tag frischere Rosen mir auf.
Hab ich den Himmel nicht hier? — Was giebst du schöne Borghese,
Nipotina was giebst deinem Geliebten du mehr?
Tafel, Gesellschaft und Cors und Spiel und Oper und Bälle
Amorn rauben sie nur oft die gelegenste Zeit.
Ekel bleibt mir Gezier und Putz und hebet am Ende
Sich ein brocatener Rock nicht wie ein wollener auf.
Oder will sie bequem den Freund im Busen verbergen
Wünscht er von alle dem Schmuck nicht schon behend sie befreyt?

Müssen nicht jene Juwelen und Spitzen, Polster und Fischbein
Alle zusammen herab eh er die Liebliche fühlt.
Näher haben wir das! Schon fällt dein wollenes Kleidchen
So wie der Freund es gelöst faltig zum Boden hinab.
Eilig trägt er das Kind, in leichter linnener Hülle
Wie es der Amme geziemt, scherzend aufs Lager hinan.
Ohne das seidne Gehäng und ohne gestickte Matrazzen
Stehet es, zweyen bequem, frey in dem weiten Gemach.
Nehme dann Jupiter mehr von seiner Juno, es lasse
Wohler sich, wenn er es kann irgend ein Sterblicher seyn.
Uns ergötzen die Freuden des aechten nacketen Amors
Und des geschauckelten Betts lieblicher knarrender Ton.

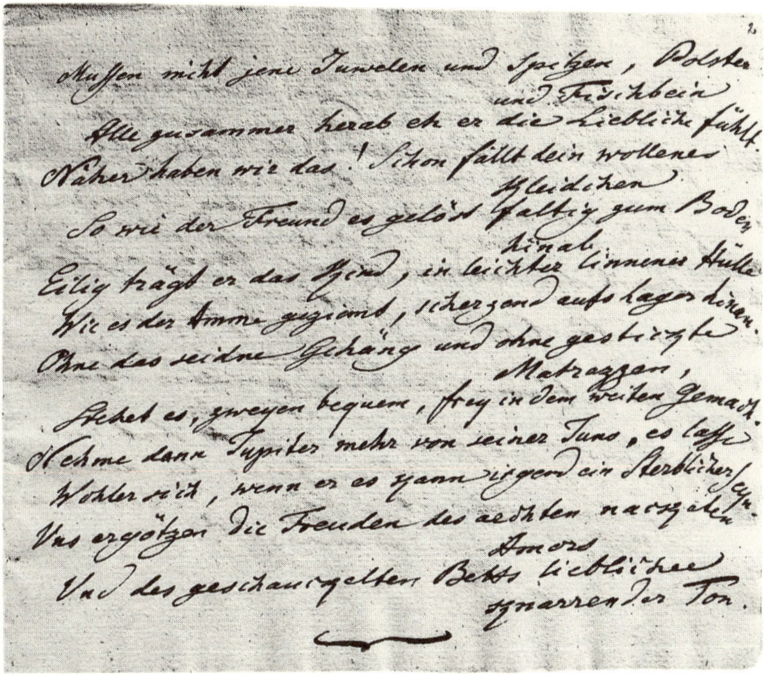
2

Müssen nicht jene Juwelen und Spitzen, Polster und Fischbein
Alle zusammen herab eh er die Liebliche fühlt.
Näher haben wir das! Schon fällt dein wollenes Kleidchen
So wie der Freund es gelöst faltig zum Boden hinab.
Eilig trägt er das Kind, in leichter linnener Hülle
Wie es der Amme geziemt, scherzend aufs Lager hinan.
Ohne das seidne Gehäng und ohne gestickte Matrazzen,
Stehet es, zweyen bequem, frey in dem weiten Gemach.
Nehme dann Jupiter mehr von seiner Juno, es lasse
Wohler sich, wenn er es kann irgend ein Sterblicher seyn.
Uns ergötzen die Freuden des aechten nacketen Amors
Und des geschaukelten Betts lieblicher knarrender Ton.

Elegie II

Zwey gefährliche Schlangen, vom Chore der Dichter gescholten,
Grausend nennt sie die Welt Jahre die tausende schon,
Python dich und dich Lernaischer Drache! Doch seyd ihr
Durch die rüstige Hand thätiger Götter gefällt.
Ihr zerstöret nicht mehr mit feurigem Athem und Geifer
Heerde, Wiesen und Wald goldene Saaten nicht mehr
Doch welch ein feindlicher Gott hat uns im Zorne die neue
Ungeheure Geburt giftigen Schlammes gesandt?

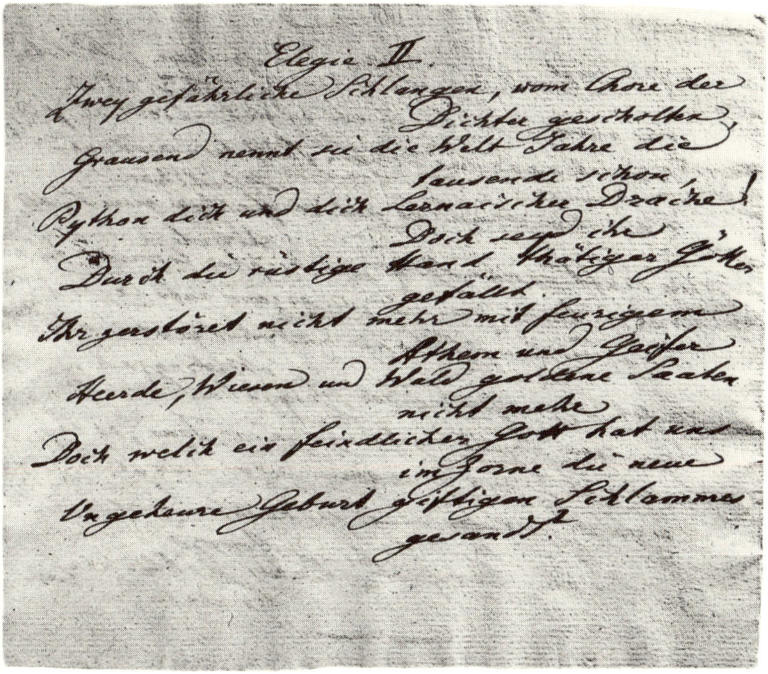
Elegie II.

Zwey gefährliche Schlangen, vom Chore der Dichter gescholten,
Grausend nennt sie die Welt Jahre die tausende schon,
Python dich und dich Lernaeischer Drache! Doch seyd ihr
Durch die rüstige Hand thätiger Götter gefällt.
Ihr zerstöret nicht mehr mit feurigem Athem und Geifer
Heerde, Wiesen und Wald goldene Saaten nicht mehr
Doch welch ein feindlicher Gott hat uns im Zorne die neue
Ungeheure Geburt giftigen Schlammes gesandt.

Überall schleicht er sich ein, und in den lieblichsten Gärtchen
Lauert, tückisch der Wurm, packt den genießenden an.
Sey mir hesperischer Drache gegrüßt, du zeigtest dich mutig,
Du vertheidigtest kühn goldener Aepfel Besitz!
Aber dieser vertheidiget nichts – und wo er sich findet
Sind die Gärten, die Frucht keiner Vertheidigung werth.
Heimlich krümmet er sich im Busche, besudelt die Quellen,
Geifert, wandelt in Gift Amors belebenden Thau.

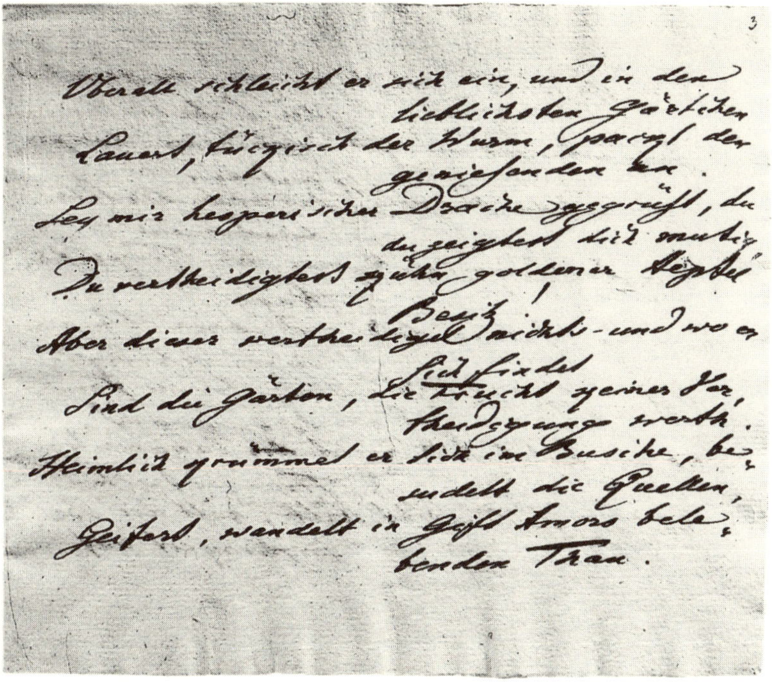
3

Überall schleicht er sich ein, und in den lieblichsten Gärtchen
Lauert, tückisch der Wurm, sparet der gewiesenden [illegible].
Sey mir hesperischer Drache gegrüßt, du zeigtest dich mutig
Du vertheidigtest kühn goldener Äpfel Besiz!
Aber dieser vertheidiget nichts – und wo er sich findet
Sind die Gärten, die Frucht seiner Vertheidigung werth.
Heimlich krümmet er sich im Busche, besudelt die Quellen,
Geifert, wandelt in Gift Amors belebenden Thau.

O! wie glücklich warst du Lucrez! du konntest der Liebe
Ganz entsagen und dich jeglichem Coerper vertraun.
Selig warst du Properz! Dir holte der Sclave die Dirnen
Vom Aventinus herab, aus dem Tarpeischen Hayn.
Und wenn Cynthia dich aus jenen Umarmungen schreckte
Untreu fand sie dich zwar; aber sie fand dich gesund.
Jetzt wer hütet sich nicht ~~die~~ langweilige Treue zu brechen
Wen die Liebe nicht hält, hält die Besorglichkeit auf.

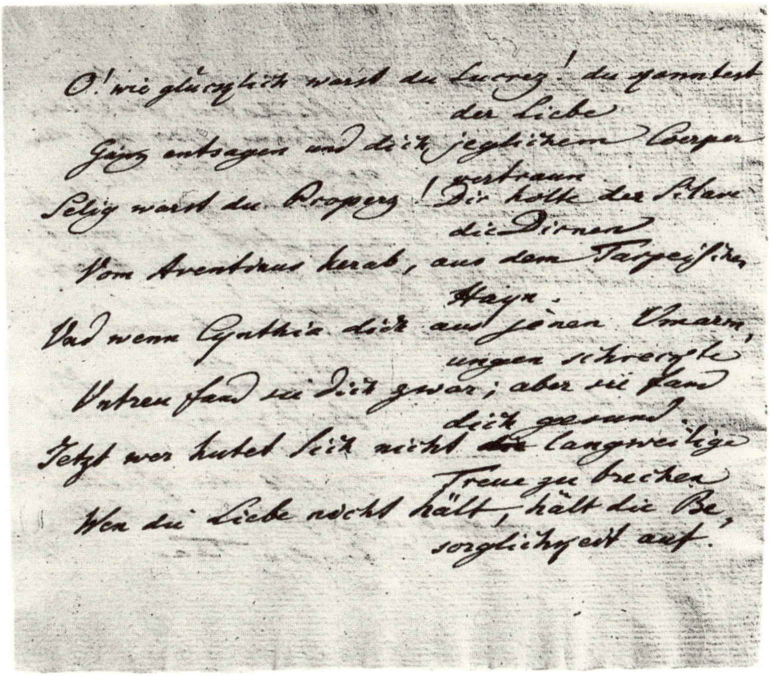
O! wie glücklich warst du Lucrez! du konntest der Liebe
Ganz entsagen und dich jeglichem Cörper vertraun
Selig warst du Properz! Dir holte der Sclave die Dirnen
Vom Aventinus herab, aus dem Tarpeïschen Hayn.
Und wenn Cynthia dich aus jenen Umarmungen schreckte,
Untreu fand sie dich zwar; aber sie fand dich gesund.
Jetzt wer hütet sich nicht ~~die~~ langweilige Treue zu brechen
Wen die Liebe nicht hält, hält die Besorglichkeit auf.

Und auch da, wer weiß! gewagt ist jegliche Freude
Nirgend legt man das Haupt ruhig dem Weib in den Schoos.
Sicher ist nicht das Ehbett mehr, nicht sicher der Ehbruch;
Gatte, Gattin und Freund eins ist im andern verletzt.
O! der goldenen Zeit! da Jupiter noch, vom Olympus,
Sich zur Semele bald, bald zu Callisto begab.
Ihm lag selber daran die Schwelle des heiligen Tempels
Rein zu finden den er liebend und mächtig betrat.

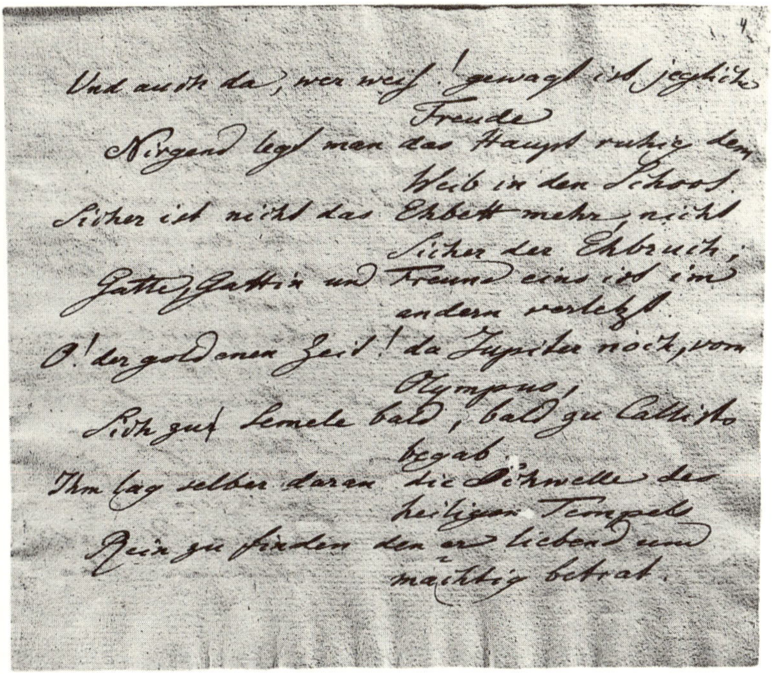

4

Und auch da, wer weiß! gewagt ist jegliche Freude
Nirgend legt man das Haupt ruhig dem Weib in den Schoos.
Sicher ist nicht das Ehbett mehr, nicht Sicher der Ehbruch;
Gatte, Gattin und Freund eins ist im andern verletzt.
O! der goldenen Zeit! da Jupiter noch, vom Olympus,
Sich zu Semele bald, bald zu Callisto begab.
Ihm lag selber daran die Schwelle des heiligen Tempels
Rein zu finden den er liebend und mächtig betrat.

O! wie hätte Juno getobt, wenn im Streite der Liebe
Gegen sie der Gemahl giftige Waffen gekehrt.
Doch wir sind nicht so ganz wir alte Heiden verlassen,
Immer schwebet ein Gott über der Erde noch hin,
Eilig und geschäftig, ihr kennt ihn alle verehrt ihn!
Ihn den Boten des Zeus, Hermes den heilenden Gott
Fielen des Vaters Tempel zu Grund, bezeichnen die Säulen
Paarweis kaum noch den Plaz alter verehrender Pracht,

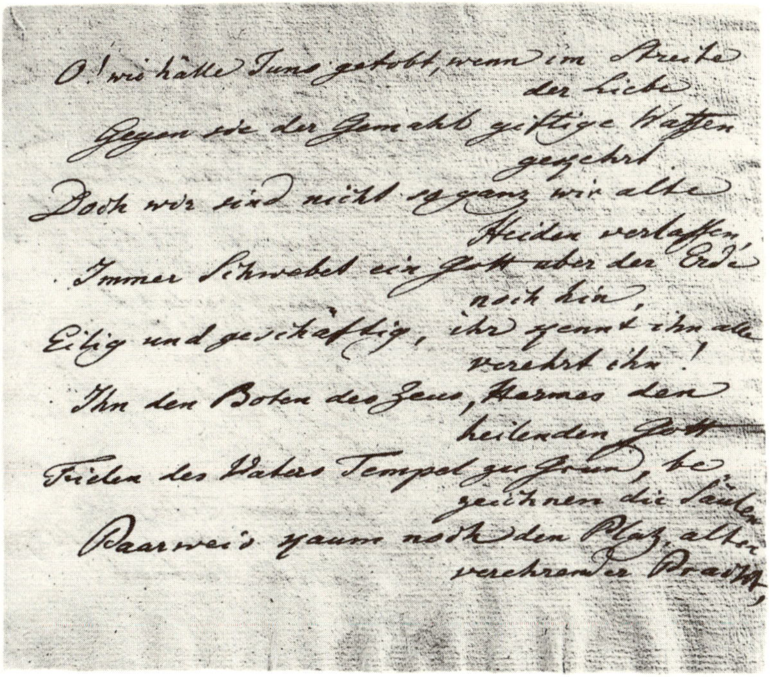

O! wie hätte Juno getobt, wenn im Streite der Liebe
Gegen sie der Gemahl giftige Waffen gekehrt
Doch wir sind nicht so ganz wie alte Heiden verlassen,
Immer schwebet ein Gott über der Erde noch hin,
Eilig und geschäftig, ihr kennt ihn alle verehrt ihn!
Ihn den Boten des Zeus, Hermes den heilenden Gott
Fielen des Vaters Tempel zu Grund, bezeichnen die Säulen
Paarweis kaum noch den Platz alter verehrender Pracht,

Wird des Sohnes Tempel doch stehn und ewige Zeiten
Wechselt der Bittende stets dort mit dem Danckenden ab.
Eins nur fleh ich im Stillen, an euch ihr Grazien wend ich
Dieses heiße Gebet tief aus dem Busen herauf.
Schützet immer mein kleines, mein artiges Gärtchen entfernet
Jegliches Übel von mir, reichet mir Amor die Hand,
O! so gebet mir stets sobald ich dem Schelmen vertraue
Ohne Sorgen und Furcht ohne Gefahr den Genuß.

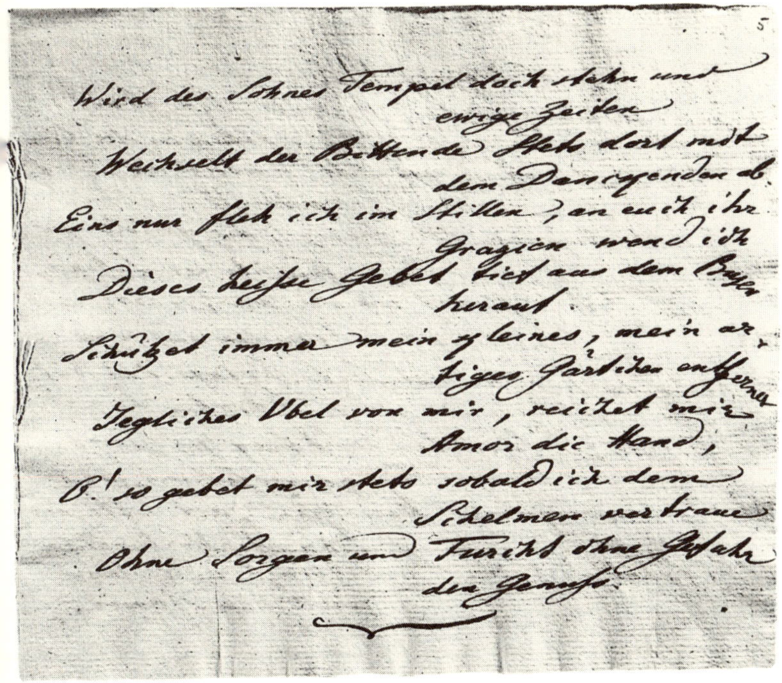
5

Wird des Sohnes Tempel doch stehn und
ewige Zeiten
Weihselt der Bittende stets dort mit
dem Dancsagenden ab.
Eins nur fleh ich im Stillen; an euch ihr
Grazien wend ich
Dieses heisse Gebet tief aus dem Busen
heraus.
Schützet immer mein kleines, mein ar-
tiges Gärtchen entfernet
Jegliches Übel von mir, reichet mir
Amor die Hand,
O! so gebet mir stets sobald ich dem
Schelmen vertraue
Ohne Sorgen und Furcht ohne Gefahr
den Genuss.

33

Elegie III

Hier ist mein Garten bestellt, hier wart ich die Blumen der Liebe
Wie sie die Muse gewählt weislich in Beete vertheilt.
Früchte bringen den Zweig, die goldenen Früchte des Lebens,
Glücklich pflanzt ich sie an, warte mit Freuden sie nun.
Stehe du hier an der Seite Priap! ich habe von Dieben
Nichts zu \be/fürchten und frey pflück und geniesse, wer mag
Nur bemercke die Heuchler, entnerfte, verschämte Verbrecher,
Nahet sich einer und blinzt über den zierlichen Raum,

---

4 Früchte bringen den Zweig] Verschrieben für: Früchte bringe der Zweig*?*

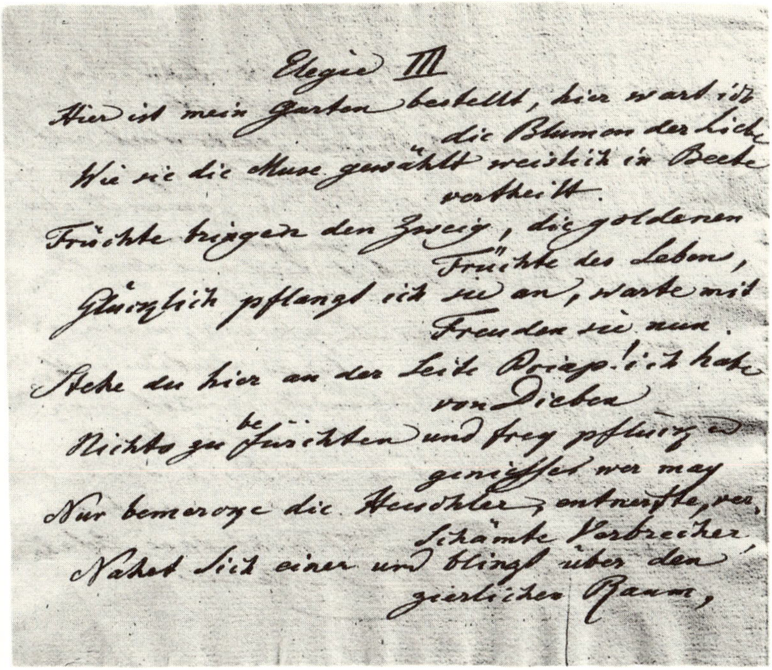

Elegie III

Hier ist mein Garten bestellt, hier wart ich die Blumen der Liebe
Wie sie die Muse gewählt weislich in Beete vertheilt.
Früchte bringen den Zweig, die goldenen Früchte des Leben,
Glücklich pflanzt ich sie an, warte mit Freuden sie nun.
Stehe du hier an der Seite Priap! ich habe von Dieben
Nichts zu befürchten und frey pflücke genießet wer mag
Nur bemerke die Heuchler, entnervte, verschämte Verbrecher.
Nahet sich einer und blinzt über den zierlichen Raum,

Ekelt an Früchten der reinen Natur, so straf ihn von hinten
Mit dem Pfale der dir roth von den Hüften entspringt

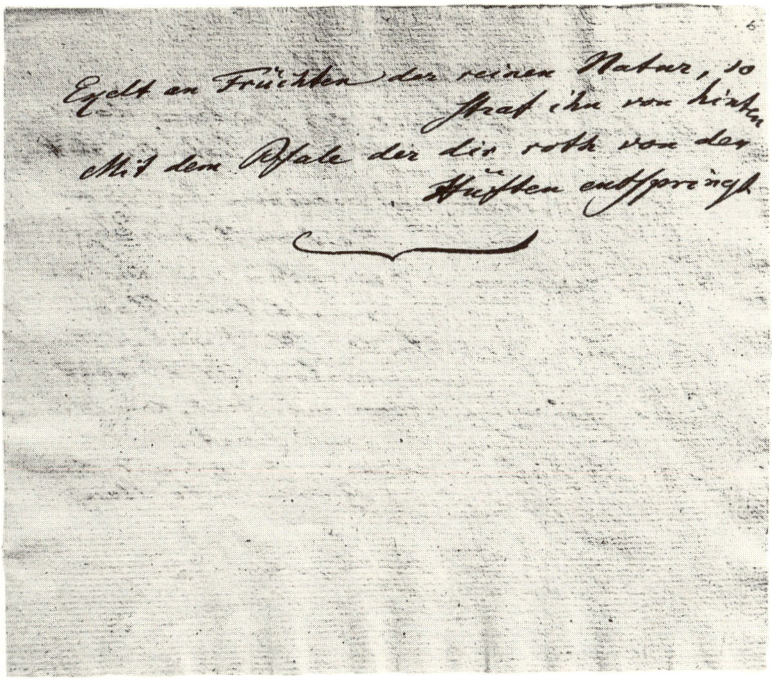

6

Ekelt an Früchten der reinen Natur, so
straf ihn von hinten
Mit dem Pfahle der dir roth von der
Hüfften entspringt

34

Elegie IV

—

Hinten im Winckel des Gartens da stand ich der letzte der Götter
Rohgebildet, und schlimm hatte die Zeit mich verlezt.
Kürbisranken schmiegten sich auf am veralteten Stamme,
Und schon krachte das Glied unter den Lasten der Frucht.
Dürres Gereisig neben mir an, dem Winter gewiedmet,
Den ich hasse denn er schickt mir die Raben aufs Haupt

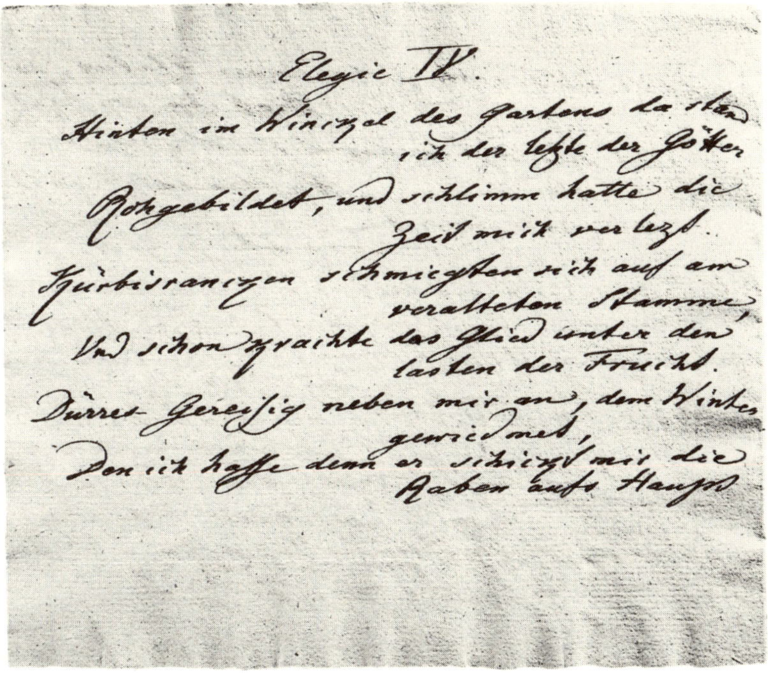

Elegie IV.

Hinten im Winkel des Gartens da stand
ich der lezte der Götter
Rohgebildet, und schlimm hatte die
Zeit mich verlezt.
Kürbisranken schmiegten sich auf am
veralteten Stamme,
Und schon krachte das Glied unter den
Lasten der Frucht.
Dürres Gereisig neben mir an, dem Winter
gewidmet,
Den ich hasse denn er schickt mir die
Raben aufs Haupt

Schändlich mich zu besudeln; der Sommer sendet die Knechte
Die sich entladende frech zeigen das rohe Gesäs.
Unflat oben und unten! ich mußte fürchten ein Unflat
Selber zu werden, ein Schwamm, faules verlohrenes Holz.
Nun, durch deine Bemühung o! redlicher Künstler gewinn ich
Unter Göttern den Plaz der mir und andern gebührt.
Wer hat Jupiters Thron, den schlechterworbnen, befestigt?
Farb und Elfenbein, Marmor und Erz und Gedicht.

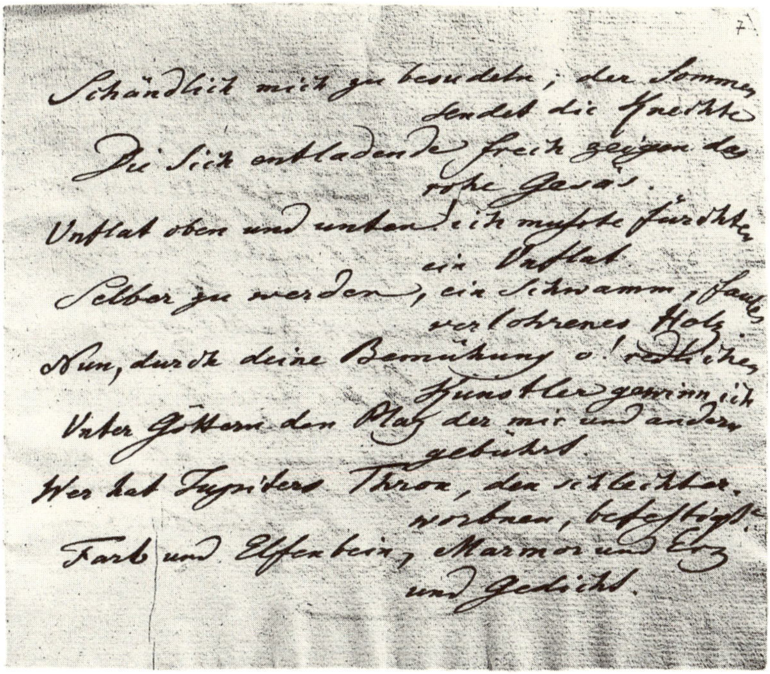
Schändlich mich zu besudeln; der Sommer
sendet die Knechte
Die sich entladende frech gegen das
rohe Gesäs.
Unflat oben und unten: ich mußte fürchten
ein Unflat
Selber zu werden, ein Schwamm, faules
verlohrenes Holz
Nun, durch deine Bemühung o! redlicher
Künstler gewinn ich
Unter Göttern den Platz der mir und andern
gebührt
Wer hat Jupiters Thron, den schlechtver-
worbnen, befestigt?
Farb und Elfenbein, Marmor und Erz
und Gedicht.

Gern erbliken mich nun verständige Männer und dencken
Mag sich jeder so gern wie es der Künstler gedacht.
Nicht das Mädchen entsetzt sich vor mir, und nicht die Matrone,
Häßlich bin ich nicht mehr, bin ungeheuer nur starck.
Dafür soll dir den auch halbfuslang die prächtige Ruthe
Strozzen vom Mittel herauf, wenn es die Liebste gebeut.
Soll das Glied nicht ermüden als bis ihr die Duzzend Figuren
Durchgenossen wie sie künstlich Philaenis erfand

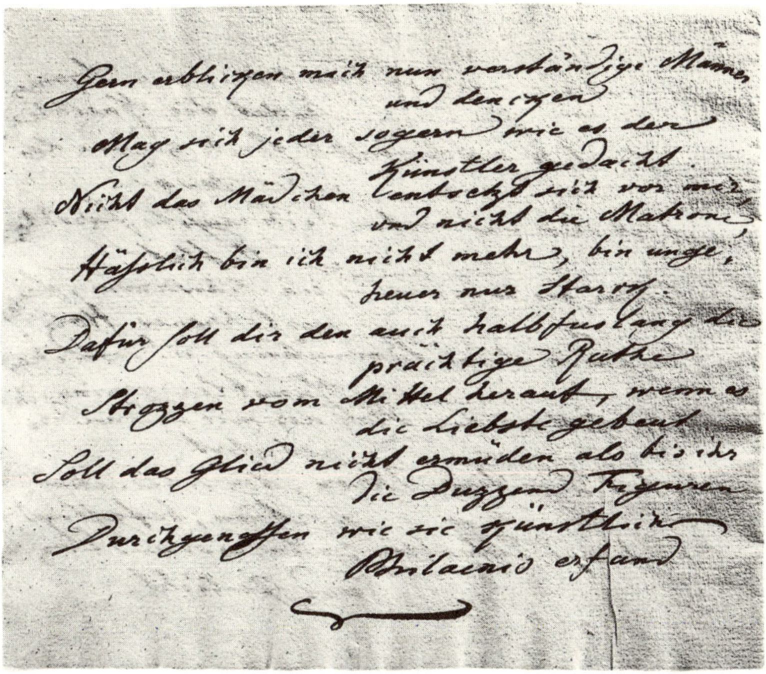
Gern erblicken mich nur verständige Männer
und denken
Mag sich jeder sogern wie es der
Künstler gedacht.
Nicht das Mädchen entsetze sich vor mir
und nicht die Matrone,
Häßlich bin ich nicht mehr, bin unge-
heuer nur stark.
Dafür soll dir denn auch halbfußlang die
prächtige Ruthe
Strozzen vom Mittel herauf, wenn es
die Liebste gebeut.
Soll das Glied nicht ermüden als bis ihr
die Duzzend Figuren
Durchgenossen wie sie künstlich
Philaenis erfand

35 ⟨Aus: Venezianische Epigramme⟩

1.

Sarkophagen und Urnen verzierte der Heide mit Leben,
    Faunen tanzen umher, mit der Bacchantinnen Chor
Machen sie bunte Reihe, wir sehen lebendig den Marmor!
    Flatternde Vögel wie schmeckt herrlich dem Schnabel die Frucht!
Ûnd so ziere denn auch den Sarkophagen des Dichters
    Diese Rolle, die er reichlich mit Leben geschmückt.

2.

Immer halt ich die Liebste begierig im Arme geschlossen
    Immer drängt sich mein Herz fest an den Busen ihr an.

Sarkophagen und Urnen ...] Für die ›Neuen Schriften‹ von 1800 ist das Epigramm stark verändert worden und umfaßt nun 12 Verse.
Nach 6 Immer halt ich] Gedicht unvollständig wiedergegeben.

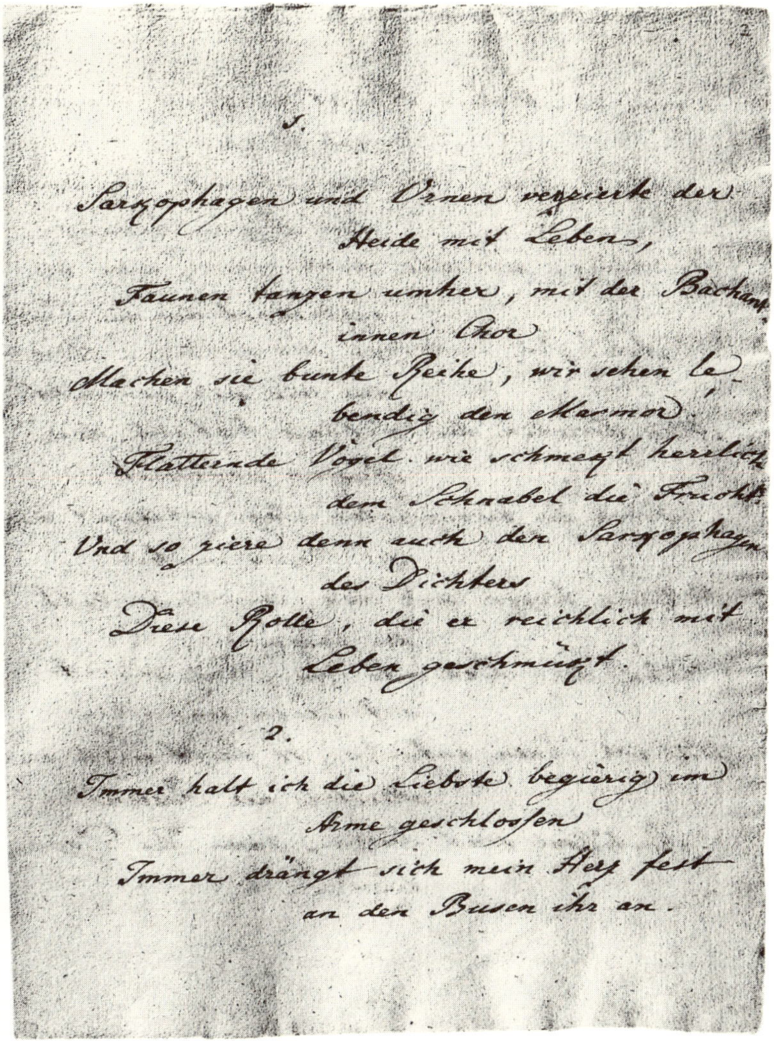

1.

Sarkophagen und Urnen verzierte der
Heide mit Leben,
Faunen tanzen umher, mit der Bachan-
innen Chor
Machen sie bunte Reihe, wir sehen le-
bendig den Marmor.
Flatternde Vögel. wie schmeckt herrlich
dem Schnabel die Frucht!
Und so ziere denn auch den Sarkophagen
des Dichters
Diese Rolle, die er reichlich mit
Leben geschmückt.

2.

Immer halt ich die Liebste begierig im
Arme geschlossen
Immer drängt sich mein Herz fest
an den Busen ihr an.

~~Der Minister~~

Klug und thätig und fest, bekannt mit allem, nach oben
Und nach unten gewandt, er sey Minister und bleib's.

~~Der Hofmann~~.

Welchen Hofmann ich ehre? Den klärsten und feinsten! Das andre
Was er noch sonst besitzt, kommt ihm als Menschen zu gut.

~~Der Rathsherr~~

Ob du der Klügste seist: daran ist wenig gelegen;
Aber der Biederste sey, so wie bei Rathe, zu Haus.

Der Nachtwächter

Ob du wachst, das kümmert uns nicht, wofern du nur singest.
Singe, ~~wie mehrere thun~~ \Wächter, dein Lied/ schlafend ~~wo möglich, dein Lied~~ \wie mehrere thun/.

Diesmal gabst \streust/ du, o Herbst, uns \leichte/ welkende, ~~fallende~~ Blätter;
Gib mir ein andermal schwellende Früchte dafür.

Schreiber: Johann Jakob Ludwig Geist; Zusatz von Goethe
1 er sey] AlH (hier schon durch Umzifferung vorbereitet): sey er *9f. Diesmal ... dafür] Streifen eingeklebt, Goethes Hand. 9 welkende] AlH:* verwelkende

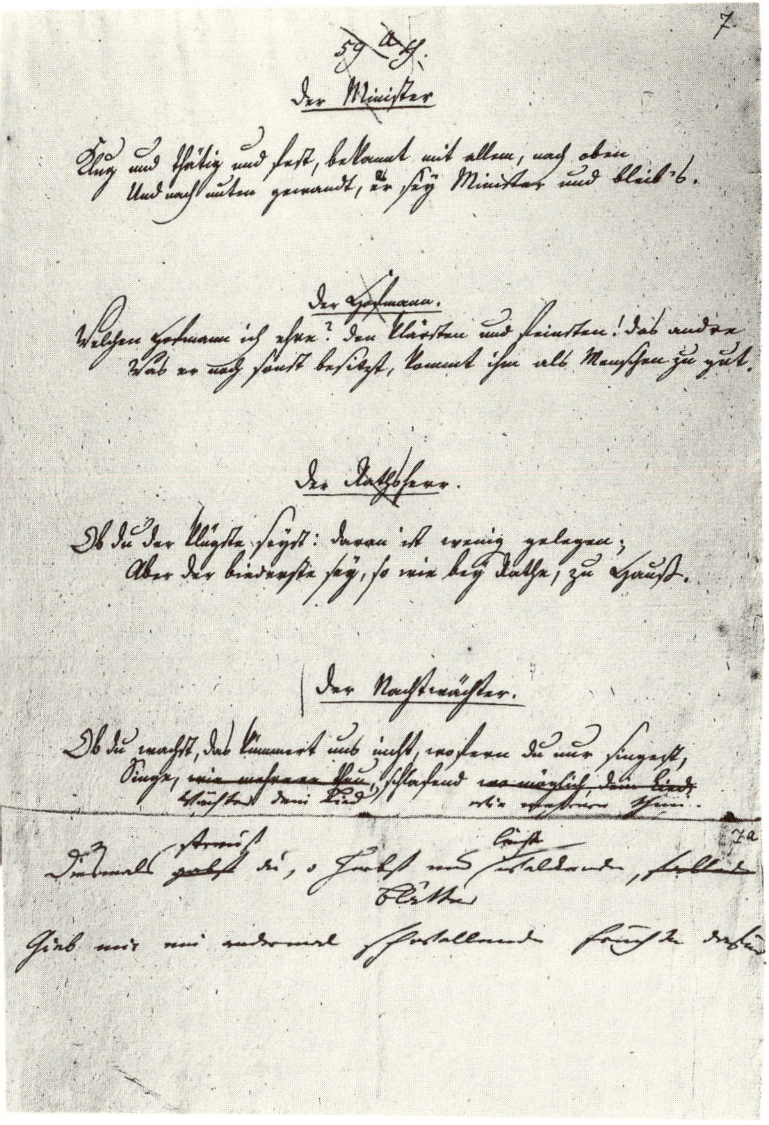
7
59
Der Minister
Klug und thätig und fest, bekannt mit allem, nach oben
Und nach unten gewandt, sey Minister und bleib's.
Der Hofmann.
Welchen Hofmann ich ehre? Den klärsten und feinsten! Das andre
Was er noch sonst besitzt, kommt ihm als Menschen zu gut.
Der Rathsherr.
Ob du der klügste seyst: daran ist wenig gelegen;
Aber der biederste sey, so wie bey Rathe, zu Hauß.
Der Nachtwächter.
Ob du wachst, das kümmert uns nicht, wofern du nur singest,
Singe;
7a

Dauer im Wechsel

Hielte diesen frühen Segen
Ach, nur Eine Stunde fest!
Aber vollen Blütenregen
Schüttelt schon der laue West.
Soll ich mich des Grünen freuen?
Dem ich Schatten erst verdankt\?/
Bald wird Sturm auch das zerstreuen,
Wenn es falb im Herbst geschwankt.

Willst du nach den Früchten greifen,
Eilig nimm dein Theil davon!
Diese fangen an zu reifen
Und die andern keimen schon;
Gleich mit jedem Regengusse,
Aendert sich dein holdes Thal,
Ach!\,/ und in demselben Flusse
Schwimmst du nicht zum zweytenmal.

Du nun selbst! Was felsenfeste
Sich vor dir hervorgethan,
Mauern siehst du, siehst Palläste
Stets mit andern Augen an.
Weggeschwunden ist die Lippe,
Die im Kusse sonst genas,
Jener Fuß, der an der Klippe
Sich, mit Gemsenfreche, maß.

Schreiber: Johann August Friedrich John.

102

Dauer im Wechsel

Hielte diesen frühen Segen
Ach, nur Eine Stunde fest!
Aber vollen Blütenregen
Schüttelt schon der laue West.
Soll ich mich des Grünen freuen?
Dem ich Schatten erst verdankt?
Bald wird Sturm auch das zerstreuen,
Wenn es falb im Herbst geschwankt.

Willst du nach den Früchten greifen;
Eilig nimm dein Theil davon!
Diese fangen an zu reifen
Und die andern keimen schon;
Gleich mit jedem Regengusse,
Ändert sich dein holdes Thal,
Ach, und in demselben Flusse
Schwimmst du nicht zum zweytenmal.

103 Du nun selbst! Was felsenfeste
Sich vor dir hervorgethan,
Mauern siehst du, siehst Palläste
Stets mit andern Augen an.
Weggeschwunden ist die Lippe,
Die im Kusse sonst genas,
Jener Fuß, der an der Klippe
Sich, mit Gemsenfreche, maß.

Jene Hand, die gern und milde
Sich bewegte wohlzuthun,
Das gegliederte Gebilde,
Alles ist ein andres nun.
Und was sich, an jener Stelle,
Nun mit deinem Namen nennt,
Kam herbey, wie eine Welle,
Und so eilt's zum Element.

Laß den Anfang mit dem Ende
Sich in Eins zusammen ziehn!
Schneller als die Gegenstände
Selber dich vorüberfliehn.
Denke, daß die Gunst der Musen
Unvergängliches verheißt,
Den Gehalt in deinem Busen
Und die Form in deinem Geist.

---

31 Kommata in der Zeile mit Blei getilgt. *37 Denke] So auch AlH. Wird von der WA als Fehler für ältere Lesart* Danke *eingeschätzt.*

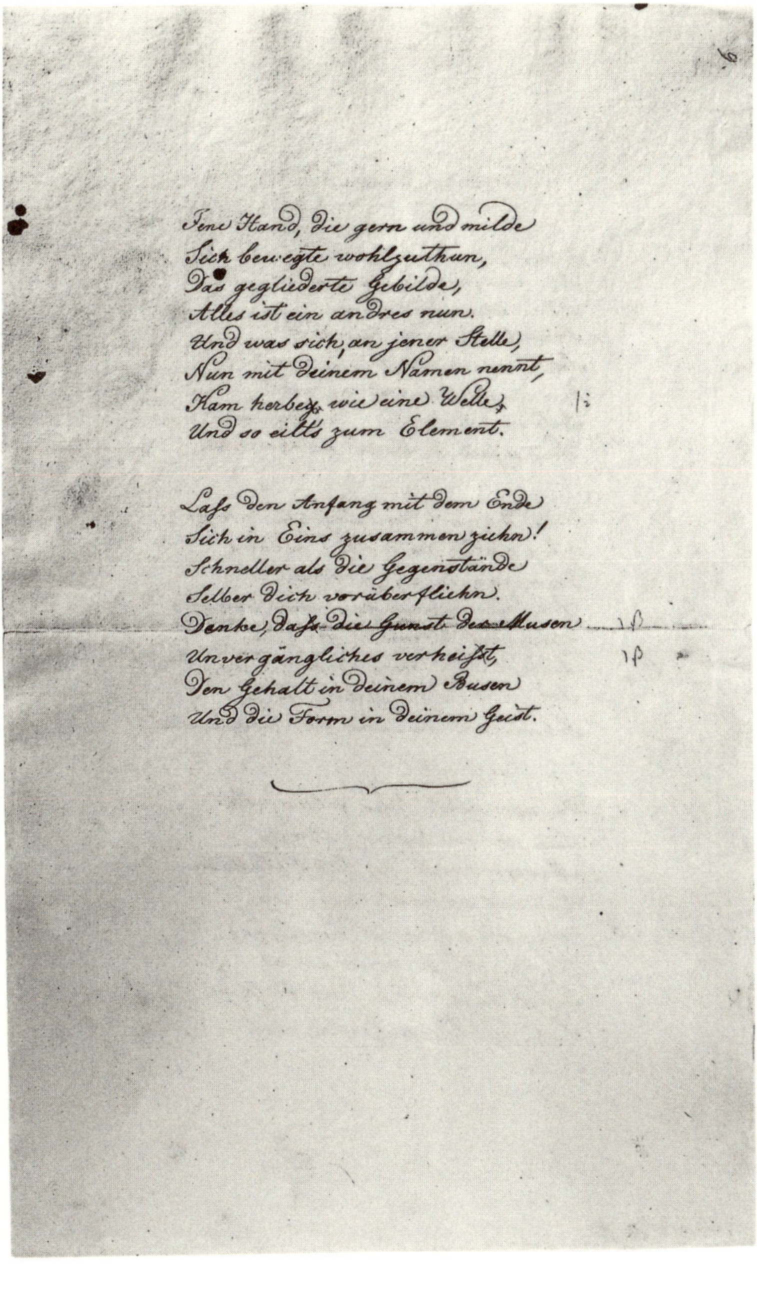
6

Jene Hand, die gern und milde
Sich bewegte wohlzuthun,
Das gegliederte Gebilde,
Alles ist ein andres nun.
Und was sich, an jener Stelle,
Nun mit deinem Namen nennt,
Kam herbey, wie eine Welle,
Und so eilt's zum Element.

Laß den Anfang mit dem Ende
Sich in Eins zusammen ziehn!
Schneller als die Gegenstände
Selber dich vorüberfliehn.
Denke, daß die Gunst der Musen
Unvergängliches verheißt,
Den Gehalt in deinem Busen
Und die Form in deinem Geist.

38

Das Tagebuch.
1810.

—

– Aliam tenui; sed iam quum gaudia adirem,
Admonuit dominæ deseruitque Venus.

–

Schreiber: Friedrich Wilhelm Riemer. Mit teilweise verwischten Bleistiftkorrekturen Goethes. Goethe hat die Korrekturen auf einem separaten Blatt noch einmal eigenhändig zusammengeschrieben.

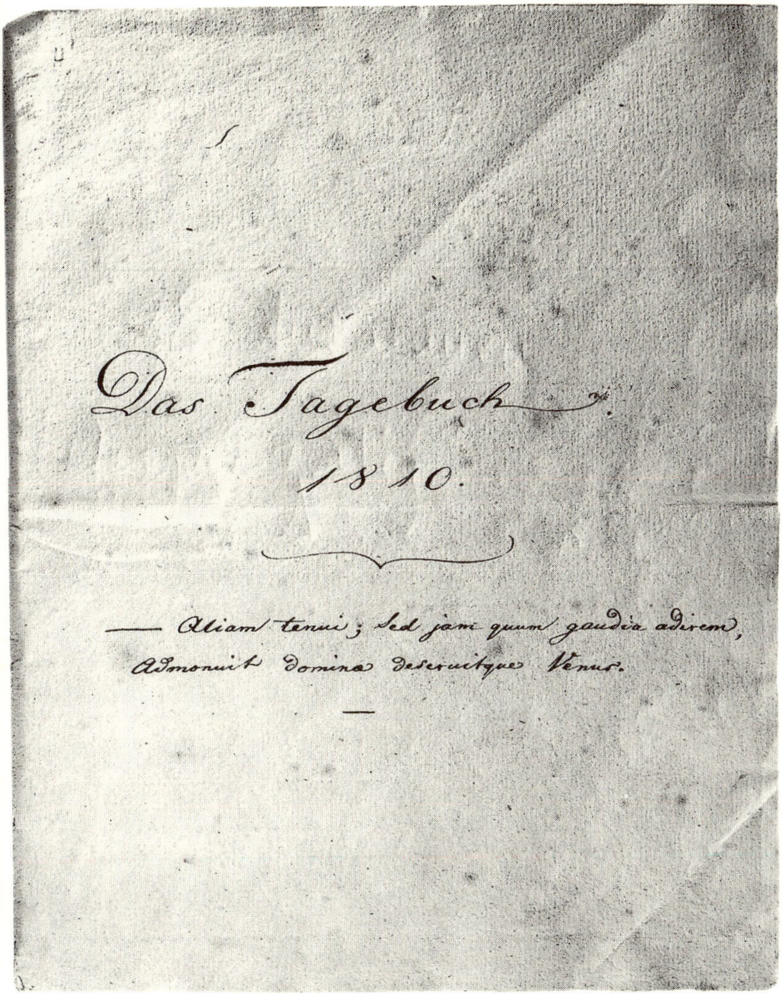

Das Tagebuch.

1810.

— Aliam tenui; sed jam quum gaudia adirem,
Admonuit dominae deseruitque Venus.

—

I.

Wir hören's oft und glauben's wohl am Ende
Das Menschenherz sey ewig unergründlich
Und wie man auch sich hin und wieder wende
So sey der Christe wie der Heide sündlich.
Das Beste bleibt, wir geben uns die Hände
Und nehmen das Problem nicht sehr empfindlich:
Denn zeigt sich auch ein Dämon uns versuchend
So waltet was, gerettet ist die Tugend.

II.

Von meiner Trauten lange Zeit entfernet,
Wie's öfters geht, nach irrdischem Gewinne
Und was ich auch gewonnen und gelernet,
So hatt' ich doch nur immer Sie im Sinne,
Und wie zu Nacht der Himmel erst sich sternet
Erinn'rung uns umleuchtet ferner Minne:
So ward im Federzug des Tags Ereigniß
Mit süßen Worten Ihr ein freundlich Gleichniß.

---

6 Und nehmen das Problem nicht sehr empfindlich:] Korr.: Und nehmen's mit der Lehre nicht empfindlich:

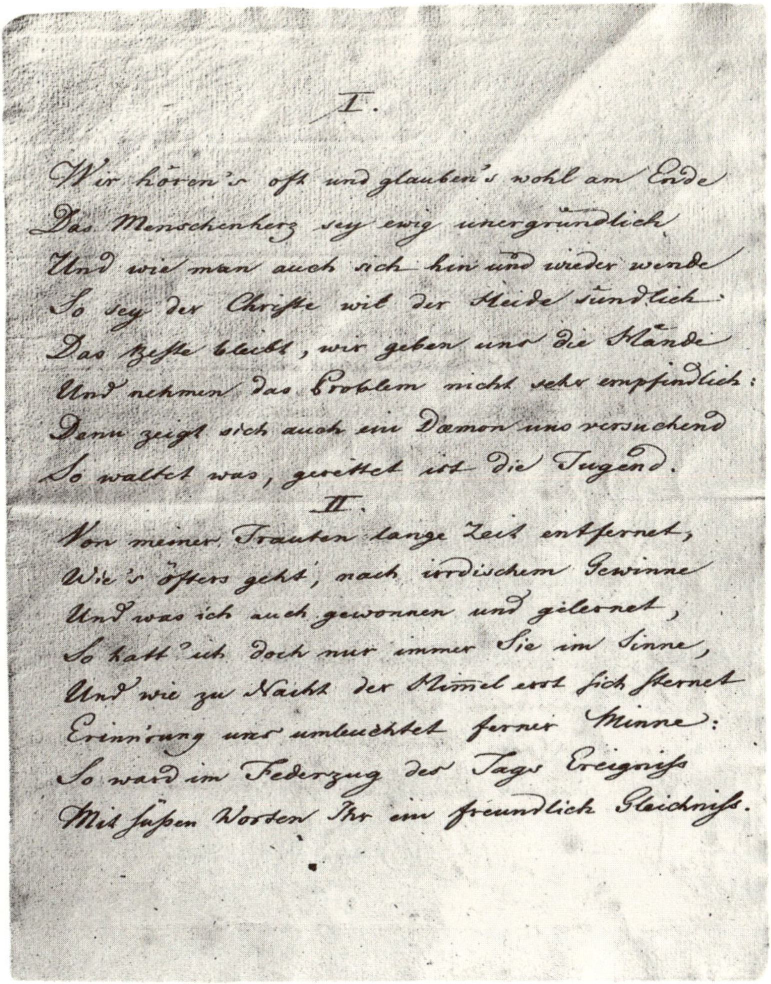

I.

Wir hören's oft und glauben's wohl am Ende
Das Menschenherz sey ewig unergründlich
Und wie man auch sich hin und wieder wende
So sey der Christe wie der Heide sündlich.
Das Beste bleibt, wir geben uns die Hände
Und nehmen das Problem nicht sehr empfindlich:
Denn zeigt sich auch ein Dæmon uns versuchend
So waltet was, gerettet ist die Tugend.

II.

Von meiner Trauten lange Zeit entfernet,
Wie's öfters geht, nach irrdischem Gewinne
Und was ich auch gewonnen und gelernet,
So hatt' ich doch nur immer Sie im Sinne,
Und wie zu Nacht der Himmel erst sich sternet
Erinn'rung uns umleuchtet ferner Minne:
So ward im Federzug des Tags Ereigniß
Mit süßen Worten Ihr ein freundlich Gleichniß.

III.

Ich eilte nun zurück. Zerbrochen sollte
Mein Wagen mich noch eine Nacht verspäten
Schon dacht' ich mich wie ich zu Hause rollte;
Allein da war Geduld und Werk von nöthen
Und wie ich auch mit Schmid und Wagner tollte
Sie hämmerten und brauchten nicht zu reden
Ich war bey Christen merkt' ich, nicht bey Türken;
Ich sollte zahlen und sie wollten wirken.

IV

Was war zu thun? Ein Stern des nächsten Schildes
Berief mich hin, die Wohnung schien erträglich
Ein Mädchen kam, des seltensten Gebildes,
Das Licht erleuchtend. Mir ward gleich behäglich.
Hausflur und Treppe sah' ich als ein Mildes,
Die Zimmerchen erfreuten mich unsäglich.
Den sündigen Menschen der im Freyen schwebet
Die Schönheit spinnt, sie ist's die ihn umwebet.

22-24 Sie hämmerten … wirken] Korr: Sie hämmerten verschmähten viel zu reden | Ein jedes Handwerk hat nun seine Schnurren | Was blieb mir nun zu weilen und zu murren *25 Was war zu thun?] Korr.:* So stand ich nun! Der Stern

III.

Ich eilte nun zurück. Zerbrochen sollte
Mein Wagen mich noch eine Nacht verspäten
Schon dacht' ich mich wie ich zu Hause wollte;
Allein da war Geduld und Werk von nöthen
Und wie ich auch mit Schmid und Wagner tollte
Sie hämmerten und brauchten nicht zu reden
Ich war bey Christen merkt' ich, nicht bey Türken,
Ich sollte zahlen und sie wollten wirken.

IV.

Was war zu thun? Ein Stern des nächsten Schildes
Berief mich hin, die Wohnung schien erträglich
Ein Mädchen kam, des seltensten Gebildes,
Das Licht erleuchtend. Mir ward gleich behäglich.
Hausflur und Treppe sah' ich als ein Mildes,
Die Zimmerchen erfreuten mich unsäglich.
Der sündigen Menschen der im Freyen schwebet
Die Schönheit spinnt, sie ist's die ihn umwebet.

V

Nun setzt' ich mich zu meiner Tasch' und Briefen
Und meines Tagebuchs Genauigkeiten,
Um so wie sonst, wenn alle Menschen schliefen,
Mir und der Trauten Freude zu bereiten;
Doch weiß ich nicht, die Tintenworte liefen
Nicht so wie sonst in alle Kleinigkeiten:
Das Mädchen kam, des Abendessens Bürde
Vertheilte sie gewandt mit Gruß und Würde.

VI.

Sie geht und kommt; ich spreche, sie erwiedert.
Mit jedem Wort erscheint sie mir geschmückter.
Und wie sie leicht mir nun das Huhn zergliedert
Bewegend Hand u. Arm, geschickt, geschickter.
Was auch das tolle Zeug in uns befiedert,
Genug ich bin verworr'ner bin verrückter,
Den Stuhl umwerfend spring' ich auf und fasse
Das schöne Kind; sie lispelt: Lasse, Lasse!

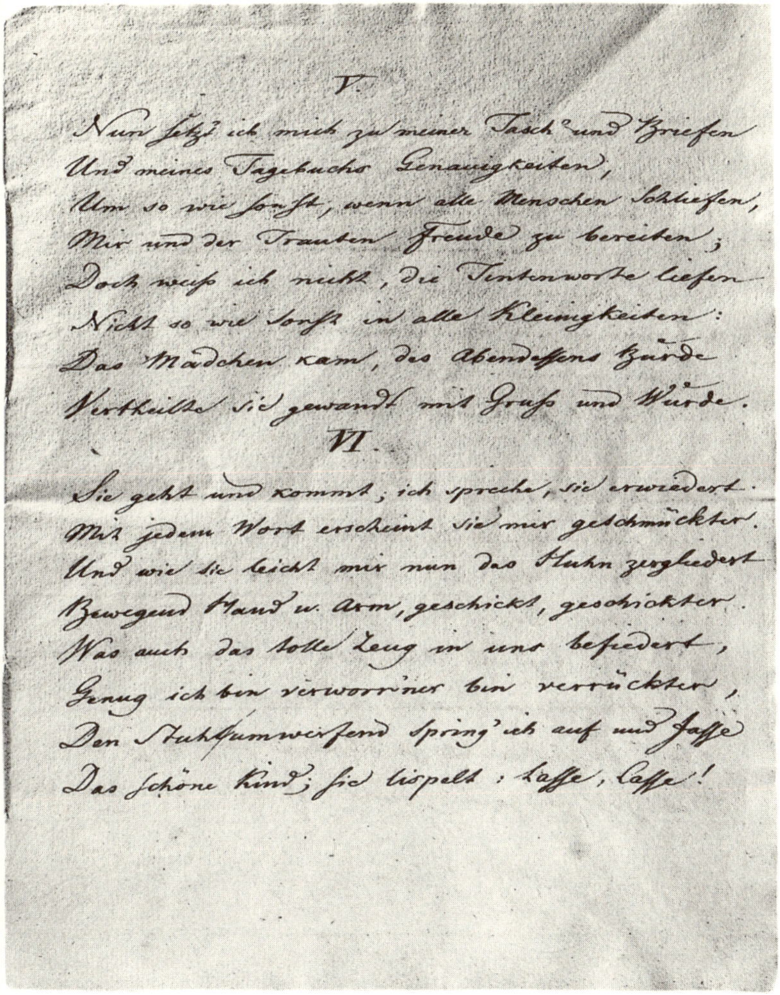

V.

Nun setz' ich mich zu meiner Tasch' und Briefen
Und meines Tagebuchs Genauigkeiten,
Um so wie sonst, wenn alle Menschen schliefen,
Mir und der Trauten Freude zu bereiten;
Doch weiß ich nicht, die Tintenworte liefen
Nicht so wie sonst in alle Kleinigkeiten:
Das Mädchen kam, des Abendessens Bürde
Vertheilte sie gewandt mit Gruß und Würde.

VI.

Sie geht und kommt; ich spreche, sie erwiedert.
Mit jedem Wort erscheint sie mir geschmückter.
Und wie sie leicht mir nun das Huhn zergliedert
Bewegend Hand u. Arm, geschickt, geschickter.
Was auch das tolle Zeug in uns befiedert,
Genug ich bin verworrner bin verrückter,
Den Stuhl umwerfend spring' ich auf und fasse
Das schöne Kind; sie lispelt: Lasse, Lasse!

VII

Die Muhme drunten lauscht, ein alter Drache,
Sie zählt bedächtig des Geschäfts Minute;
Sie denkt sich unten, was ich oben mache,
Bey jedem Zögern schwenkt sie frisch die Ruthe.
Doch schließe deine Thüre nicht und wache
So kommt die Mitternacht uns wohl zu Gute.
Rasch meinem Arm entwindet sie die Glieder
Und eilet fort und kommt nur dienend wieder.

VIII

Doch blickend auch! so daß aus jedem Blicke
Sich himmlisches Versprechen mir entfaltet.
Den stillen Seufzer drängt sie nicht zurücke,
Der ihren Busen herrlicher gestaltet.
Ich sehe, daß am Ohr, um Hals und G'nicke
Der flüchtigen Röthe Liebesblüte waltet,
Und da sie nichts zu leisten weiter findet,
Geht sie und zögert, sieht sich um, verschwindet.

---

51 Sie denkt sich unten] Auf dem Korrekturblatt gestrichen: Schon weis sie unten

VII.

Die Muhme drunten lauscht, ein alter Drache,
Sie zählt bedächtig des Geschäfts Minute;
Sie denkt sich unten, was ich oben mache,
Bey jedem Zögern schwenkt sie frisch die Ruthe.
Doch schliesse deine Thüre nicht und wache
So kommt die Mitternacht uns wohl zu Gute.
Rasch meinem Arm entwindet sie die Glieder
Und eilet fort und komt nur dienend wieder.

VIII.

Doch blickend auch! so daß aus jedem Blicke
Sich himlisches Versprechen mir entfaltet.
Den stillen Seufzer drängt sie nicht zurücke,
Der ihren Busen herrlicher gestaltet.
Ich sehe, daß am Ohr, um Hals und Gnicke
Der flüchtgen Röthe Liebesblüthe waltet,
Und da sie nichts zu leisten weiter findet,
Geht sie, und zögert, sieht sich um, verschwindet

IX

Der Mitternacht gehören Haus und Straßen,
Mir ist ein weites Lager aufgebreitet,
Wovon den kleinsten Teil mir anzumaßen
Die Liebe räth, die alles wohl bereitet.
Ich zaudre noch die Lichter auszublasen
Nun hör' ich sie, wie leise sie auch gleitet,
Mit gierigem Blick die Hochgestalt umschweif' ich
Sie senkt sich her, die Wohlgestalt ergreif' ich.

X

Sie macht sich los: Vergönne daß ich rede
Damit ich dir nicht völlig fremd gehöre.
Der Schein ist wider mich, sonst war ich blöde
Stets gegen Männer setzt' ich mich zur Wehre
Mich nennt die Stadt, mich nennt die Gegend spröde;
Nun aber weiß ich, wie das Herz sich kehre:
Du bist mein Sieger, laß Dich's nicht verdrießen,
Ich sah ich liebte, schwur Dich zu genießen.

---

69 Lichter] Korr.: Kerzen *72 Sie senkt sich her] Korr.:* Sie legt sich bei *Auf dem Korrekturblatt gestrichen (von Hirzel, dem es zu anstößig war?).*

IX.

Der Mitternacht gehören Haus und Straßen,
Mir ist ein weites Lager aufgebreitet,
Wovon den kleinsten Theil mir anzumaßen
Die Liebe räth, die alles wohl bereitet
Ich zaudre noch die Lichter (Kerzen) auszublasen
Nun hör' ich sie, wie leise sie auch gleitet,
Mit gierigem Blick die Hochgestalt umschweif ich
Sie naht sich her, die Wohlgestalt ergreif ich.

X.

Sie macht sich los: Vergönne daß ich rede
Damit ich Dir nicht völlig fremd gehöre.
Der Schein ist wider mich, sonst war ich blöde
Stets gegen Männer setzt' ich mich zur Wehre
Mich nennt die Stadt, mich nennt die Gegend spröde;
Nun aber weiß ich, wie das Herz sich kehre:
Du bist mein Sieger, laß dich's nicht verdrießen,
Ich sah' ich liebte, schwur Dich zu genießen.

XI

Nun hast du mich, und wenn ich's besser wüßte
So gäb' ich's Dir; ich thue was ich sage.
So schließt sie mich an ihre süßen Brüste
Als ob ihr nur an meiner Brust behage.
Und wie ich Mund und Aug‹ und Stirne küßte
So war ich doch in wunderbarer Lage:
Denn der so hitzig sonst den Meister spielet
Weicht schülerhaft zurück und abgekühlet.

XII

Ihr scheint ein süßes Wort, ein Kuß zu gnügen,
Als wär' es alles was ihr Herz begehrte
Wie keusch sie mir, mit liebevollem Fügen,
Des süßen Körpers Fülleform gewährte!
Entzückt und froh in allen ihren Zügen
Und ruhig dann, als wenn sie nichts entbehrte.
So ruht' ich auch, gefällig sie beschauend,
Noch auf den Meister hoffend und vertrauend.

---

81 Nun hast du mich] Korr.: Du hast mich rein *81 und wenn ich's besser wüßte] Kaum verständlich. Hat Riemer bei der Niederschrift Apostroph+s an die falsche Stelle gesetzt:* Und wenn ich besser's wüßte? *(Christian Wagenknecht.)*

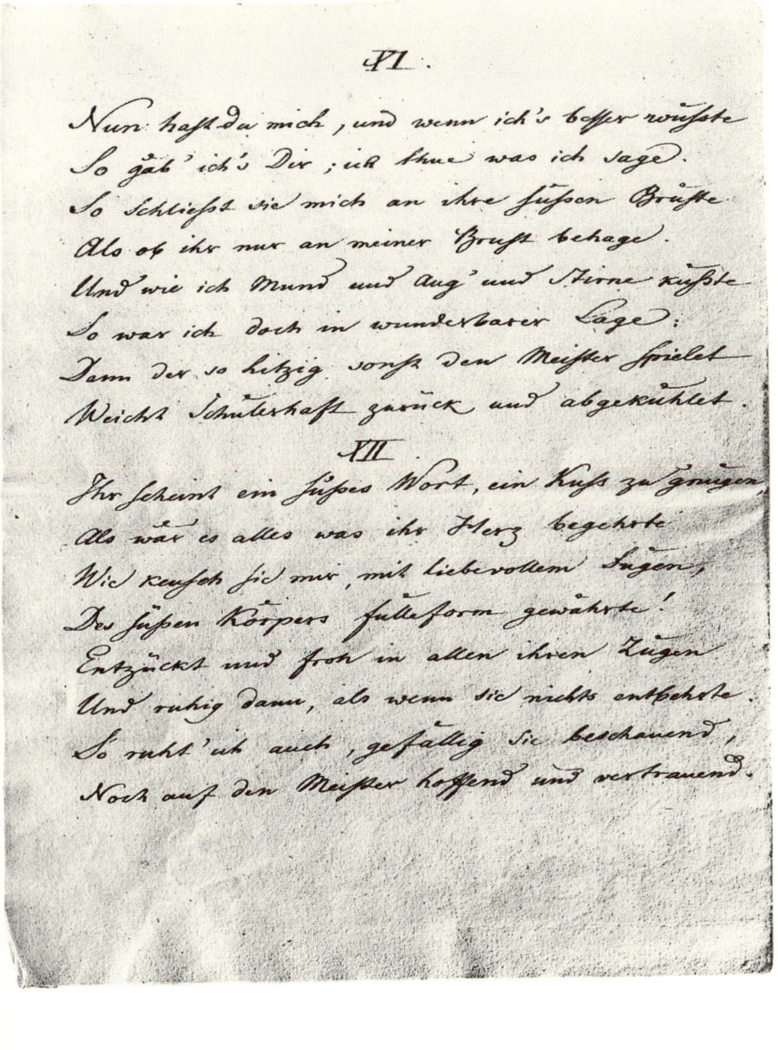

VI.

Nun hast du mich, und wenn ich's besser wüßte
So gäb' ich's Dir; ich thue was ich sage.
So schließt sie mich an ihre süßen Brüste
Als ob ihr nur an meiner Brust behage.
Und wie ich Mund und Aug' und Stirne küßte
So war ich doch in wunderbarer Lage:
Denn der so hitzig sonst den Meister spielet
Weicht schülerhaft zurück und abgekühlet.

VII

Ihr scheint ein süßes Wort, ein Kuß zu genügen,
Als wär es alles was ihr Herz begehrte.
Wie keusch sie mir, mit liebevollem Fügen,
Des süßen Körpers Fülleform gewährte!
Entzückt und froh in allen ihren Zügen
Und ruhig dann, als wenn sie nichts entbehrte.
So ruht' ich auch, gefällig sie beschauend,
Noch auf den Meister hoffend und vertrauend.

XIII

Doch als ich länger mein Geschick bedachte,
Von tausend Flüchen mir die Seele kochte,
Mich selbst verwünschend, grinsend mich belachte
Nichts besser ward, wie ich auch zaudern mochte:
Da lag sie schlafend, schöner als sie wachte;
Die Lichter dämmerten mit langem Dochte.
Der Tages-Arbeit, jugendlicher Mühe
Gesellt sich gern der Schlaf und nie zu frühe.

XIV

So lag sie himmlisch an bequemer Stelle,
Als wenn das Lager ihr allein gehörte,
Und an die Wand gedrückt, gequetscht zur Hölle
Ohnmächtig Jener, dem sie nichts verwehrte.
Vom Schlangenbisse fällt zunächst der Quelle
Ein Wanderer so, den schon der Durst verzehrte.
Sie athmet lieblich holdem Traum entgegen;
Er hält den Athem, sie nicht aufzuregen.

XIII.

Doch als ich länger mein Geschick bedachte,
Von tausend Flüchen mir die Seele kochte,
Mich selbst verwünschend, grinsend mich belachte
Nichts besser ward, wie ich auch zaudern mochte:
Da lag sie schlafend, schöner als sie wachte;
Die Lichter dämmerten mit langem Dochte.
Der Tages-Arbeit, jugendlicher Mühe
Gesellt sich gern der Schlaf und nie zu frühe.

XIV

So lag sie himmlisch an bequemer Stelle,
Als wenn das Lager ihr allein gehörte,
Und an die Wand gedrückt, gequetscht zur Hölle
Ohnmächtig Jener, dem sie nichts verwehrte.
Vom Schlangenbisse fällt zunächst der Quelle
Ein Wanderer so, den schon der Durst verzehrte.
Sie athmet lieblich holdem Traum entgegen;
Er hält den Athem, sie nicht aufzuregen.

XV

Gefaßt bey dem was ihm noch nie begegnet,
Spricht er zu sich: so mußt Du doch erfahren
Warum der Bräutigam sich kreuzt und segnet,
Vor Nestelknüpfen fromm sich zu bewahren.
Weit lieber da wo's Hellebarden regnet
Als hier im Schimpf! So war es nicht vor Jahren,
Als Deine Herrinn Dir zum ersten Male
Vor's Auge trat im Prachterhellten Sale.

XVI

Da quoll dein Herz, da quollen Deine Sinnen
So daß der ganze Mensch entzückt sich regte.
Zum raschen Tanze trugst du sie von hinnen,
Die kaum der Arm und schon der Busen hegte.
Als wolltest Du Dir selbst sie abgewinnen,
Vervielfacht war was sich für sie bewegte:
Verstand und Witz und alle Lebensgeister
Und rascher als die andern jener Meister.

---

116 fromm] Korr: scheu *125 Dir] Über unleserlichem Wort oder Wortteil.*

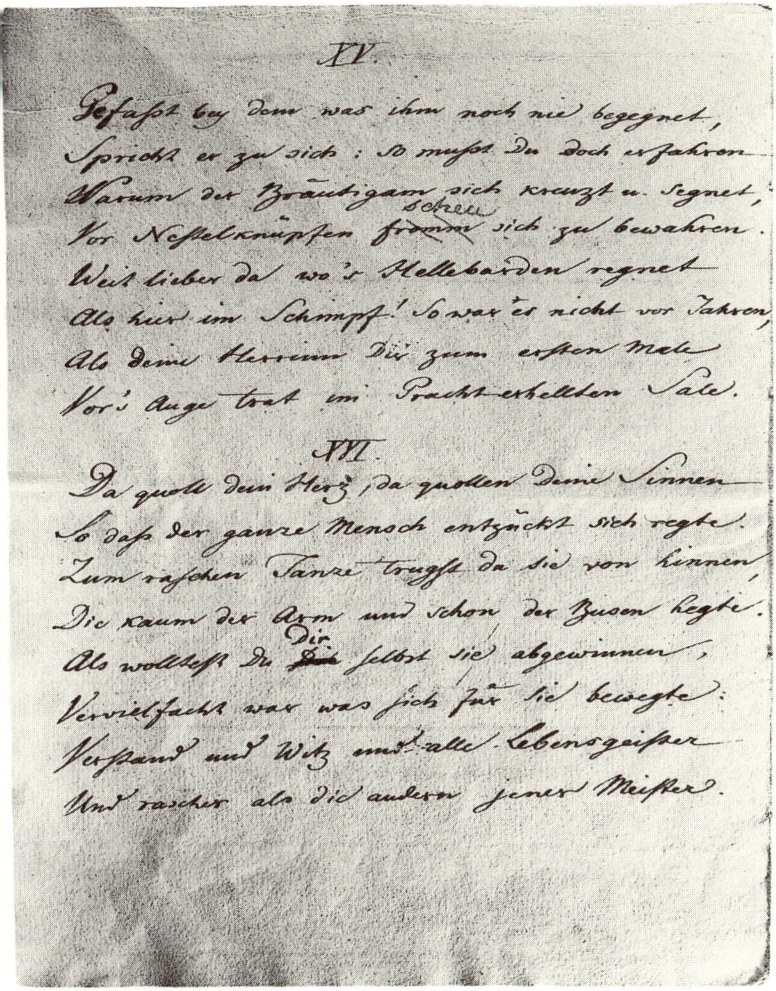

XV.

Gefaßt bey dem was ihm noch nie begegnet,
Spricht er zu sich: So mußt du doch erfahren
Warum der Bräutigam sich kreuzt u. segnet,
Vor Nestelknüpfen ~~fromm~~ scheu sich zu bewahren.
Weit lieber da wo's Hellebarden regnet
Als hier im Schimpf! So war es nicht vor Jahren,
Als deine Herrinn Dir zum ersten Male
Vor's Auge trat im Prachterhellten Sale.

XVI.

Da quoll dein Herz, da quollen deine Sinnen
So daß der ganze Mensch entzückt sich regte.
Zum raschen Tanze trugst du sie von hinnen,
Die kaum der Arm und schon der Busen hegte.
Als wolltest du ~~Dir~~ Dir selbst sie abgewinnen,
Vervielfacht war was sich für sie bewegte:
Verstand und Witz und alle Lebensgeister
Und rascher als die andern jener Meister.

XVII

So immerfort wuchs Neigung und Begierde
Brautleute wurden wir im frühen Jahre
Sie selbst des Mayen schönste Blum' und Zierde
Wie wuchs die Kraft zur Lust im jungen Paare!
Und als ich endlich sie zur Kirche führte:
Gesteh' ich's nur, vor Priester und Altare,
Vor deinem Jammerkreuz blutströmiger Christe,
Verzeih mir's Gott! es regte sich der Iste.

XVIII

Und ihr, der Brautnacht reiche Bettgehänge,
Ihr Pfühle, die ihr euch so weit erstrecktet,
Ihr Teppiche, die Lieb' und Lustgedränge
Mit euren seidnen Fittigen bedecktet
Ihr Käfichvögel, deren Zwitzer Sänge
Zu neuer Lust und nie zu früh erwecktet
Ihr kanntet uns von Eurem Schutz umfriedet
Theilnehmend sie, mich immer unermüdet

---

135 blutströmiger] Korr.: blutstriemiger *dann:* blutrünstger *Nur dieses auf dem Korrekturblatt.*
135 Christe] Gestrichen. Von Hirzel? 138 weit] Korr.: breit *142 früh erwecktet] Korr. (nicht im Korrekturblatt)* früh uns wecktet

N VII.

So immerfort wuchs Neigung und Begierde
Brautleute wurden wir im frühen Jahre
Sie selbst des Mayen schönste Blum' und Zierde
Wie wuchs die Kraft zur Lust im jungen Paare!
Und als ich endlich sie zur Kirche führte:
Gesteh' ich's nur, vor Priester und Altare
Vor deinem Jammerkreuz blutströmiger Christe,
Verzeih mir's Gott! es regte sich der Iste.

N VIII.

Und ihr, der Brautnacht reiche Bettgehänge,
Ihr Pfühle, die ihr euch so weit erstrecktet,
Ihr Teppiche, die Lieb' und Lust gedränge
Mit euren seidnen Fittigen bedecktet
Ihr Käfich Vögel, deren Zwitzer Sänge
Zu neuer Lust und nie zu früh erwecktet
Ihr kanntet uns von Eurem Schutz umfriedet
Theilnehmend sie, mich immer unermüdet

XIX

Und wie wir dann so oft im Raub genossen
Nach Buhlenart des Ehstands heilige Rechte
Von Korn umwogt von Busch u. Fels umschlossen
Im Winckelchen und wo ich's mich erfrechte
Dort augenblicklich, tüchtig, unverdrossen
Und wiederholt bedient vom braven Knechte!
Verfluchter Knecht, wie unerwecklich liegst Du!
Und deinen Herrn um's schönste Glück betriegst du.

XX

Doch Meister Iste hat nun seine Grillen
Und läßt sich nicht befehlen noch verachten.
Auf einmal ist er da und ganz im Stillen
Erhebt er sich zu allen seinen Prachten.
So steht es nun dem weilenden zu willen,
Nicht lechzend mehr am Quell zu übernachten.
Er neigt sich hin, er will die Schläferinn küssen;
Allein er stockt, er fühlt sich weggerissen.

---

145 dann so oft] Korr.: oft sodann *148 Im Winckelchen und wo ich's mich erfrechte] Zuerst vermutlich Schreibfehler Riemers (vgl. Reim zu 146):* erfreute. *Mit Blei dies beibehaltend korr.:* wo michs nur [erfreute] *Korr. auf Korrekturblatt:* An manchem Unort wo es auch erfreute *Von fremder Hand korr.:* wo ich's mich erfrechte *147-149 Von Korn [...] unverdrossen] Korr. (vgl. Korrekturblatt!):* Von reifer Saat umwogt, vom Rohr umschlossen | An manchem Unort wo ich's mich erfrechte | Wir waren augenblicklich, unverdrossen *157 weilenden] Korr.:* Wandrer ganz

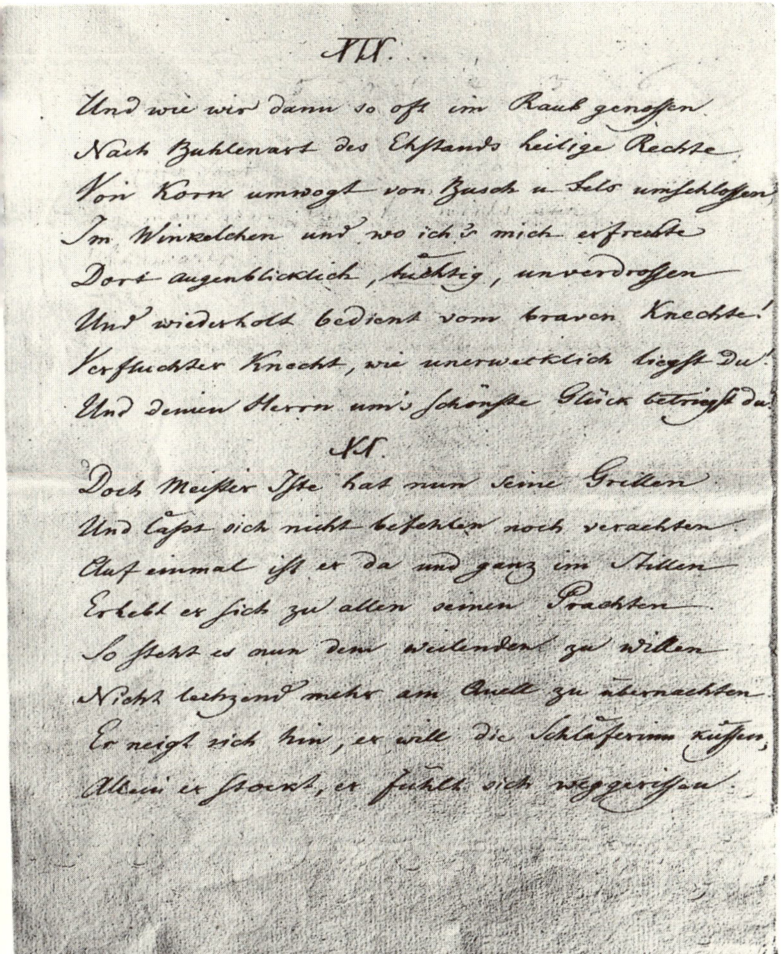
XIX.

Und wie wir dann so oft im Raub genossen
Nach Buhlenart des Ehstands heilige Rechte
Von Korn umwogt von Busch u. Fels umschlossen
Im Winkelchen und wo ich's mich erfreute
Dort augenblicklich, tüchtig, unverdrossen
Und wiederholt bedient vom braven Knechte!
Verfluchter Knecht, wie unerweklich liegst du!
Und deinen Herrn um's schönste Glück betriegst du.

XX.

Doch Meister Iste hat nun seine Grillen
Und läßt sich nicht befehlen noch verachten
Auf einmal ist er da und ganz im Stillen
Erhebt er sich zu allen seinen Prachten.
So steht es nun dem weilenden zu willen
Nicht lechzend mehr am Quell zu übernachten.
Er neigt sich hin, er will die Schläferinn küssen;
Allein er stockt, er fühlt sich weggerissen.

XXI

Wer hat zur Kraft ihn wieder aufgestählet?
Als jenes Bild, das ihm auf ewig theuer
Mit dem er sich in Jugendlust vermählet
Dort leuchtet her ein frisch erquicklich Feuer
Und wie er erst in Ohnmacht sich gequälet;
So wird nun hier dem Starken nicht geheuer,
Er schaudert weg, vorsichtig, leise, leise
Entzieht er sich dem holden Zauberkreise,

XXII

Er schreibt: Ich nahte mich der heimischen Pforte
Entfernen wollten mich die letzten Stunden,
Da hab' ich nun am sonderbarsten Orte
Mein treues Herz aufs neue Dir verbunden.
Bedeutend nun am Schluß die kurzen Worte:
Die Krankheit erst bewähret den Gesunden.
Dies Büchlein soll Dir manches Gute zeigen
Das Beste nur, muß ich zuletzt verschweigen.

169 schreibt] Korr.: Sitzt, schreibt *173 die kurzen] Korr.:* geheime *174 Auf dem Korrekturblatt Vermerk:* gesperrt.

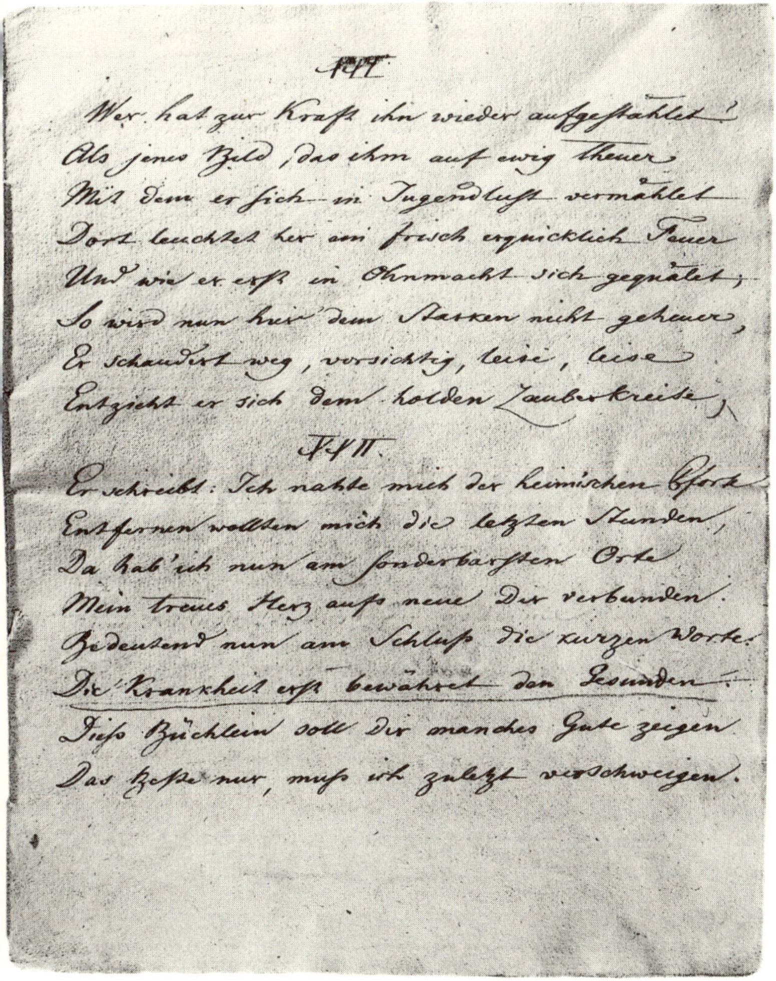
~~XVI~~

Wer hat zur Kraft ihn wieder aufgestählet?
Als jenes Bild, das ihm auf ewig theuer
Mit dem er sich in Jugendlust vermählet
Dort leuchtet her ein frisch erquicklich Feuer
Und wie er erst in Ohnmacht sich gequälet;
So wird nun hier dem Starken nicht geheuer,
Er schaudert weg, vorsichtig, leise, leise
Entzieht er sich dem holden Zauberkreise.

XVII.

Er schreibt: Ich nahte mich der heimischen Pforte
Entfernen wollten mich die letzten Stunden,
Da hab' ich nun am sonderbarsten Orte
Mein treues Herz aufs neue Dir verbunden.
Bedeutend nun am Schluß die kurzen Worte:
Die Krankheit erst bewähret den Gesunden.
Dieß Büchlein soll Dir manches Gute zeigen
Das Beste nur, muß ich zuletzt verschweigen.

XXIII

Da kräht der Hahn. Das Mädchen schnell entwindet
Der Decke sich und wirft sich rasch ins Mieder.
Und da sie sich so seltsam wiederfindet,
So stutzt sie, blickt und schlägt die Augen nieder,
Und da sie ihm zum letzten Mal verschwindet
Im Auge bleiben ihm die schönen Glieder;
Das Posthorn tönt, er wirft sich in den Wagen
Und läßt getrost sich zu der Liebsten tragen.

XXIV

Und weil zuletzt bey jeder Dichtungsweise
Moralien uns ernstlich fördern sollen;
So will auch ich in so beliebtem Gleise
Euch gern bekennen, was die Verse wollen:
Wir stolpern wohl auf unsrer Lebensreise
Und doch vermögen in der Welt, der tollen,
Zwey Hebel viel auf's irdische Getriebe:
Sehr viel die Pflicht, unendlich mehr die Liebe.

XXIII

Da kräht der Hahn. Das Mädchen schnell entwindet
Der Decke sich und wirft sich rasch ins Mieder.
Und da sie sich so seltsam wiederfindet,
So stutzt sie, blickt und schlägt die Augen nieder,
Und da sie ihm zum letzten Mal verschwindet
Im Auge bleiben ihm die schönen Glieder;
Das Posthorn tönt, er wirft sich in den Wagen
Und läßt getrost sich zu der Liebsten tragen.

XXIV

Und weil zuletzt bey jeder Dichtungsweise
Moralien uns ernstlich fördern sollen;
So will auch ich in so beliebtem Gleise
Euch gern bekennen, was die Verse wollen:
Wir stolpern ~~wohl~~ viel auf unsrer Lebensreise
Und doch vermögen in der Welt, der tollen,
Zwey Hebel viel auf's irdische Getriebe:
Sehr viel die Pflicht, unendlich mehr die Liebe.

⟨Goethes Korrekturnotizen zum *Tagebuch*⟩

I.

6. Und nehmen's mit der Lehre nicht empfindlich

III.

6. 7. 8.

Sie hämmerten verschmähten viel zu reden
Ein jedes Handwerck hat nun seine Schnurren
Was blieb mir nun zu weilen und zu murren

IV

1.So stand ich nun! Der Stern

VII.

~~2.Schon weis sie unten~~

IX

4 [richtig. 5] Kerzen
8. Sie legt sich bey, die

XI.

1.Du hast mich rein

XV

4 Scheu sich zu

XVII

7. blutrünstger

XVIII

2. so breit

Sie legt sich bey] Streichung von Hirzel?

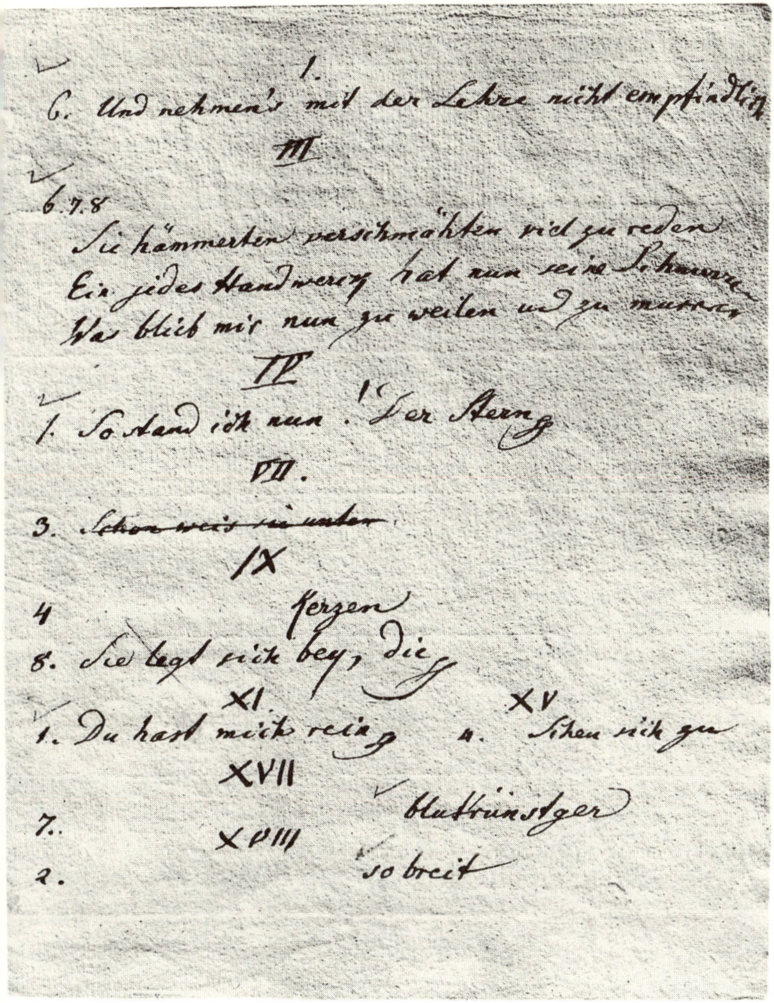

I.

6. Und nehmen's mit der Lehre nicht empfindlich

III

6.7.8

Sie hämmerten verschmähten viel zu reden

Ein jedes Handwerk hat nun seine Schwere

Was blieb mir nun zu weilen und zu murren

IV

1. So stand ich nun. Der Sterne

VII.

3. ~~Schon weis sie unter~~

IX

4 Kerzen

8. Sie legt sich bey, die

XI

1. Du hast mich rein

XV

4. Sehen sich zu

XVII

7. blutrünstger

XVIII

2. so breit

XIX.

1. Und wie wir oft sodann im Raub genossen
3. Von reifer Saat umwogt, vom Rohr umschlossen
4. An manchem Unort wo ~~es auch~~ \ich's mich/ erfre~~u~~\ch/te
5. Wir waren augenblicklich, unverdrossen

XX.

5. dem Wandrer ganz zu Willen

XXII

1 Sitzt, schreibt:
5. Zum Schlusse findest du geheime Worte
6. <u>gesperrt.</u>

XIX, 4 ~~es auch~~ \ich's mich/ erfre~~u~~\ch/te] Von fremder (Riemers?) Hand die alte Fassung wiederhergestellt.

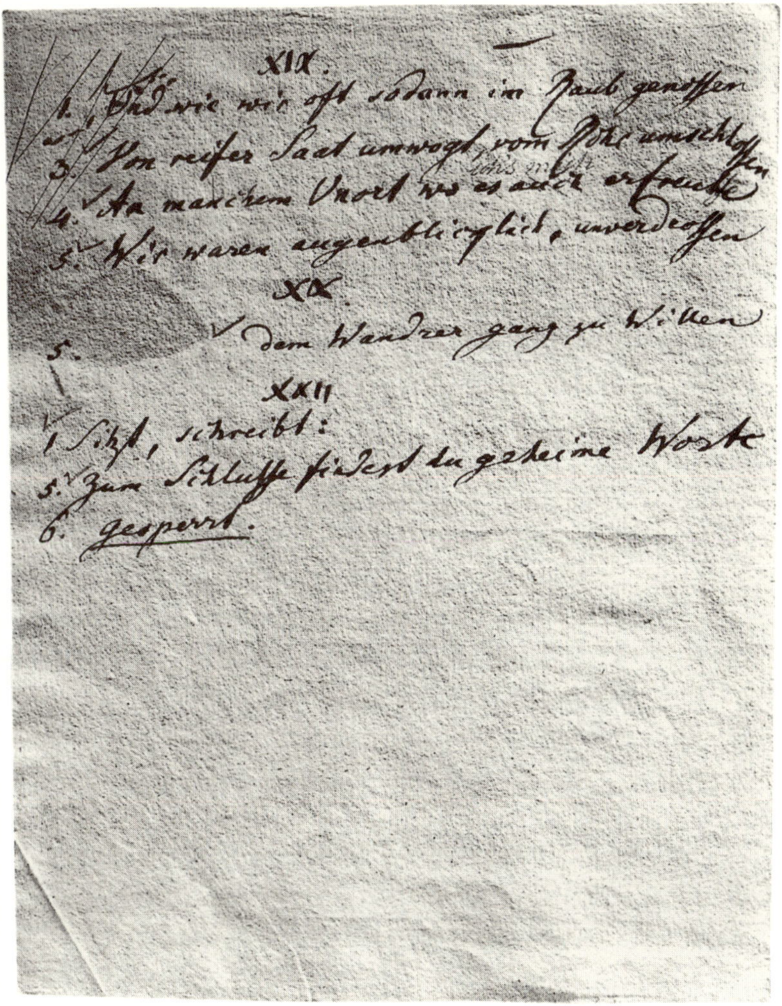
XIX.

1. Und wie wir oft sodann im Raub genossen
3. Von reifer Saat umwogt vom Rohr umschlossen
4. An manchem Unort wo es auch erfreute
5. Wir waren augenblicklich, unverdrossen

XX.

5. dem Wandrer ganz zu Willen

XXII

1 Stift, schreibt:
5. Zum Schlusse findest du geheime Worte
6. gesperrt.

Frau v. Goethe

⟨Ich ging im Walde⟩
⟨*Gefunden*⟩

Ich ging im Walde
So vor mich hin
Und nichts zu suchen
Das war mein Sinn.

Im Schatten sah ich
Ein Blümchen stehn
Wie Sterne blincken
Wie Äuglein schön.

Ich wollt es brechen
Da sagt es fein
Soll ich zum Welcken
Gebrochen seyn?

Mit allen Wurzeln
Hob ich es aus
Und ~~pflückts im~~ trugs zum Garten
Am hübschen Haus.

---

2 vor] AlH: für *7 blincken] AlH:* leuchtend,
13-15: Mit allen [...] Garten] AlH: Ich grub's mit allen | Den Würzlein aus, | Zum Garten trug ich's

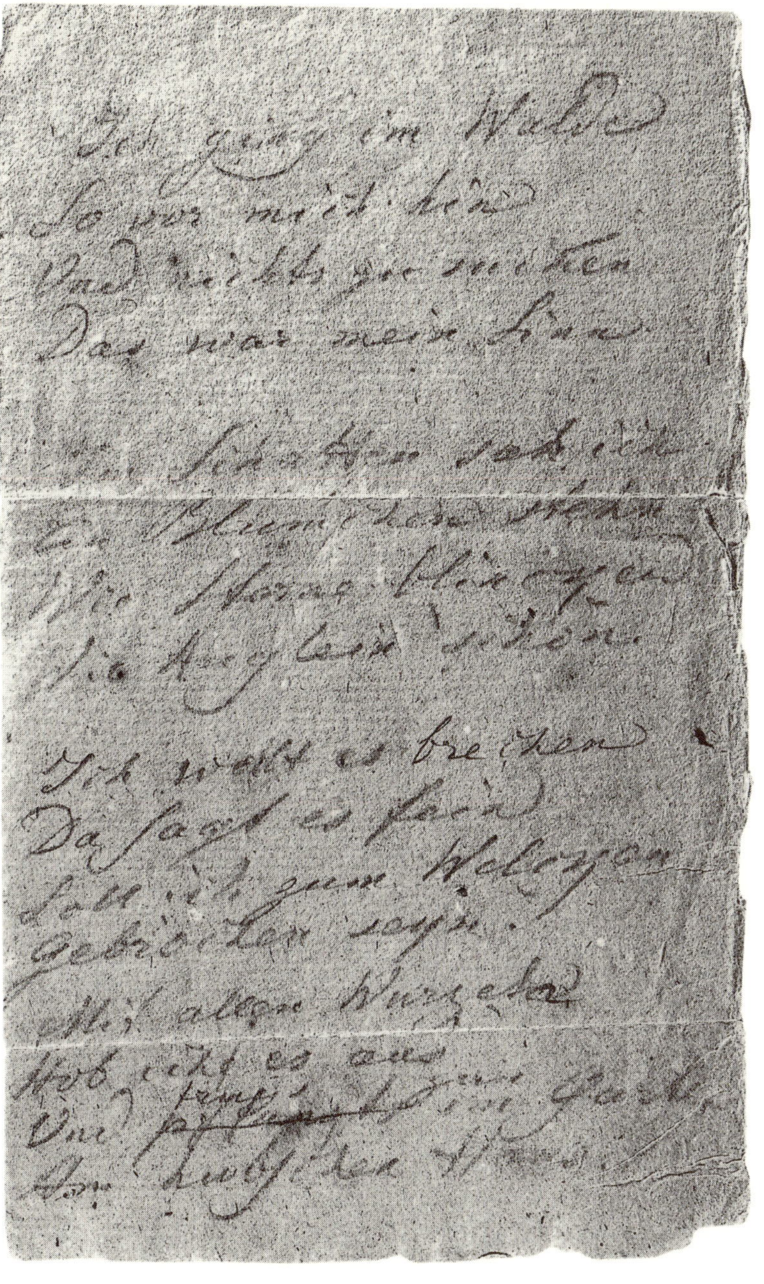
Ich ging im Walde
So vor mich hin
Und nichts zu suchen
Das war mein Sinn

Im Schatten sah ich
Ein Blümchen stehn
Wie Sterne blinkend
Wie Äuglein schön.

Ich wollt es brechen
Da sagt es fein
Soll ich zum Welken
Gebrochen seyn.

Mit allen Wurzeln
Hob ich es aus
Und ~~pflanzt~~ trugs zum Garten
Am hübschen Haus.

Ich pflanzt es wieder
Am kühlen Ort
Nun zweigt und blüht es
Mir immer fort.
26 Aug 1813

17 Ich] AlH: Und *18 kühlen] AlH:* stillen *19 und blüht es] AlH:* es immer *20 Mir immer] AlH:* und blüht so

Buch Sad. Gasele 1
⟨*Selige Sehnsucht*⟩

Sagt es niemand, nur den Weisen,
Weil die Menge gleich verhöhnet,
Das Lebendge will ich preisen
Das nach Flammenschein sich sehnet.

In der Liebesnächte Kühlung,
Die Dich zeugte, wo du zeugtest,
Überfällt dich fremde Fühlung
Wenn die stille Kerze leuchtet.

Nicht mehr bleibest du umfangen,
In der Finsterniß Beschattung
Und dich reißet neu Verlangen
Auf zu höherer Begattung.

Keine Ferne macht dich schwierig
Kommst geflogen und gebannt,
Und zulezt des Lichts begierig
Bist du Schmetterling verbrannt.

Und so lang' du das nicht hast,
Dieses: Stirb und werde!
Bist du nur ein trüber Gast
Auf der duncklen Erde.

W⟨ies⟩ B⟨aden⟩ d. 31 Jul
1814

Vor 1 Titel] Druck: Selige Sehnsucht *4 Flammenschein] Druck:* Flammentod

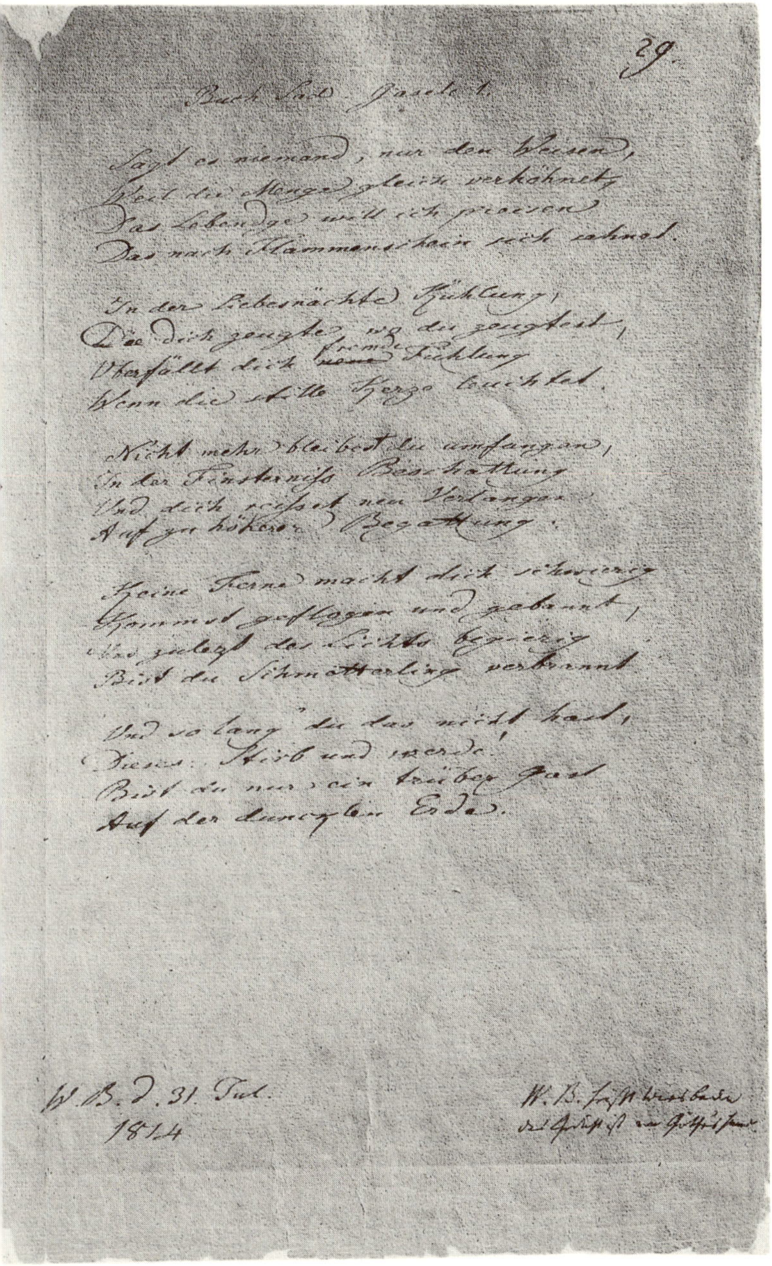
29.

Buch Sad. Gasele 1.

Sagt es niemand, nur den Weisen,
Weil die Menge gleich verhöhnet,
Das Lebendge will ich preisen
Das nach Flammentod sich sehnet.

In der Liebesnächte Kühlung,
Die dich zeugte, wo du zeugtest,
Überfällt dich ~~neue~~ fremde Fühlung
Wenn die stille Kerze leuchtet.

Nicht mehr bleibest du umfangen,
In der Finsterniß Beschattung
Und dich reißet neu Verlangen
Auf zu höherer Begattung.

Keine Ferne macht dich schwierig
Kommst geflogen und gebannt,
Und zuletzt des Lichts begierig
Bist du Schmetterling verbrannt.

Und so lang du das nicht hast,
Dieses: Stirb und werde!
Bist du nur ein trüber Gast
Auf der dunklen Erde.

W. B. d. 31. Jul. 1814

W. B. heißt Wiesbaden
das Gedicht ist von Goethes Hand

41

⟨Ist es möglich Stern der Sterne⟩
⟨*Wiederfinden*⟩

Ist es möglich Stern der Sterne;
Drück ich wieder dich ans Herz!
Ach! was ist die Nacht der Ferne
Für ein Abgrund für ein Schmerz.
Ja du bist es! meiner Freuden
Süsser lieber Widerpart,
Eingedenk vergangner Leiden
Schaudr' ich vor der Gegenwart.

Als die Welt im tiefsten Grunde
Lag an Gottes ew'ger Brust,
Ordnet er die erste Stunde
Mit erhabner Schöpfungslust,
Und er sprach das Wort: Es werde!
Da erklang ein schmerzlich Ach!
Als das All, mit Machtgebärde,
In die Wirklichkeiten brach.

Auf tat sich das Licht! Sich trennte
Scheu, die Finsterniß von ihm,
Und sogleich die Elemente
Scheidend auseinander fliehn.
~~Da erscholl in Jammerklagen~~
~~Was die Ewigkeit verband~~
~~Und in schmerzlich strengen Tagen,~~
~~Einsam sich, allein empfand.~~
Rasch in wilden wüsten Träumen
Jedes nach der Weite rang,
Starr, in ungemessnen Räumen,
Ohne Sehnsucht, ohne Klang.

Ist es möglich Stern der Sterne,
Drück ich wieder dich ans Herz!
Ach! was ist die Nacht der Ferne
Für ein Abgrund für ein Schmerz.
Ja du bist es, meiner Freuden
Süsser, lieber Widerpart,
Eingedenk vergangner Leiden
Schaudr' ich vor der Gegenwart.

Als die Welt im tiefsten Grunde
Lag an Gottes ewger Brust,
Ordnet er die erste Stunde
Mit erhabner Schöpfungslust,
Und er sprach das Wort: Es werde!
Da erklang ein schmerzlich Ach!
Als das All, mit Machtgebärde,
In die Wirklichkeiten brach.

Auf that sich das Licht! Sich trennte
Scheu, die Finsterniss von ihm,
Und sogleich die Elemente
Scheidend auseinander fliehn
~~Da erscholl in Jammerklagen~~
~~Was die Ewigkeit verband~~
~~Und in schmerzlich strengen Tagen~~
~~Einsam sich, allein empfand.~~
~~Und~~ Rasch in wilden wüsten Träumen
Jedes nach der Weite rang,
Starr, in ungemessnen Räumen,
Ohne Sehnsucht, ohne Klang.

~~Denn das Oben und das Unten~~
~~Ward zum erstenmal geschaut~~
~~Unter freyem Himmelsrunde~~
~~Tief der Erde Schoos erbaut.~~
~~Ach da trennte sich für immer,~~
~~War doch der Befehl geschehn!~~
~~Feuerwasser in den Himmel~~
~~Wellenwasser in die Seen.~~

Stumm war alles still und oede,
Einsam Gott zum erstenmal
Da erschuf er Morgenröthe
Die erbarmte sich der Quaal';
Sie entwickelte dem Trüben
~~Stets erneutes~~ \Ein erklingend/ Farbenspiel
Und nun konnte wieder lieben,
Was erst auseinander fiel

Und mit eiligem Bestreben
Sucht sich, was sich angehört,
Und zu ungemessnem Leben
Ist Gefühl und Blick gekehrt.
Seys Ergreifen, sey es Raffen
Wenn es nur sich fasst und hält!
Allah braucht nicht mehr zu schaffen,
Wir erschaffen seine Welt.

So, mit Morgenrothen Flügeln
Riss es mich an deinen Mund
Und die Nacht mit tausend Siegeln
Kräftigt Sternenhell den Bund.
Beyde sind wir auf der Erde
Musterhaft in Freud und Quaal
Und ein zweytes Wort: Es werde!
Trennt uns nicht zum zweytenmal.

24. S⟨eptember⟩ 15

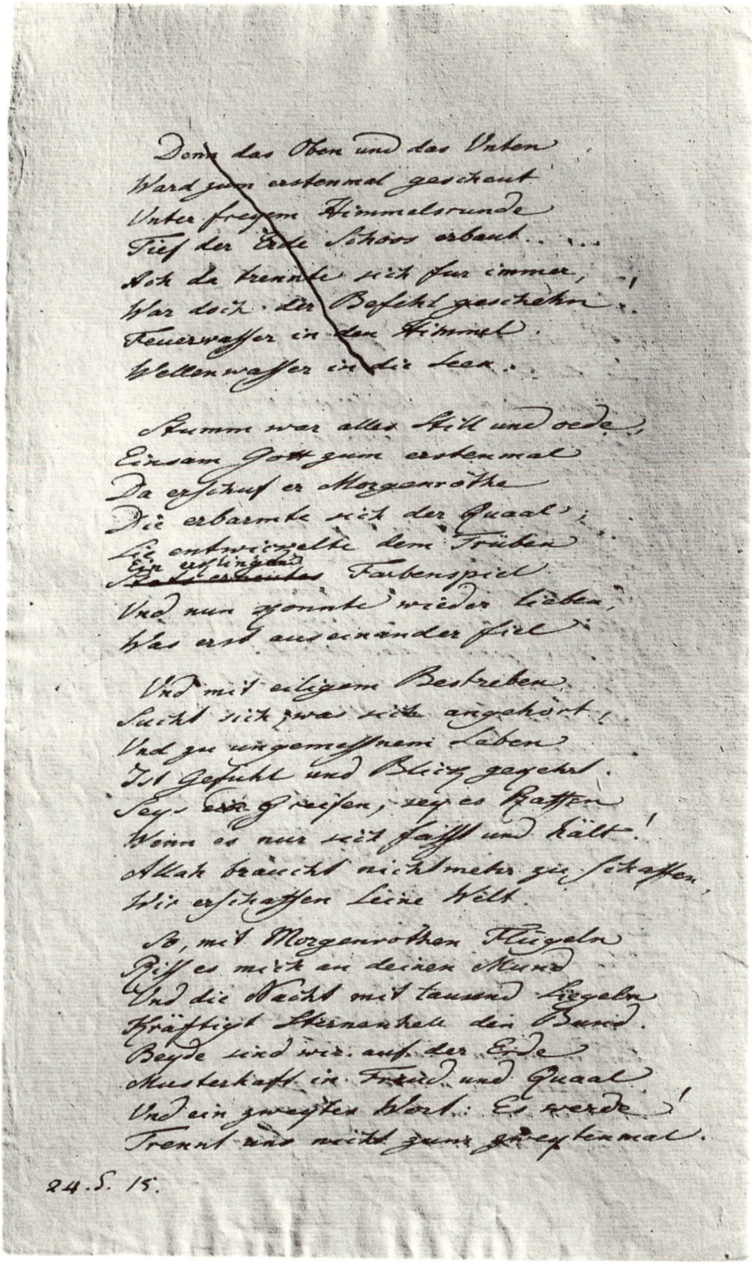
~~Denn das Oben und das Unten
Ward zum erstenmal geschaut.
Unter freyem Himmelsrunde
Tief der Erde Schoos erbaut...
Ach da trennte sich für immer,
War doch der Befehl geschehn:
Feuerwasser in den Himmel.
Wellenwasser in die Seen.~~

Stumm war alles still und öde,
Einsam Gott zum erstenmal
Da erschuf er Morgenröthe
Die erbarmte sich der Qual;
Sie entwickelte dem Trüben
Ein erklingend ~~[illegible]~~ Farbenspiel
Und nun konnte wieder lieben,
Was erst auseinander fiel.

Und mit eiligem Bestreben
Sucht sich, was sich angehört;
Und zu ungemessnem Leben
Ist Gefühl und Blick gekehrt.
Sey's ~~ein~~ Greifen, sey es Raffen
Wenn es nur sich faßt und hält!
Allah braucht nicht mehr zu schaffen,
Wir erschaffen seine Welt.

So, mit morgenrothen Flügeln
Riß es mich an deinen Mund
Und die Nacht mit tausend Siegeln
Kräftigt sternenhell den Bund.
Beyde sind wir auf der Erde
Musterhaft in Freud und Qual
Und ein zweytes Wort: Es werde!
Trennt uns nicht zum zweytenmal.

24.5.15.

⟨Locken! haltet mich gefangen!⟩

⟨Hatem⟩

Locken! haltet mich gefangen!
In dem Kreise des Gesichts.
Euch geliebten braunen Schlangen
Zu erwiedern hab ich nichts.

Nur dies Herz es ist von Dauer,
Schwillt in jugendlichstem Flor;
Unter Schnee und Nebelschauer
Rast ein Aetna dir hervor.

Du beschaemst, wie Morgeröthe
Jener Gipfel ernste Wand
Und noch einmal fühlet Hatem
Frühlingshauch und Sommerbrand.

Schenke her! Noch eine Flasche
Diesen Becher bring ich Ihr!
Findet sie ein Häufchen Asche,
Sagt sie: der verbrannte mir.

Suleika.

Nimmer will ich dich verlieren!
Liebe giebt der Liebe Kraft.
Magst du meine Jugend zieren,
Mit gewaltiger Leidenschaft.
Ach! wie schmeichelts meinem Triebe
Wenn man meinen Dichter preist:
Denn das Leben ist die Liebe,
Und des Lebens Leben Geist.

30. S⟨eptember⟩ 1815

II, 168

Locken! haltet mich gefangen
In dem Kreise des Gesichts.
Euch geliebten braunen Schlangen
Zu erwiedern hab ich nichts.

Nur dies Herz es ist von Dauer,
Schwillt in jugendlichstem Flor;
Unter Schnee und Nebelschauer
Rast ein Aetna dir hervor.

Du beschaemst, wie Morgenröthe
Jener Gipfel ernste Wand
Und noch einmal fühlet Hatem
Frühlingshauch und Sommerbrand.

Schenke her! Noch eine Flasche
Diesen Becher bring ich Ihr!
Findet sie ein Häufchen Asche,
Sagt sie: der verbrannte mir.

Suleika.

Nimmer will ich dich verlieren!
Liebe giebt der Liebe Kraft.
Magst du meine Jugend zieren,
Mit gewaltger Leidenschaft.
Ach! wie schmeichelts meinem Triebe
Wenn man meinen Dichter preist:
Denn das Leben ist die Liebe,
Und des Lebens Leben Geist.

30. 5. 1815.

44

Entoptische Farben
An Julien

Laß dir von den Spiegeleyen
Unsrer Physiker erzählen,
Die am Phaenomen sich freuen,
Mehr sich mit Gedancken quaelen.

Spiegel hüben Spiegel drüben
Doppelstellung, auserlesen;
Und dazwischen ruht im Trüben
~~Zum~~ \Als/ Crystall ~~verklärtes Wesen~~ \das Erdewesen/.

Dieses zeigt wenn jene blicken,
Allerschönste Farbenspiele,
Dämmerlicht das beyde schicken
Offenbart sich dem Gefühle.

Schwarz wie Kreuze wirst du sehen,
Pfauenaugen kann man finden;
Tag und Abendlicht vergehen
Bis zusammen beyde schwinden.

Und der Name wird ein Zeichen
Tief ist der Crystall durchdrungen.
Aug' in Auge sieht dergleichen
Wundersame Spiegelungen.

Laß den Macrocosmus gelten,
Seine spenstischen Gestalten!
Da die lieben kleinen Welten
Wirklich herrlichstes enthalten.

Jena d. 17 May
1817 G

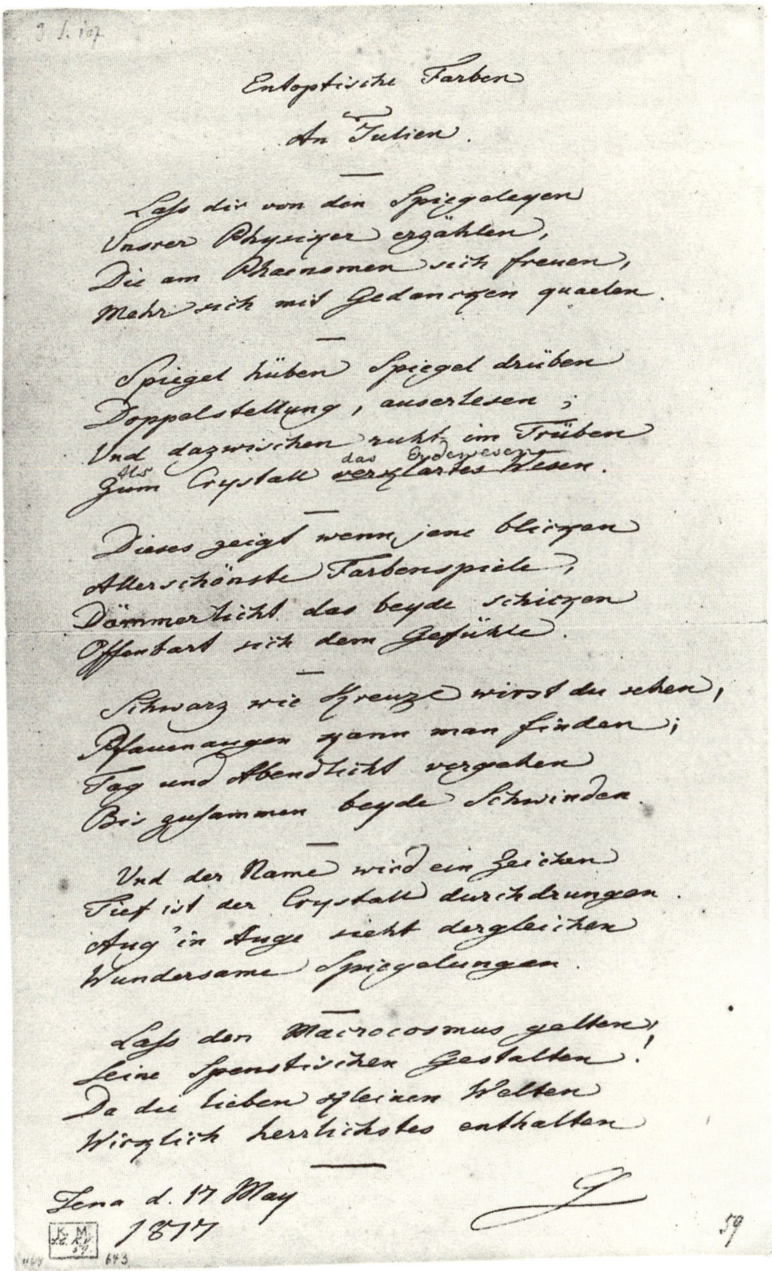

3 I. 107

Entoptische Farben

An Julien.

Laß dir von den Spiegeleyen
Unsrer Physiker erzählen,
Die am Phänomen sich freuen,
Mehr sich mit Gedanken quälen.

Spiegel hüben Spiegel drüben
Doppelstellung, auserlesen;
Und dazwischen ruht im Trüben
~~Zum~~ Als Crystall ~~verklärtes Wesen~~ das Erdewesen.

Dieses zeigt wenn jene blicken
Allerschönste Farbenspiele,
Dämmerlicht das beyde schicken
Offenbart sich dem Gefühle.

Schwarz wie Kreuze wirst du sehen,
Pfauenaugen kann man finden;
Tag und Abendlicht vergehen
Bis zusammen beyde schwinden.

Und der Name wird ein Zeichen
Tief ist der Crystall durchdrungen.
Aug' in Auge sieht dergleichen
Wundersame Spiegelungen.

Laß den Macrocosmus gelten,
Seine spenstischen Gestalten!
Da die lieben kleinen Welten
Wirklich herrlichstes enthalten.

Jena d. 17 May
1817

G

59

45 ⟨Im Graenzenlosen sich zu finden⟩
⟨*Eins und Alles*⟩

Im Graenzenlosen sich zu finden
Wird gern der Einzelne verschwinden;
Da loest sich aller Überdruß;
Statt heißen Wünschen, wildem Wollen,
Statt lästgem Fordern, strengem Sollen,
Sich aufzugeben ist Genuß.

~~Mit Welten-Seele sich~~ \Weltseele komm uns zu/ durchdringen!
Ja, mit dem Weltgeist selbst zu ringen,
Bleibt uns der herrlichste Beruf.
Und es sind nur die guten Geister,
Gelinde leitend, unsre Meister,
Zu dem der alles schafft und schuf.

Und umzuschaffen das Geschaffne,
Damit sichs nicht zum Starren waffne,
Wirkt ewiges, lebendiges Thun.
Und was nicht war nun will es werden,
Zu~~r~~ \reinen/ Sonne\n/ ~~sey's, zu düstrer~~ \farbigen/ Erden,
In keinem Falle ~~soll~~ \darf/ es ruhn.

Es soll sich regen, schaffend handeln,
Erst sich gestalten, dann verwandlen;
Nur scheinbar stehts Momente still.
~~Da regt das Ewige sich~~ \Das Ewige regt sich fort/ in allen:
Denn alles muß in Nichts zerfallen,
Wenn es im Seyn beharren will.
Jena
Octbr 6. 1821 G

Das ganze Gedicht ist durchgestrichen.
7 Mit Welten-Seele [...] schuf] AlH: Weltseele komm uns zu durchdringen! | Dann mit dem Weltgeist selbst zu ringen | Wird unsrer Kräfte Hochberuf. | Theilnehmend führen gute Geister, | Gelinde leitend, höchste Meister, | Zu dem der alles schafft und schuf.
17 Zu reinen Sonnen, farbigen Erden] Zur Verdeutlichung: Korr. aus Zur Sonne sey's, zu düstrer Erden
22 Das Ewige regt sich fort] Änderung u. a. durch Umstellung.

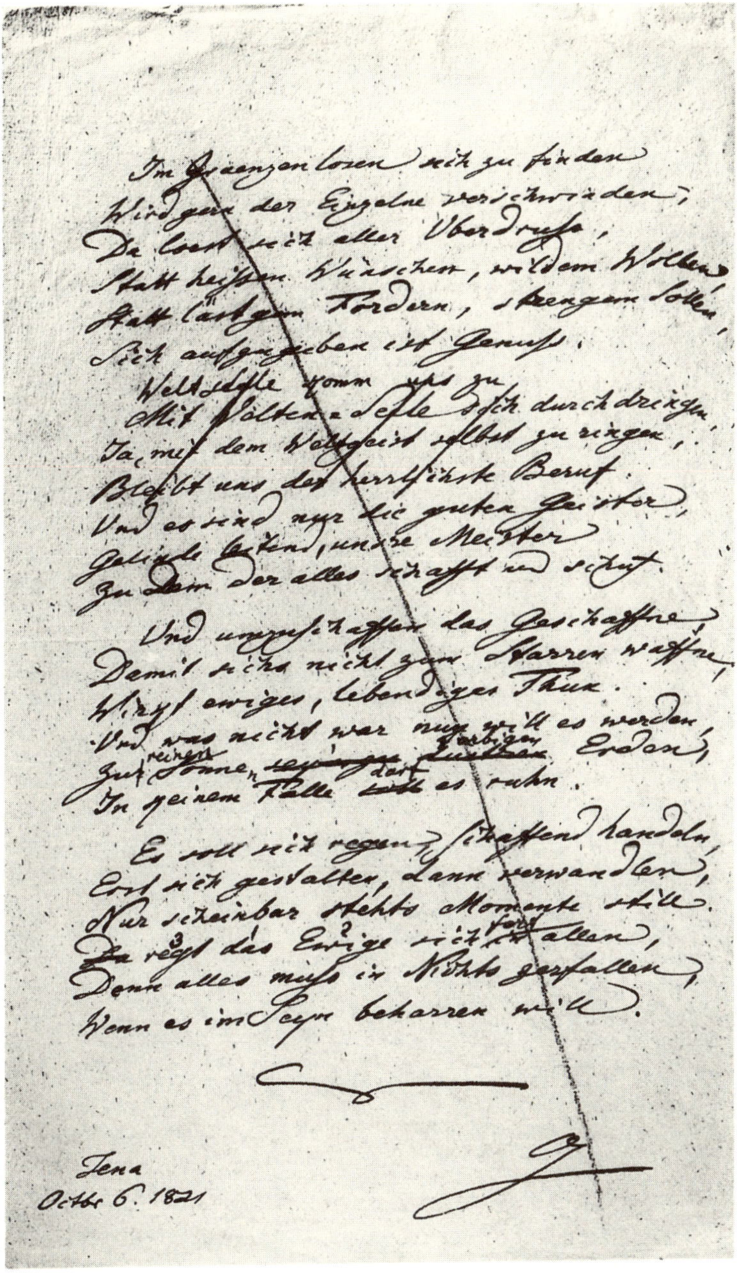

Im Gränzenlosen sich zu finden
Wird gern der Einzelne verschwinden,
Da löst sich aller Überdruß;
Statt heißem Wünschen, wildem Wollen,
Statt lästgen Fordern, strengem Sollen
Sich aufzugeben ist Genuß.

Weltseele komm uns zu
Mit Welten=Seele sich durchdringen,
Ja, mit dem Weltgeist selbst zu ringen,
Bleibt uns der herrlichste Beruf.
Und es sind nur die guten Geister,
Gelinde leitend, unsre Meister,
Zu Dem der alles schafft und schuf.

Und umzuschaffen das Geschaffne,
Damit sichs nicht zum Starren waffne,
Wirkt ewiges, lebendiges Thun.
Und was nicht war nun will es werden
Zu reinen Sonnen, farbigen Erden;
In keinem Falle darf es ruhn.

Es soll sich regen, schaffend handeln,
Erst sich gestalten, dann verwandeln;
Nur scheinbar stehts Momente still.
Das Ewige regt sich fort in allen,
Denn alles muß in Nichts zerfallen,
Wenn es im Seyn beharren will.

G

Jena
Octbr 6. 1821

46

Elegie

—

Und wenn der Mensch in seiner Quaal verstummt
Gab mir ein Gott zu sagen was ich leide.

—

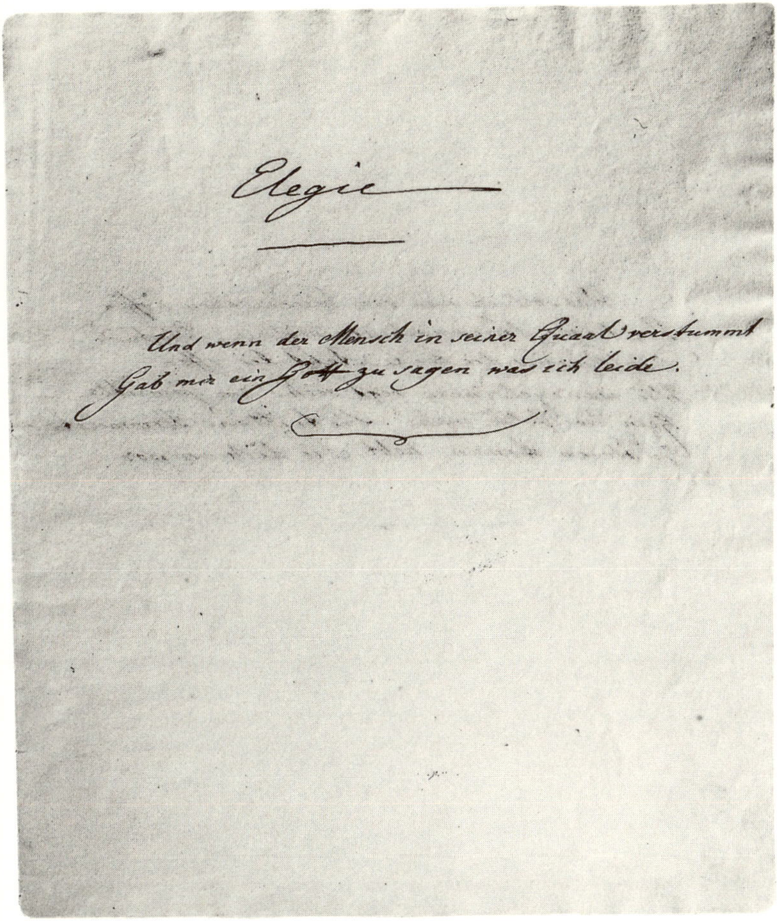

Elegie

Und wenn der Mensch in seiner Quaal verstummt
Gab mir ein Gott zu sagen was ich leide.

Was soll ich nun vom Wiedersehen hoffen?
Von dieses Tages noch geschlossner Blüte?
Das Paradies, die Hölle steht dir offen,
Wie wanckelsinnig regt sich's im Gemüthe! –
Kein Zweifeln mehr! Sie tritt an's Himmelsthor,
Zu Ihren Armen hebt Sie dich empor.

—

Nach 6 —] AlH: Strich und Seitenwechsel sind in AlH wahrscheinlich nur versehentlich entfallen.

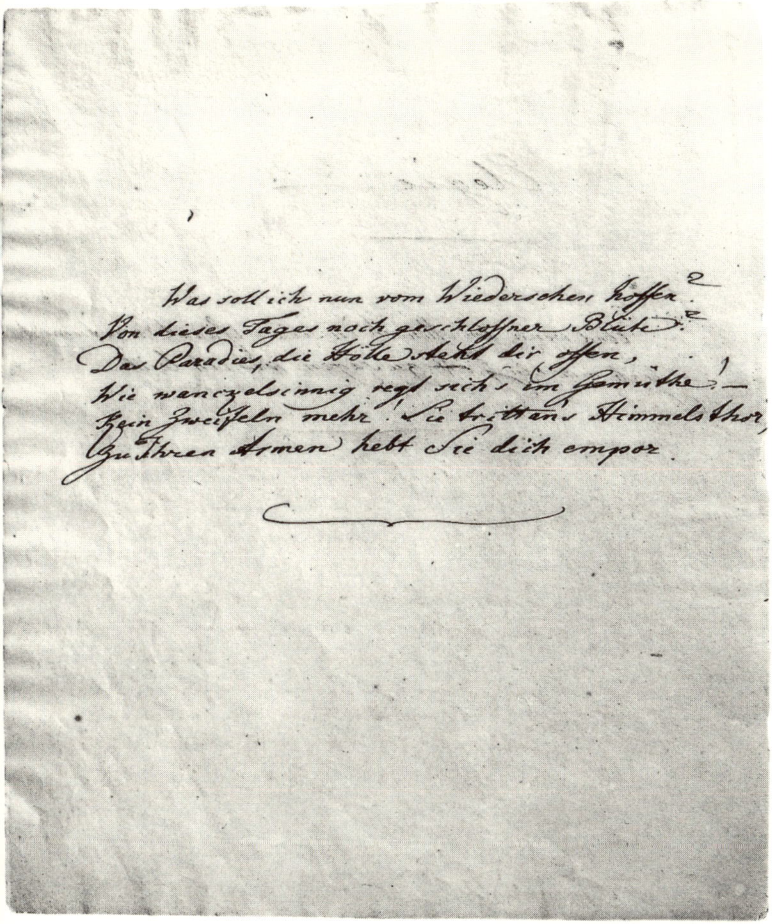
Was soll ich nun vom Wiedersehen hoffen?
Von dieses Tages noch geschlossner Blüte?
Das Paradies, die Hölle steht dir offen,
Wie wanckelsinnig regt sich's im Gemüthe! —
Kein Zweifeln mehr! Sie tritt ans Himmelsthor,
Zu ihren Armen hebt Sie dich empor.

So warst du denn im Paradies empfangen
Als wärst du werth des ewig schoenen Lebens;
Dir blieb kein Wunsch, kein Hoffen, kein Verlangen,
Hier war das Ziel des innigsten Bestrebens,
Und in dem Anschaun dieses einzig Schoenen
Versiegte gleich der Quell sehnsüchtiger Thränen.

Wie regte nicht der Tag die raschen Flügel,
Schien die Minuten vor sich her zu treiben!
Der Abendkuss, ein treu verbindlich Siegel
So wird es auch der nächsten Sonne bleiben.
Die Stunden glichen sich in zartem Wandern
Wie Schwestern zwar doch keine ganz den andern.

Der Kuß der letzte, grausam süß, zerschneidend
Ein herrliches Geflecht verschlungner Minnen;
Nun eilt, nun stockt der Fuß die Schwelle meidend,
Als trieb ein Cherub flammend ihn von hinnen;
Das Auge starrt auf düstrem Pfad verdrossen,
Es blickt zurück die Pforte steht verschlossen.

So warst du denn im Paradies empfangen
Als wärst du werth des ewig schoenen Lebens;
Dir blieb kein Wunsch, kein Hoffen, kein Verlangen,
Hier war das Ziel des innigsten Bestrebens,
Und in dem Anschaun dieses einzig Schoenen
Versiegte gleich der Quell sehnsüchtiger Thraenen.

Wie regte nicht der Tag die raschen Flügel,
Schien die Minuten vor sich her zu treiben!
Der Abendkuss, ein treu verbindlich Siegel
So wird es auch der nächsten Sonne bleiben.
Die Stunden glichen sich in zartem Wandern
Wie Schwestern zwar doch keine ganz den andern.

Der Kuss der letzte, grausam süss, zerschneidend
Ein herrliches Geflecht verschlungner Minnen;
Nun eilt, nun stockt der Fuss die Schwelle meidend,
Als trieb ein Cherub flammend ihn von hinnen;
Das Auge starrt auf düstrem Pfad verdrossen,
Es blickt zurück die Pforte steht verschlossen.

Und nun verschlossen in sich selbst, als hätte
Dies Herz sich nie geöffnet, selige Stunden,
Mit jedem Stern des Himmels um die Wette,
An Ihrer Seite leuchtend nicht empfunden;
Und Mismuth, Reue, Vorwurf, Sorgenschweere
Belastens nun in schwüler Atmosphaere.

Ist denn die Welt nicht übrig? – Felsenwände
Sind sie nicht mehr gekrönt von heiligen Schatten?
Die Erndte reift sie nicht? Ein grün Gelände
Zieht sich's nicht hin am Fluß durch Busch und Matten?
Und wölbt sich nicht das überweltlich Große,
Gestaltet bald und bald gestaltenlose?

Wie leicht und zierlich, klar und zart gewoben,
Schwebt, Seraphgleich, aus ernster Wolcken Chor,
Als glich es Ihr, am blauen Aether droben,
Ein schlanck Gebild aus lichtem Duft empor;
So sahst du Sie in frohem Tanze walten
Die lieblichste der lieblichsten Gestalten.

---

36 Gestaltet [. . .] gestaltenlose] AlH: Gestaltenreiche, bald gestaltenlose

Und nun verschlossen in sich selbst, als hätte
Dies Herz sich nie geöffnet, selige Stunden,
Mit jedem Stern des Himmels um die Wette,
An Ihrer Seite leuchtend nicht empfunden;
Und Mismuth, Reue, Vorwurf, Sorgenschwere
Belastens nun in schwüler Atmosphaere.

Ist denn die Welt nicht übrig? — Felsenwände
Sind sie nicht mehr gekrönt von heiligen Schatten?
Die Erndte reift sie nicht? Ein grün Gelände
Zieht sichs nicht hin am Fluss durch Busch u. Matten?
Und wölbt sich nicht das überweltlich Grosse,
Gestaltet bald und bald gestaltenlose?

Wie leicht und zierlich, klar und zart gewoben,
Schwebt, Seraphgleich, aus ernster Wolken Chor,
Als glich es Ihr, am blauen Aether droben,
Ein schlanck Gebild aus lichtem Duft empor;
So sahst du Sie in frohem Tanze walten
Die lieblichste der lieblichsten Gestalten.

Doch nur Momente darfst dich unterwinden
Ein Luftgebild statt Ihrer fest zu halten;
In's Herz zurück! dort wirst du's besser finden,
Dort regt Sie Sich in wechselnden Gestalten;
Zu Vielen bildet Eine Sich hinüber,
So tausendfach, und immer immer lieber.

Wie zum Empfang Sie an den Pforten weilte
Und mich von dannauf Stufenweis beglückte;
Selbst nach dem letzten Kuß mich noch ereilte,
Den letztesten mir auf die Lippen drückte;
So klar beweglich bleibt das Bild der Lieben,
Mit Flammenschrift in's treue Herz geschrieben.

In's Herz das fest wie zinnenhohe Mauer
Sich Ihr bewahrt und Sie in sich bewahret,
Für Sie sich freut an seiner eignen Dauer,
Nur weis von sich wenn Sie Sich offenbaret;
Sich freyer fühlt in so geliebten Schrancken
Und nur noch schlägt für alles Ihr zu dancken.

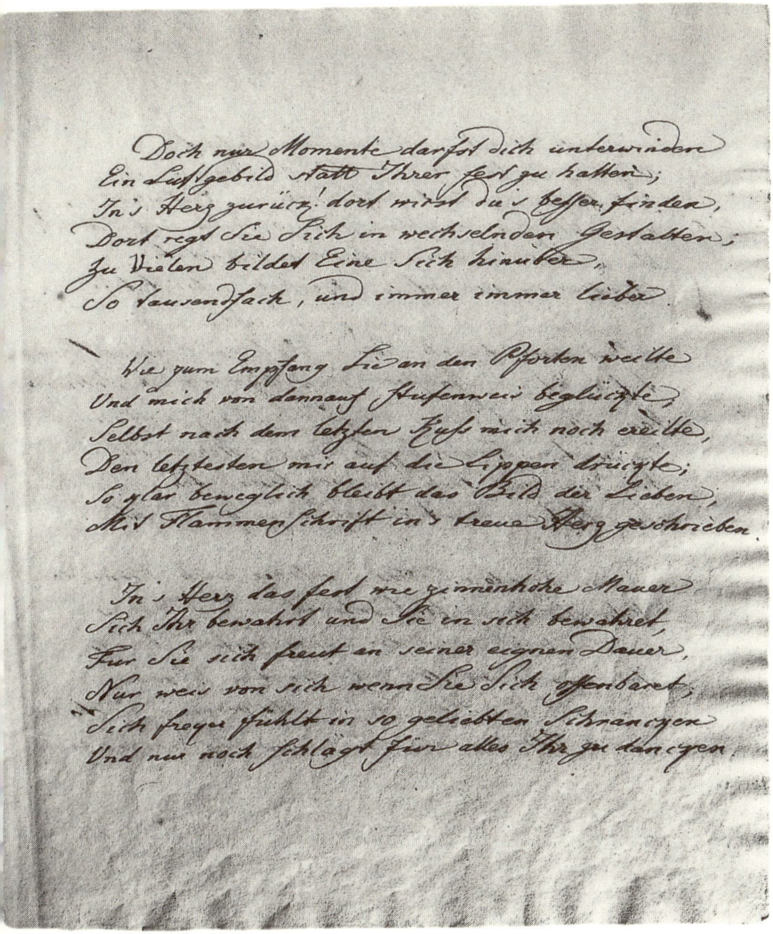

Doch nur Momente darfst dich unterwinden
Ein Luftgebild statt Ihrer fest zu halten;
In's Herz zurück! dort wirst du's besser finden,
Dort regt Sie Sich in wechselnden Gestalten;
Zu Vielen bildet Eine Sich hinüber,
So tausendfach, und immer immer lieber.

Wie zum Empfang Sie an den Pforten weilte
Und mich von dannauf stufenweis beglückte,
Selbst nach dem letzten Kuß mich noch ereilte,
Den letztesten mir auf die Lippen drückte;
So klar beweglich bleibt das Bild der Lieben,
Mit Flammenschrift in's treue Herz geschrieben.

In's Herz das fest wie zinnenhohe Mauer
Sich Ihr bewahrt und Sie in sich bewahret,
Für Sie sich freut an seiner eignen Dauer,
Nur weis von sich wenn Sie Sich offenbaret,
Sich freyer fühlt in so geliebten Schrancken
Und nur noch schlägt für alles Ihr zu dancken.

War Fähigkeit zu lieben, war Bedürfen
Von Gegenliebe weggelöscht, verschwunden;
Ist Hoffnungslust zu freudigen Entwürfen,
Entschlüssen, rascher That sogleich gefunden!
Wenn Liebe je den Liebenden begeistet,
Ward es an mir auf's lieblichste geleistet;

Und zwar durch Sie! – Wie lag ein innres Bangen
Auf Geist und Körper, unwillkommner Schweere;
Von Schauerbildern rings der Blick umfangen
Im wüsten Raum beklommner Herzensleere;
Nun dämmert Hoffnung von bekannter Schwelle,
Sie selbst erscheint in milder Sonnenhelle.

Dem Frieden Gottes, welcher euch hienieden
Mehr als Vernunft beseliget – wir lesen's –
Vergleich ich wohl der Liebe heitern Frieden
In Gegenwart des allgeliebten Wesens;
Da ruht das Herz, und nichts vermag zu stören
Den tiefsten Sinn, den Sinn Ihr zu gehören.

War Fähigkeit zu lieben, war Bedürfen
Von Gegenliebe weggelöscht, verschwunden;
Ist Hoffnungslust zu freudigen Entwürfen,
Entschlüssen, rascher That sogleich gefunden!
Wenn Liebe je den Liebenden begeistet
Ward es an mir auf's lieblichste geleistet;

Und zwar durch Sie! — Wie lag ein innres Bangen
Auf Geist und Körper, unwillkommner Schweere,
Von Schauerbildern rings der Blick umfangen
Im wüsten Raum beklommner Herzensleere;
Nun dämmert Hoffnung von bekannter Schwelle,
Sie selbst erscheint in milder Sonnenhelle.

Dem Frieden Gottes, welcher euch hienieden
Mehr als Vernunft beseliget — wir lesen's —
Vergleich ich wohl der Liebe heitern Frieden
In Gegenwart des allgeliebten Wesens;
Da ruht das Herz, und nichts vermag zu stören
Den tiefsten Sinn, den Sinn Ihr zu gehören.

In unsers Busens Reine wogt ein Streben
Sich einem höhern, reinern, unbekannten,
Aus Danckbarkeit freywillig hinzugeben
Enträthselnd sich den ewig ungenannten;
Wir heißen's: fromm seyn! – Solcher seligen Höhe
Fühl ich mich theilhaft wenn ich vor Ihr stehe.

Vor Ihrem Blick, wie vor der Sonne Walten,
Vor ihrem Athem, wie vor Frühlingslüften
Zerschmilzt, so längst sich eisig starr gehalten,
Der Selbstsinn tief in winterlichen Grüften;
Kein Eigennutz, kein Eigenwille dauert;
Vor Ihrem Kommen sind sie weggeschauert.

Es ist als wenn Sie sagte: Stund um Stunde
Wird uns das Leben freundlich dargeboten,
Das Gestrige lies uns geringe Kunde,
Das Morgende! Zu wissen ist's verboten;
Und wenn ich je mich vor dem Abend scheute,
Die Sonne sank und sah noch was mich freute.

In unsers Busens Reine wogt ein Streben
Sich einem höhern, reinern, unbekannten,
Aus Dankbarkeit freywillig hinzugeben
Enträthselnd sich den ewig ungenannten;
Wir heißen's: fromm seyn! — Solcher seligen Höhe
Fühl ich mich theilhaft wenn ich vor Ihr stehe.

Vor Ihrem Blick, wie vor der Sonne Walten,
Vor Ihrem Athem, wie vor Frühlingslüften,
Zerschmilzt, so längst sich eisig starr gehalten,
Der Selbstsinn tief in winterlichen Grüften;
Kein Eigennutz, kein Eigenwille dauert,
Vor Ihrem Kommen sind sie weggeschauert.

Es ist als wenn Sie sagte: Stund um Stunde
Wird uns das Leben freundlich dargeboten,
Das Gestrige ließ uns geringe Kunde,
Das Morgende! Zu wissen ist's verboten;
Und wenn ich je mich vor dem Abend scheute,
Die Sonne sank und sah noch was mich freute.

Drum thu wie Ich und schaue, froh verständig,
Dem Augenblick in's Auge! Kein Verschieben!
Begegn' ihm schnell, wohlwollend wie lebendig,
Im Handeln sey's, zur Freude, sey's dem Lieben;
Nur wo du bist sey alles, immer kindlich,
So bist du alles, bist unüberwindlich.«

Du hast gut reden dacht' ich, zum Geleite
Gab dir ein Gott die Gunst des Augenblickes,
Und jeder fühlt, an deiner holden Seite,
Sich Augenblicks den Günstling des Geschickes;
Mich schreckt der Winck von Dir mich zu entfernen,
Was hilft es mir so hohe Weisheit lernen!

Nun bin ich fern! Der jetzigen Minute
Was ziemt denn der? Ich wüßt es nicht zu sagen;
Sie bietet mir zum Schönen manches Gute,
Das lastet nur, ich muß mich ihm entschlagen.
Mich treibt umher ein unbezwinglich Sehnen,
Da bleibt kein Rath als gränzenlose Thraenen.

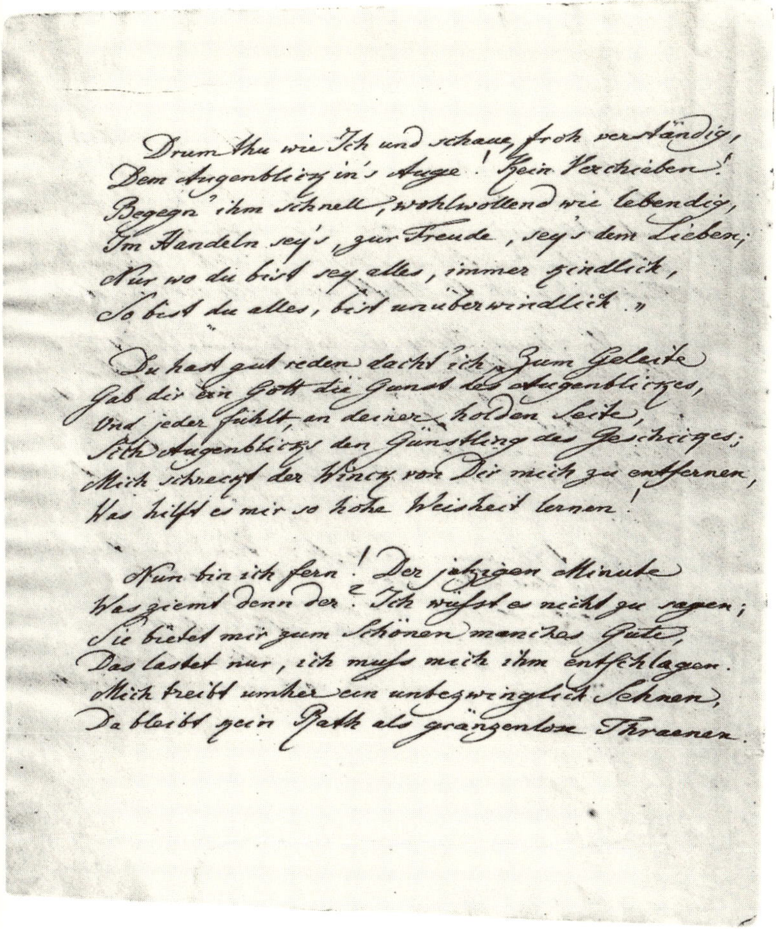
Drum thu wie Ich und schaue, froh verständig,
Dem Augenblick in's Auge! Kein Verschieben!
Begegn' ihm schnell, wohlwollend wie lebendig,
Im Handeln sey's zur Freude, sey's dem Lieben;
Nur wo du bist sey alles, immer kindlich,
So bist du alles, bist unüberwindlich."

Du hast gut reden dacht ich, zum Geleite
Gab dir ein Gott die Gunst des Augenblickes,
Und jeder fühlt, an deiner holden Seite,
Sich Augenblicks den Günstling des Geschickes;
Mich schreckt der Wink von Dir mich zu entfernen,
Was hilft es mir so hohe Weisheit lernen!

Nun bin ich fern! Der jetzigen Minute
Was ziemt denn der? Ich wüßt es nicht zu sagen;
Sie bietet mir zum Schönen manches Gute,
Das lastet nur, ich muß mich ihm entschlagen.
Mich treibt umher ein unbezwinglich Sehnen,
Da bleibt kein Rath als gränzenlose Thränen.

So quellt denn fort! und fließet unaufhaltsam;
Doch nie gelängs die innre Glut zu dämpfen!
Schon raßt's und reißt in meiner Brust gewaltsam,
Wo Tod und Leben grausend sich bekämpfen.
Wohl Kräuter gaeb's des Körpers Quaal zu stillen;
Allein dem Geist fehlt's am Entschluß und Willen;

Fehlt's am Begriff: wie sollt er Sie vermissen?
Er wiederholt Ihr Bild zu tausendmalen.
Das zaudert bald, bald wird es weggerißen,
Undeutlich jetzt und jetzt im reinsten Stralen;
Wie könnte dies geringstem Troste frommen
Die Ebb' und Flut, das Gehen wie das Kommen!

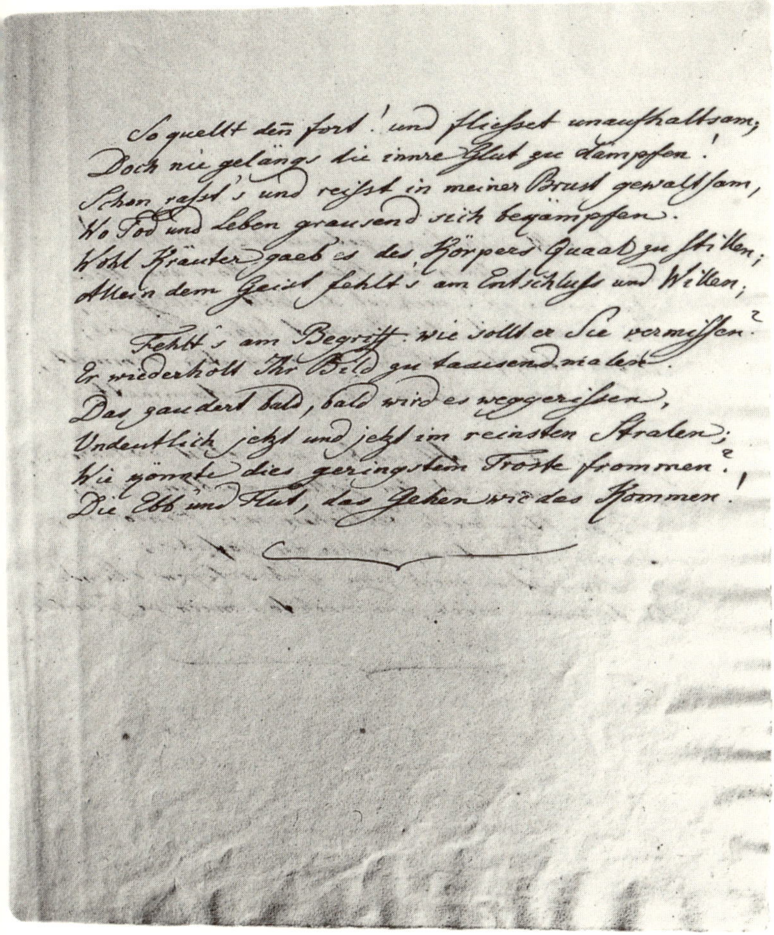

So quellt denn fort! und fliesset unaufhaltsam;
Doch nie gelängs die innre Glut zu dämpfen!
Schon rast's und reisst in meiner Brust gewaltsam,
Wo Tod und Leben grausend sich bekämpfen.
Wohl Kräuter gaeb es des Körpers Quaal zu stillen;
Allein dem Geist fehlt's am Entschluss und Willen;

Fehlt's am Begriff: wie sollt er Sie vermissen?
Er wiederhohlt Ihr Bild zu tausendmalen.
Das zaudert bald, bald wird es weggerissen,
Undeutlich jetzt und jetzt im reinsten Stralen;
Wie könnte dies geringstem Troste frommen?
Die Ebb und Flut, das Gehen wie das Kommen!

Verlasst mich hier, getreue Weggenoßen!
Laßt mich allein am Fels, in Moor und Moos;
Nur immer zu! euch ist die Welt erschlossen,
Die Erde weit, der Himmel hehr und gros;
Betrachtet, forscht, die Einzelnheiten sammelt,
Naturgeheimniß werde nachgestammelt.

Mir ist das All, ich bin mir selbst verlohren,
Der ich noch erst den Göttern Liebling war;
Sie prüften mich verliehen mir Pandoren,
So reich an Gütern, reicher an Gefahr;
Sie drängten mich zum gabeseligen Munde,
Sie trennen mich, und richten mich zu Grunde.

———

131 Einzelnheiten] AlH: Einzelheiten

Verlaßt mich hier, getreue Weggenossen!
Laßt mich allein am Fels, in Moor und Moos;
Nur immer zu! euch ist die Welt erschlossen,
Die Erde weit, der Himmel hehr und gros;
Betrachtet, forscht, die Einzelnheiten sammelt,
Naturgeheimniß werde nachgestammelt.

Mir ist das All, ich bin mir selbst verlohren,
Der ich noch erst den Göttern Liebling war;
Sie prüften mich, verliehen mir Pandoren,
So reich an Gütern, reicher an Gefahr;
Sie drängten mich zum gabeseligen Munde,
Sie trennen mich, und richten mich zu Grunde.

47

Der Bräutigam

Um Mitternacht, ich schlief im Busen wachte
Das liebevolle Herz als wär es Tag;
Der Tag erschien, mir war als ob es nachte:
Nun fehlt \sie/ mir, was er auch bringen mag.

Sie fehlte mir, mein emsig Thun und Streben
Für sie allein ertrug ichs durch die Glut
Der heißen Stunde, welch erquicktes Leben,
Am kühlen Abend! lohnend wars und gut.

Die Sonne sank und Hand in Hand verpflichtet
Begrüßten wir den letzten Segensblick,
Und Auge sprach, ins Auge klar gerichtet,
Von Osten, hoffe nur, sie kommt zurück.

Um Mitternacht! der Sterne Glanz geleitet
In holdem Traum zur Schwelle, wo sie ruht.
O sei auch mir dort auszuruhn bereitet,
Wie es auch sey das Leben es ist gut.

---

4 Nun [...] auch] Druck: Was ist es mir, so viel er *5 mir] AlH:* ja *14 In holdem] Druck:* Im holden

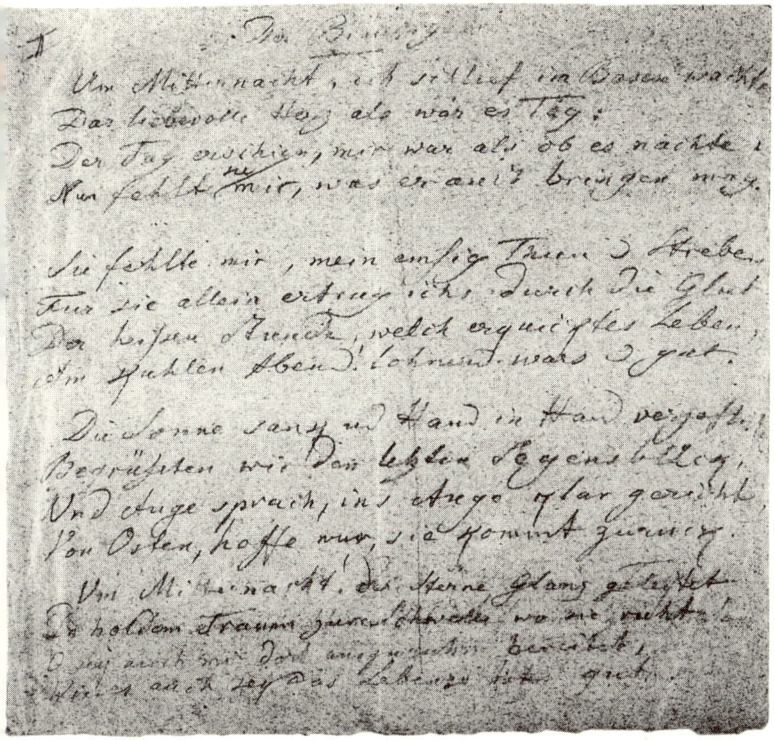

Der Bräutigam

Um Mitternacht, ich schlief, im Busen wachte
Das liebevolle Herz als wär es Tag;
Der Tag erschien, mir war als ob es nachte,
Nun fehlte sie mir, was er auch bringen mag.

Sie fehlte mir, mein emsig Thun und Streben
Für sie allein ertrug ichs durch die Glut
Der heißen Stunde, welch erquicktes Leben
Am kühlen Abend! lohnend war's und gut.

Die Sonne sank und Hand in Hand verpflichtet,
Begrüßten wir den letzten Segensblick,
Und Auge sprach, ins Auge klar gerichtet,
Von Osten, hoffe nur, sie kommt zurück.

Um Mitternacht! der Sterne Glanz geleitet
Im holden Traum zur Schwelle wo sie ruht!
O sey auch mir dort ausgeruht bereitet,
Wie es auch sey das Leben es ist gut.

48

⟨Entwickle deiner Lüste Glanz⟩
⟨*Chinesisch-deutsche Jahres- und Tageszeiten* V.⟩

Entwickle deiner Lüste Glanz
~~Der glühenden Abend Sonne Strahlen~~
Laß deines Schweifes Rad und Kranz
Kühn-äugelnd ihr entgegen prahlen.
Der Abendsonne goldnen Strahlen!

Sie forscht wo es im Grünen blüht
Im Garten überwölbt vom Blauen
~~vom Grünen zum Blauen~~
~~Und wo~~ \Und da/ sie uns Verliebte sieht
~~Um etwas~~ \\~~Wird~~ \Glaubt/ sie was //aehnliches ~~zu~~ \er/schauen

---

Druckfassung: Entwickle deiner Lüste Glanz | Der Abendsonne goldnen Strahlen, | Laß deines Schweifes Rad und Kranz | Kühn-äugelnd ihr entgegen prahlen. | Sie forscht wo es im Grünen blüht, | Im Garten überwölbt vom Blauen; | Ein Liebespaar wo sie's ersieht, | Glaubt sie das Herrlichste zu schauen.

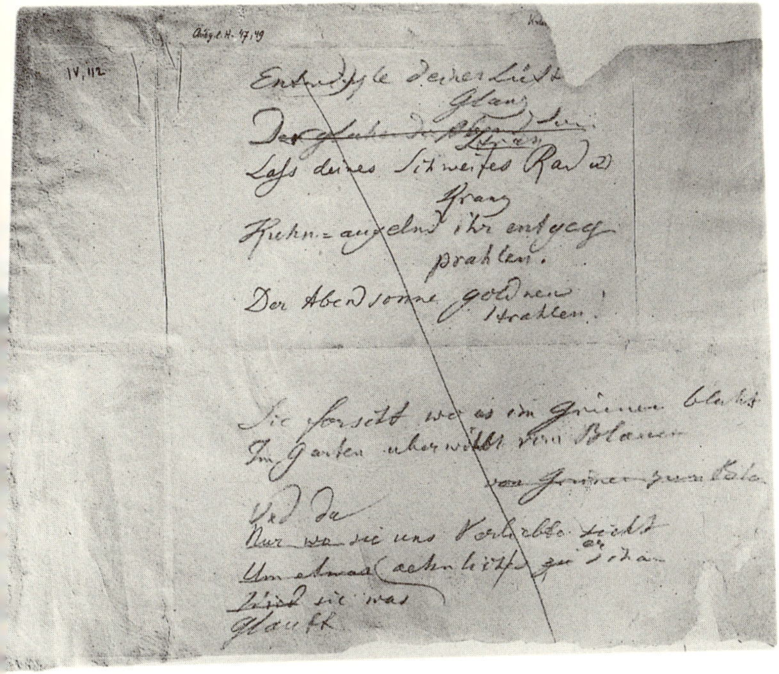

49

Dem aufgehenden Vollmonde!
Dornburg d. 25. August 1828

Willst du mich sogleich verlassen!
Warst im Augenblick so nah.
Dich umfinstern Wolckenmassen
Und nun bist du gar nicht da.

Doch du fühlst wie ich betrübt bin,
Blickt dein Rand herauf als Stern!
Zeugest mir daß ich geliebt bin,
Sey das Liebchen noch so fern.

So hinan denn! Hell und heller,
Reiner Bahn, in voller Pracht.!
Schlägt mein Herz auch schneller, schneller
Überselig ist die Nacht.

G

11 schneller schneller] Erstdruck: schmerzlich schneller

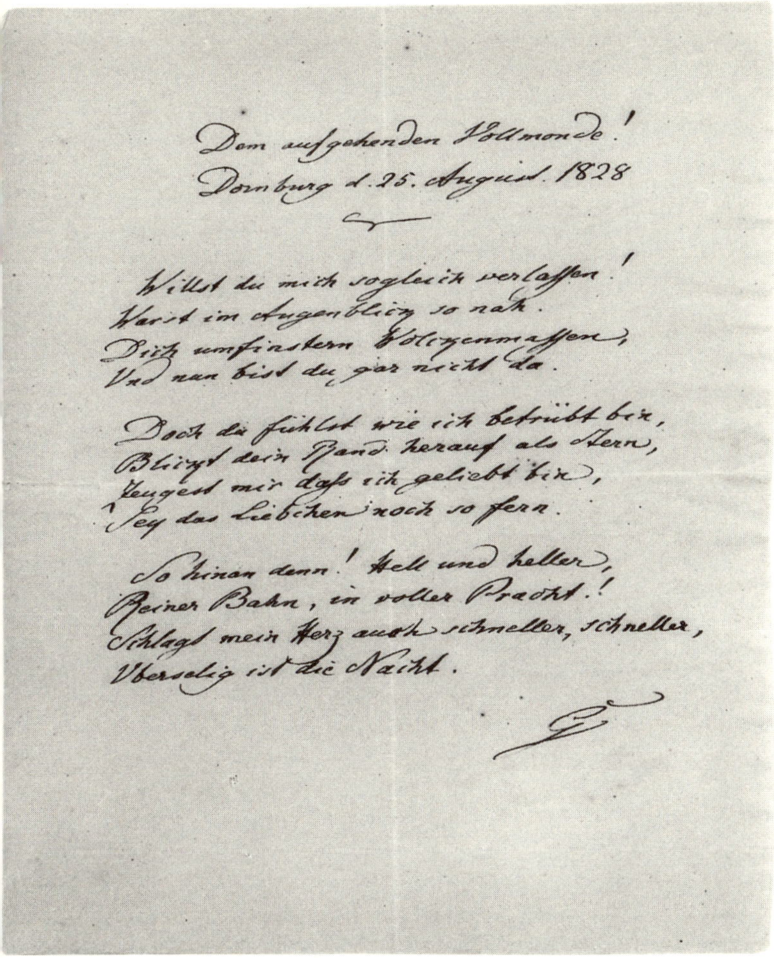

Dem aufgehenden Vollmonde!

Dornburg d. 25. August 1828

Willst du mich sogleich verlassen!
Warst im Augenblick so nah.
Dich umfinstern Wolkenmassen,
Und nun bist du gar nicht da.

Doch du fühlst wie ich betrübt bin,
Blickt dein Rand herauf als Stern,
Zeugest mir dass ich geliebt bin,
Sey das Liebchen noch so fern.

So hinan denn! Hell und heller,
Reiner Bahn, in voller Pracht!
Schlagt mein Herz auch schneller, schneller,
Überselig ist die Nacht.

G

⟨Vor die Augen meiner Lieben⟩
⟨An Marianne von Willemer
bei Rücksendung ihrer Briefe⟩

Vor die Augen meiner Lieben,
Zu den Fingern die's geschrieben, –
Einst, mit heißestem Verlangen
So erwartet, wie empfangen –
Zu der Brust der sie entquollen,
Diese Blätter wandern sollen;
Immer liebevoll bereit,
Zeugen allerschönster Zeit.
Weimar
d. 3. März JW Goethe
1831

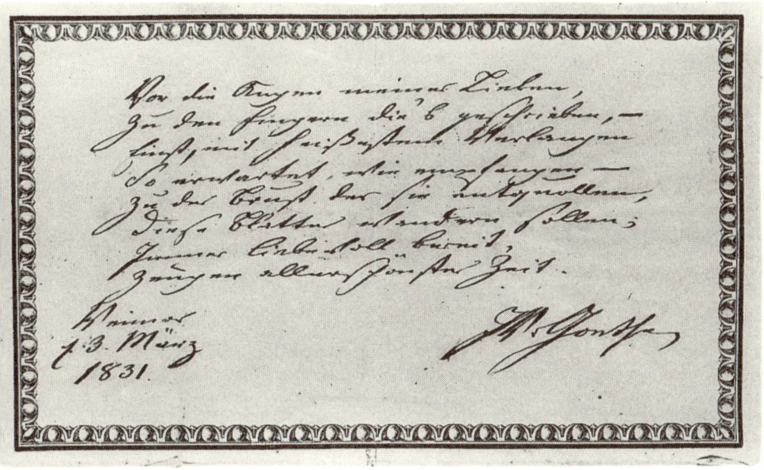
Vor die Augen meiner Lieben,
Zu den Fingern die's geschrieben, —
Einst, mit heißestem Verlangen
So erwartet, wie empfangen —
Zu der Brust der sie entquollen,
Diese Blätter wandern sollen;
Immer liebevoll bereit,
Zeugen allerschönster Zeit.

Weimar
d. 3. März
1831.

JWvGoethe

Erläuterungen

1. *Bei dem erfreulichen Anbruche des 1757. Jahres*

Handschrift im Goethe- und Schiller-Archiv, Weimar. Erstdruck: Frankfurter Zeitung 1894. In dem für Festgedichte im pompösen ›hohen‹ Stil obligatorischen Versmaß, dem Alexandriner, mit relativ origineller Reimstellung. Man darf einen hohen Anteil an Hilfe des ›Schreibemeisters‹ Johann Heinrich Thym vermuten.

vor 1 *Gros Eltern]* Von den Neujahrsfeiern im Hause des Großvaters, des Stadtschultheißen (›Bürgermeisters‹) Dr. jur. Johann Wolfgang Textor, berichtet *Dichtung und Wahrheit* 3. – 10 *Möninens Ruder]* Regiment der ›Mainstadt‹ Frankfurt. – 15 *anzubinden]* Beschenken, nach dem Brauch, jemandem Geschenke an den Arm zu binden (vgl. Angebinde). – 17 *schlechte]* Noch in der alten Bedeutung ›schlicht‹; der in diesen Gedichten übliche Bescheidenheitstopos. – 23 *Erstlinge]* Bibelsprachliche Bezeichnung der Erstgeborenen (z. B. 1. Mose, 4,4); Ankündigung weiterer Gedichte.

2. *Annette an ihren Geliebten*

Aus einer Handschrift von Ernst Wolfgang Behrisch, Goethe- und Schiller-Archiv, Weimar. Behrisch (1738-1809) war Freund und Mentor Goethes in der Leipziger Studienzeit. In *Dichtung und Wahrheit* berichtet Goethe von Behrischs kritischer Attitude und fährt fort: »Meine eigenen Sachen nahm er mit Nachsicht auf und ließ mich gewähren; nur unter der Bedingung, daß ich nichts sollte drucken lassen. Er versprach mir dagegen, daß er diejenigen Stücke, die er für gut hielt, selbst abschreiben und in einem schönen Bande mir verehren wolle.« Es ist das Büchlein »Annette« von 1767, aus dem das vorliegende Gedicht stammt – Musterbeispiel eines Werkes des Leipziger Rokoko. Goethe hatte das Gedicht bereits am 24. 9. 1766 in ein Stammbuch eingetragen.

3. *Willkomm und Abschied*

Aus der Handschrift H^3. Erstmals wurde das Gedicht in der Zeitschrift ›Iris‹ 1775 gedruckt. Goethe nahm es dann in die Ausgabe S auf, die von der Handschrift H vorbereitet wurde. Die erste Strophe mit zwei weiteren Zeilen wurde auch im Nachlaß Friederike Brions gefunden. (Vgl. zum übernächsten Gedicht.)

10 Duft] Bei Goethe häufig für ›Dunst‹, ›Nebel‹.

4. *Maylied*

Aus der Handschrift H^3. Erstmals wurde das Gedicht in der Zeitschrift ›Iris‹ 1775 als *Mayfest* gedruckt. Goethe nahm es dann in die Ausgabe S (1789) auf, die von der Handschrift H^3 vorbereitet wurde. Entstehung in Sessenheim (1771) ist wahrscheinlich, aber nicht sicher.

5. Kleine Blumen Kleine Blätter (Mit einem gemalten Band)

Abschrift von Heinrich Kruse, Universitätsbibliothek Leipzig. – Friederike Brion, Pfarrerstochter in Sessenheim, war die Liebschaft des Straßburger Studenten Goethe vom Herbst 1770 bis zum Sommer 1771. Goethe hat die Geschichte in *Dichtung und Wahrheit* verewigt. Der poetische Ertrag sind die ›Sessenheimer Lieder‹, namentlich *Mit einem gemalten Band* und *Willkommen und Abschied* (wenigstens die erste Strophe) und wahrscheinlich auch das *Mayfest/Maylied*. Im Jahre 1835 pilgerte der Philologiestudent Heinrich Kruse, angeregt durch *Dichtung und Wahrheit*, durchs Elsaß und fand bei Friederikes Schwester Sophie noch ein Manuskript mit 10 Gedichten von Goethe und Jakob Michael Reinhold Lenz. Erhalten sind nur noch Kruses Abschriften dieser Gedichte, unter anderem das später »Mit einem gemalten Band« betitelte. Hier die von Kruse überlieferte titellose Fassung aus Friederikes Nachlaß. – Unter Nr. 16 ist die Niederschrift in der Handschrift H^2 zu finden, die weitgehend dem ›Iris‹-Druck folgt.

6. Mahomets Gesang

Aus der Handschrift H^2. Erstmals wurde der Text unter dem Titel »Gesang« als Wechselgesang der Tochter Mahomets Fatema und seines Schwiegersohns Ali im Göttinger ›Musen-Almanach 1774‹ gedruckt. Goethe nahm das Gedicht dann in die Ausgabe S auf.

7. Concerto dramatico

Handschrift im Frankfurter Goethe-Museum. Erstdruck: Aus F. H. Jacobis Nachlaß, Bd. 2, hg. v. R. Zöpperitz, Leipzig 1869. Entstanden vermutlich im Februar 1773. Vom Frühjahr 1771 bis zum Frühjahr 1773 stand Goethe in engem Kontakt zum Kreis der ›Empfindsamen‹ am Darmstädter und am benachbarten Homburger Hof, namentlich Johann Heinrich Merck, Franz Michael Leuchsenring, Henriette von Roussillon, Luise Henriette Friederike von Ziegler und Caroline Flachsland, Herders Braut. Goethe nannte sie spöttisch die ›Gemeinschaft der Heiligen‹. Das parodistische Capriccio kann einen Eindruck vermitteln, weshalb der junge Rechtsanwalt überall sogleich die Herzen eroberte. Das Gedicht ist nur in dieser einen Handschrift erhalten, wird nirgends im Goethekreis eigens erwähnt – derlei mag er häufiger improvisiert haben. Es steckt vermutlich voller persönlicher Anspielungen, die man aber nur zu einem geringen Teil rekonstruieren kann.

vor 1 *Dottore Flamminio detto Panurgo secondo]* Als der ›Doktor‹ wurde Goethe in Frankfurt bezeichnet, ›Flamminio‹ wegen seines Temperaments, ›Panurgo secondo‹ nach der Figur Panurge in Rabelais' *Gargantua und Pantagruel*: Ein durchtriebener Lump und herzensguter Mensch zugleich. Im dritten Buch, vom 9. Kapitel an, ringt Panurge über viele Seiten mit der Frage, ob er heiraten soll oder nicht. Mit dem ›entflammten‹ Panurge ist das Thema aufgegriffen, das man scherzhaft an Goethe herangetragen haben wird: Ob es denn nicht Zeit zum Heiraten sei. – 5 *Langeweile]* Eine Art Musenanruf. In Herders *Literatur-Fragmenten* (Einleitung der »Ersten Sammlung«): »... die liebe Göttin Langeweile, die Mutter so vieler Menschen, und Menschlicher Werke«. – 8 *zum schreiben]* Das Gedicht ist also die Antwort auf einen Sammelbrief der Darmstädter. – 11 *Frauen]* Alter Dativ Singular. – 13 *im Scherze]* Beim Mariage-Spiel, das Anfang 1773 in Frankfurt besonders intensiv betrieben wurde. Vgl. *Dichtung und Wahrheit* 15 – 20 f. *Gekaut Papier ... Junos Bildung ... Ixion]* Die Darmstädter hatten ihm wohl eine Puppe aus Pappmaché geschickt. Ixion war aufs Rad geflochten worden: Anspielung auf Goethes Ehescheu? Ixion hatte Jupiters Gattin Juno nachgestellt, daher die Bestrafung. – 22 *Allegro con furia]* Sturmgemälde mit klopstockisierenden ›Machtwörtern‹. 40-47 *Frühling ... Dornen]* Die ›Heiligen‹ hatten offenbar poetisch vom Frühling Rosen erwartet, und Goethe weist sie auf die botanische Realität der Blütezeit im Juni und der Dornen hin. Vielleicht noch konkreter: Caroline Flachsland erwartete ihre Vermählung mit Herder für den Frühling. – 48 *Lamentabile]* Hatte Caroline über die Trennung von Herder geklagt? Die Redensart v. 55 wäre die entsprechende Tröstung. – 62 *alles liebt]* Der ganze Passus versöhnliche Rücknahme des Spottes über Carolines Liebessehnsucht? – 63-103 *Choral ... Capriccio ... Var. 1. ... Var. 3 ...]* Zunächst eine Kirchenlied-Parodie. Das Gebet wird aber offenbar nicht erhört, denn nun folgt in drei Variationen mit jeweils wiederholtem Capriccio, was die Menschen alles aus Langeweile tun – mit den entsprechenden unerquicklichen Folgen. – 104 *Air]* Übers. des Folgenden: »Ein Mädchen, freundlich und von der Mama herausgeputzt, ging ganz erhitzt in der Allee promenieren. Davon bekam sie eine große Erkältung, und die gute Mutter rief aus voller Brust: Einen Arzt! Arznei! – Ein junger Mann, schön und gut, fand sich zufällig ein, und er kümmerte sich um sie und rieb sie ab und erwärmte sie so gut, daß die Erkältung alsbald verflogen war. Der Göttliche! Die Göttliche! Der Arzt! Die Arznei!« – 135 *Sybillenschar]* Die Darmstädter Damen? Sibyllen sind Wahrsagerinnen, dann auch Klatschbasen. Auch Rabelais' Panurge holt sich u. a. Rat bei einer Sibylle (III 17). – 140 *Marianne]* Nicht identifiziert, wohl das ›Weiblein der Sybillenschar‹ aus v. 135, vielleicht ein Deckname. – 142 *arme kurze Frist]* Wohl die Frist des Junggesellendaseins, die – siehe das Folgende – bis in den Herbst währen soll. 143 *Presto fugato]* Sommer, Herbst, Messe und Fest des neuen Weins. Die Einzüge, die in anderen Ausgaben nur gemildert dargestellt werden, deuten darauf hin, daß hier tatsächlich ein Fugato mit mehreren ›Chören‹ oder ›Chorstimmen‹ abgebildet werden soll. – 165 f. *Gestoppelte ... Verschnitten]* ›Stoppeln‹ heißt ›Nachlese halten‹, also der besonders gute Wein aus vollreifen Trauben und der weniger wertvolle verschnittene.

8. Aus Lavaters Tagebuch der Rheinreise vom 18. Juli 1774

Das Reisetagebuch Johann Caspar Lavaters (1741-1801) befindet sich in der Zentralbibliothek Zürich. Lavater, berühmter Zürcher Theologe, stand seit Sommer

1773 mit Goethe in intensivem Briefwechsel. Er war im Juni 1774 nach Deutschland gekommen, um seine angegriffene Gesundheit in einem der rheinischen Bäder zu kurieren und seinen vielen Anhängern Gelegenheit zur Huldigung zu geben. Am 18. Juli bricht er mit Goethe, dem Pädagogen Basedow und dem Maler Schmoll von Bad Ems aus die Lahn abwärts zu einer Rheinreise auf. Das Reisetagebuch führte er als eine Art Brief für seine Frau.

II. Sura] So genannt im Anschluß an das vorangegangene Gedicht Lavaters. Sure ist ein Abschnitt aus dem Koran. – 5 *kröne]* Möglicherweise hat der Schweizer Lavater den Frankfurter Goethe hier mißverstanden: Goethe könnte »gräme« gesagt haben. – 6 *Meyerin]* Des Kammersekretärs Meyer »kindlich unschuldigs Weibchen« (Lavater unter dem 16. 7.) war abgereist. – 9 *Liesel]* Unterwegs machte Goethe einen Abstecher nach Vallendar, wo er Luise von La Roche, eine der Töchter Sophie von La Roches, besuchte.

9. Wen du nicht verlässest Genius (Wandrers Sturmlied)

Handschrift im Frankfurter Goethe-Museum. Der Erstdruck der Handschrift im »Briefwechsel zwischen Goethe und F. H. Jacobi«, hg. v. Max Jacobi, Leipzig 1846 bringt das Gedicht bis Vers 103 im Zusammenhang mit einem um den 10. 9. 1773 datierten Brief an Betty Jacobi, die Verse 104 bis zum Ende dann im Zusammenhang mit dem Brief vom 31. 8. 1774 an Fritz Jacobi. Daraus ist mehrfach der Schluß gezogen werden, daß die Partie ab »Wenn die Räder rasselten [...]« ein Nachtrag ist. Das ist zwar nicht auszuschließen, aber ich halte es eher für unwahrscheinlich. Nicht nur hinge das Ende mit einer negativen Aussage über Theokrit merkwürdig in der Luft: Goethe stand im Jahre 1773 mit dem männlichen Teil der Jacobi-Familie auf sehr gespanntem Fuß, so daß er sich kaum mit solch einem gewagten Poem ausgeliefert haben dürfte; jedenfalls aber hätte die Übersendung in den regen Briefwechseln im Umkreis Jacobi/Gleim/Wieland irgendein Echo hinterlassen. Wahrscheinlich war der erste Teil des Gedichts in den Papieren einfach an falscher Stelle gelegen. Ich nutze jedoch die Gelegenheit, das Gedicht einmal in der alten Anordnung sichtbar zu machen. – Das Gedicht wurde mit einigen Änderungen in die Handschrift H^2 von 1778 übernommen und nach einem unautorisierten Erstdruck mit dem Titel »Dithyrambe« in einem Extrablatt der Hamburger ›Nordischen Miszellen‹ vom 1. 3. 1810 schließlich von Goethe 1815 in die »Werke« (B) aufgenommen. Als ›Gelegenheits‹-Hintergrund nennt Goethe die Wanderungen zwischen Frankfurt, Homburg und Darmstadt: »Unterwegs sang ich mir seltsame Hymnen und Dithyramben, wovon noch eine, unter dem Titel ›Wanderers Sturmlied‹, übrig ist. Ich sang diesen Halbunsinn leidenschaftlich vor mich hin, da mich ein schreckliches Wetter unterweges antraf, dem ich entgegen gehen mußte.« (*Dichtung und Wahrheit* 12.) Stilvorbild ist die ›harte Fügung‹ des griechischen Hymnendichters Pindar.

Eine grobe Vorgangsskizze kann vielleicht für das Verständnis hilfreich sein. Der ›empirische‹ Vorgang: Der Wanderer zieht zuversichtlich (fast im Marsch-Rhythmus) dem Unwetter entgegen. Er begegnet einem Bauern, der seiner bergenden Wohnung zustrebt, während er selbst noch weit vom Ziel entfernt ist. Im strömenden Regen spricht er sich weiter Mut zu, schwankend zwischen Bangigkeit und Euphorie; doch schließlich hat er nur noch im Sinn, gleichfalls seine Hütte zu erreichen. – Darüber wölben sich der innere Vorgang und die Bildwelt: Die erste Dreiergruppe (bis v. 23) ist im gnomischen Futur gehalten. Angesichts des herannahenden Unwetters formuliert sie die Genius-Zuversicht noch allgemein, in einer Auseinanderfaltung von ›wetter‹-bedrohten Lebenslagen. Die zweite Gruppe (v. 24-38) nimmt zwar den Refrain noch einmal auf, lenkt aber dann sogleich ins Präsens (v. 26). Die Assoziationsbrücke von der Kälte des ›Schnees‹, vor welcher der Genius durch ›Wärme‹ zu schützen vermag, ergibt die thematische Verschiebung zur ›Wärme‹ und zu den Musen und Charitinnen, zum gegenwärtigen ›göttergleichen‹ Schweben über den Anfechtungen des Elementar-Materiellen. Der Thema- und Tempuswechsel scheidet die beiden Gruppen deutlich voneinander, aber die Assoziationsbrücke und die Wiederaufnahme der Refrains lassen es nicht zu, sie wie die späteren durch einen Querstrich abzuteilen. – Die dritte Gruppe wird mit einem Rhythmus-Wechsel eingeleitet. Die ›Wärme‹- steigert sich zur ›Feuer-Glut‹-Thematik, genauer zum Problem des Antwortverhältnisses von subjektiv-innerer und objektiv aus dem Lebensumraum kommender ›Glut‹: Der ›feurige‹ Bauer findet das ihm angemessene objektive »umwärmend⟨e⟩ Feuer« am heimischen Herd, der ›Wandrer‹ hingegen, nicht eingegrenzt im engen Bezirk, sondern dem Ganzen der Natur ausgesetzt, ist auf die extrem weitgespannte Korrespondenz von Mikro- und Makrokosmos verwiesen und muß bangen, ob seine ›Glut‹ ausreicht, der des Phöbus Apollo entgegenzuglühen (er ist ja im Unwetter von der Sonne abgeschnitten: Hierin ist der Vergleich mit der Zeder begründet, die auch im Winter grünt). – Den ›Feuer‹-Strophen folgt in der vierten Gruppe die Wendung zum ›Wasser‹ und zur Dichtung. Die Alternative zum strahlenden, Gegen-›Glut‹ heischenden Sonnengott ist der ›fassend deckende‹ Regengott. Doch ist dessen Wirkung offenbar ambivalent. Zwar ›quillt‹ das Lied des ›Wandrers‹ aus ihm, zwar sind Anakreon und Theokrit, die er nicht besucht hat, Poeten eingegrenzten Ranges. Doch als die Apostrophe an den ›Wasser‹-bezogenen (siehe oben die Horaz-Ode) Dichter Pindar wieder auf den Wortbereich ›Glut‹ stößt, kommt es zum Zusammenbruch; das ›fassend deckende Wasser‹ droht die ›Glut‹ zu ersticken, die kaum noch für das Erreichen des engen Hüttenbezirkes mit seinem Herdfeuer reicht.

15 *Deukalions fluthschlamm]* Die antike ›Sintflut‹, aus deren Schlamm der Drache Pyrthon hervorkam; er wurde von Apollo getötet (daher ›Pythius‹). – 19 *Dem du]* Kein Schreibfehler, sondern kühne Attraktion nach dem Vorbild der alten Sprachen: ›Dem, den du‹. – 52 *Vater Bromius]* Bacchus/Dionysos. – 67 *Neidgetroffen]* Der

Blick Apollos wird getroffen vom Neid des Wandrers. Wenn der ›Mittelpunkt‹ nicht Apollo entgegenglüht, dann wird dieser Blick am ›Wandrer‹ vorübergleiten, und der kann nur zusehn, wie der »Fürstenblick« statt auf ihm auf dem »Grün« der Zeder verweilt; denn die Zeder kann auch aus eigener Kraft, im Winter, grünen, muß also nicht erst Apollos harren. – 75 *Jupiter Pluvius]* Jupiter als Regengottheit. – 78 *Castalischer Quell]* Am Dichterberg Parnaß gelegene Quelle. Wer aus ihr trinkt, wird zum Dichter. Im Folgenden der tändelnde Anakreon und der Idyllendichter Theokrit als Poeten liebenswerter Art, doch minderen Ranges, verglichen mit dem Hymnendichter Pindar. – 104 *Rad an Rad]* Antikes kultisches Wagenrennen, bei dem es an der Kehre (»ums Ziel weg«) häufig zu Kollisionen kam. – 11 f. *Glühte deine Seel Gefahren Pindar | Mut]* »Gefahren« Dativ, »Mut« Akkusativ: ›Deine Seele glühte den Gefahren Mut (entgegen)‹.

10. Prometheus

Handschrift aus dem Nachlaß Johann Heinrich Mercks, heute auf der Leipziger Universitätsbibliothek. 1789 wurde das Gedicht in die »Schriften« (S) aufgenommen, nachdem F. H. Jacobi es ohne Goethes Erlaubnis 1785 in *Über die Lehre des Spinoza in Briefen an den Herrn Moses Mendelssohn* veröffentlicht hatte. Das Gedicht ist aus dem zweiaktigen Fragment eines *Prometheus*-Dramas herausgearbeitet, entstand demnach frühestens im Herbst 1773. Die Handschrift für Merck wurde diesem vermutlich am 7. 3. 1775 zugesandt, und es besteht kein Anlaß, die Entstehung wesentlich früher zu datieren.

11. An Schwager Kronos

Aus der Handschrift H^2. Wird hier zum ersten Mal sichtbar, obwohl der Datumszusatz auf deutlich frühere Entstehung hinweist. 1789 in die »Schriften« (S) aufgenommen, ohne den Datums-Zusatz. Goethe war im Herbst 1774 von Klopstock besucht worden und hatte ihn dann ein Stück des Weges (bis Darmstadt? bis Mannheim?) nach Karlsruhe begleitet. Das Gedicht ist vermutlich auf der Rückfahrt entstanden. Nach *Wandrers Sturmlied* das deutlichste Beispiel des Stils der ›harten Fügung‹.

vor 1 *Schwager Kronos]* ›Schwager‹ ist der Kutscher, Ausdruck aus der Studentensprache und literarisch ungebräuchlich. Kronos ist eigentlich der antike Göttervater, verschmilzt hier – wie auch sonst damals üblich – mit Chronos, der spätantiken Allegorie der Zeit. Wird auf antiken Münzen gelegentlich als Rosselenker dargestellt. – 2 *Trott]* In dieser Zeit noch präzis: ›Trab‹. – 4 *Schwindeln zögert]* Verb hier transitiv gebraucht, Schwindeln ist Akkusativobjekt. 5 *Haudern]* Im Lohnfuhrwerk fahren, davon allgemein ›schlecht fahren‹. So noch in H^4. Die Änderung in S zu »Zaudern« stammt möglicherweise von einem verständnislosen Korrektor oder Setzer. – 17 *Über]* Abschriften Herders und Charlotte von Steins lesen hier »Aber«, offenbar war schon für sie die Konstruktion nicht zu durchschauen: Der

›Blick‹ geht »Vom Gebürg zum Gebürg« (hin-)›über‹, zugleich aber auch »der ewige Geist«, also constructio apo koinu. In H⁴/S vereinfacht. – 28-36 *Eh sie sinkt ... nächtliches Tor]* Prosaauflösung: Bevor die Sonne sinkt und bevor mich, als Greis, im Moor Nebelduft (= Nebeldunst) umfaßt und meine entzahnten Kiefer und mein schlockerndes Gebein schnattern, reiße du, Schwager, mich in der Hölle nächtliches Tor – mich, der vom letzten Sonnenstrahl trunken ist, ein Feuermeer im schäumenden Aug hat, geblendet ist und taumelt, d.h. laß mich sterben, ehe mich der Verfall des Alters ergreift. – 37f. *Töne ... Raßle]* Dynamisierung durch transitiven Gebrauch intransitiver Verben.

12. Freuden des jungen Werthers

Aus der Handschrift H^2. Zu Lebzeiten Goethes nicht gedruckt. Einzige Originalfassung des mündlich und abschriftlich verbreiteten Gedichts. Friedrich Nicolai, der bedeutendste publizistische Bannerträger der deutschen Aufklärung, hatte 1775 eine Kontrafaktur *Freuden des jungen Werthers* und *Freuden Werthers des Mannes* aus der Perspektive des aufgeklärten Tüchtigkeits-Ideals verfaßt.

13 *geschissen]* Einer geregelten Verdauung sprach man damals größte Bedeutung für das seelische Wohlbefinden zu.

13. Aus dem Tagebuch der Schweizer Reise 1775 (Auf dem See)

Handschrift im Goethe- und Schiller-Archiv, Weimar. Erstdruck: WA, 3. Abteilung (Tagebücher), Bd. 1 (1887). Das Gedicht wurde in veränderter Form erstmals in den Schriften (S) von 1789 veröffentlicht. – Im Sommer 1775 unternahm Goethe mit den beiden Grafen Stolberg und dem Baron Haugwitz eine Reise in die Schweiz. Einer der Höhepunkte war eine Fahrt auf dem Zürchersee. Am Beginn des Tagebuchs stehen ›bouts rimés‹, Reimspiele, bei denen der Teilnehmer zu vorgegebenen Reimen passende Verse schmieden mußte, dann selbst Reimworte hinschrieb, die der Nachbar ergänzen mußte usw. Klopstocks Ode *Der Zürchersee* hatte diesem besondere poetische Weihen verliehen. Möglicherweise ist es falsch, bei dieser Fassung von einem Gedicht zu sprechen; der vergrößerte Zeilen-Abstand vor »Aug mein Aug« bezeichnet vielleicht einen neuen Gedichtanfang, – soweit es überhaupt sinnvoll ist, bei dieser Folge spontaner lyrischer Formulierungen einzelne ›Gedichte‹ unterscheiden zu wollen.

7 *Wolcken angethan]* Mit Wolken bekleidet. – *nach 8]* Die zwei Schrägstriche sind Goethes ›erledigt‹-Striche. Sie entstammen anscheinend einer Überarbeitungsphase, in der Goethe die beiden Strophen als zwei Gedichte aufgefaßt hat.

14. Herbstgefühl

Aus der Handschrift H^3. Wahrscheinlich im Herbst 1775 enstanden. Erstdruck unter dem Titel »Im Herbst 1775« in der Zeitschrift ›Iris‹ 1775.

15. Eislebens Lied (Mut)

Aus der Handschrift H². Erstdruck im ›Teutschen Merkur‹, Februar 1776, unter dem Titel »Eis-Lebens-Lied«. 1789 unter dem Titel *Mut* in die »Schriften« (S) aufgenommen. Das Gedicht stimmt zum waghalsigen und zuversichtlichen Weimarer Beginn, doch kommen als Entstehungszeit ebenso die ›Schrittschuh‹-Winter 1773/74 und 1774/75 in Betracht.

5 *Liebgen]* Nicht etwa Anrede an eine Begleiterin, sondern Selbstanrede ans eigene »Herz«. – 7 *Brichts gleich, bricht nicht mit dir]* So auch im ›Merkur‹. Später wurde in der Handschrift an das »bricht« ein s angefügt (so auch in S übernommen), um des parallelen Satzbaus und der grammatikalischen Korrektheit willen. Doch ist die Erstfassung pointierter. Man muß sich eine Pause und ein ausgefallenes ›es‹ vor »bricht« hinzudenken, also etwa: ›Brichts gleich, – (es) bricht nicht mit dir‹.

16. Jägers Nachtlied (Jägers Abendlied)

Aus der Handschrift H². Erstdruck im ›Teutschen Merkur‹, Januar 1776. 1789 unter dem Titel *Jägers Abendlied* mit starken Veränderungen in der dritten Strophe in die »Schriften« aufgenommen. Die Titeländerung ist damit zu erklären, daß der Frankfurter Goethe häufiger ›Nacht‹ für Abend schreibt und für S normalisiert. Davor das Ende von *Bundeslied.*

17. »Warum gabst du uns die Tiefen Blicke«

Handschrift aus dem Nachlaß Charlotte von Steins, von Goethe datiert.

1 *du]* Angeredet ist das »Schicksal« (v. 5). – 12 *unversehnem]* Nicht ›unvorhergesehen‹, sondern ›unversorgt‹ (im Sinne von ›eine Wunde versehen‹). Der Schmerz der ›Wähnenden‹ bleibt ungedeutet, im Gegensatz zum ›bedeutenden‹ ›Schmerz‹ des Erkennenden in v. 48. – 26 *rein genau]* Ganz eng. – 30 *Nerve]* In dieser Zeit auch ›Sehne‹, ›Saite‹, so daß sich zwanglos die Bildbrücke zum ›Klang‹ ergibt. – 33 f. *Tropftest … Richtetest]* Die so oft (und auch in unserer Einleitung) zitierten Verse beziehen sich also eigentlich auf einen vergangenen Zustand in einer früheren Inkarnation. – 52 *Uns doch nicht verändern mag]* ›Mag‹ auch sonst bei Goethe im älteren Sinne von ›kann‹, also: Glücklich, daß das Schicksal (die Zeit) unseren Wesenskern nicht verändern kann, so daß wir auch unter den Bedingungen unserer gegenwärtigen Existenz durch ›Anamnesis‹ uns unseres ›wahren Verhältnisses‹ bewußt werden können.

18. Wandrers Nachtlied

Handschrift im Nachlaß Charlotte von Steins, von Goethe datiert. Erstdruck: Christliches Magazin, hg. v. J. C. Pfenninger, Bd. 3, 1. Stück, Zürich 1780, mit dem Titel »Um Friede«. – Charlotte von Steins Mutter schrieb auf die Rückseite des Blättchens, auf dem das Gedicht überliefert ist: »Den Frieden laße ich euch, meinen Frieden geb ich Euch; nicht gebe ich euch, wie die Welt giebt. Euer Hertz erschrecke nicht, und fürchte sich nicht.« (Ev. Joh. 14,27.)

1 *du]* Angeredet ist nicht, wie man bei bloß atmosphärischer Lektüre vermuten könnte, Gott, sondern der »Friede«, v. 7.

19. »Gib das Tagwerk meiner Hände« (Hoffnung)
Aus dem Tagebuch der Schweizer Reise 1775 (vgl. Nr. 13), jedoch sicherlich erst in Weimar eingetragen. Goethe verwendet das Bild mehrfach für seine Weimarer Situation. Z.B. an Charlotte von Stein am 8. 11. 1777: »Hernach fand ich daß das Schicksal da es mich hierher pflanzte vollkommen gemacht hat wie mans den Linden tut man schneidet ihnen den Gipfel weg und alle schöne Äste daß sie neuen Trieb kriegen sonst sterben sie von oben herein. Freilich stehn sie die ersten Jahre wie Stangen da«.

20. »Alles gaben Götter«
Yale Collection of German Literature, Beinecke Rare Books and Manuscripts Library, New Haven. In einem Brief an Auguste zu Stolberg, Weimar, 17. 7. 1777. Im Brief heißt es u. a.: »Ich muß das Glück für meine Liebste erkennen, dafür schiert ⟨hier: quält⟩ sie mich auch wieder wie ein geliebtes Weib. Den Tod meiner Schwester wirst du wissen.« – Lange Zeit wurden andere Versionen der ersten Zeile gedruckt (›Alles geben Götter‹ und ›Alles geben die Götter‹), die auf die Veröffentlichung des Briefwechsels von 1839 (›Urania. Taschenbuch auf das Jahr 1839‹) bzw. einen Druck F. L. zu Stolbergs von 1780 (›Deutsches Museum‹) zurückgingen.

21. Harzreise im Winter
Aus der Handschrift H4. Die Harzreise fand Ende November 1777 statt. Am 10. Dezember erstieg Goethe den Brocken. Diese Besteigung hatte für ihn den Charakter einer Orakelbefragung über sein künftiges Schicksal in Weimar, das Gedicht wäre demnach eine Art Orakelprotokoll (Schöne).

14-18 *sträubt ... lös't]* Auf Anhieb möchte man eine Katachrese (mißbräuchliche Bildermengung) vermuten. Die Bildvorstellung: Der eherne Faden der Parzen (Schicksalsgöttinnen) bildet die Umspannung des (Kampf-)Platzes (so die alte Bedeutung von ›Schranken‹). Der Unglückliche ist mit diesem ihm zugewiesenen Platz nicht zufrieden, sträubt sich gegen die Schranken. Doch wenn der Faden zertrennt, der Unglückliche endlich ›befreit‹ wird, bedeutet das den Tod. – 21 *Sperlingen]* Die Rohrsperlinge überwintern alter Tradition zufolge in den Sümpfen. So ziehen sich die Reichen von ihren Landsitzen in die Städte zurück. – 29-42 *Aber abseits ... Selbstsucht]* Goethe berichtet in der *Campagne in Frankreich*, daß er auf seiner Harzreise inkognito seinen Briefpartner Karl Leberecht Plessing besucht habe, der damals am Übel der Melancholie litt. Wenngleich man hier natürlich an Plessing denken darf, sollte man doch bedenken, daß der Menschenhasser und ›Selbstquäler‹, der ›Heautontimorumenos‹, als Typus gemeint ist.

22. Der Fischer

Aus der Handschrift H³. Zum Motiv einer tödlichen Sehnsucht vgl. in dieser Ausgabe auch *Selige Sehnsucht.*

3 *dem Angel]* Maskuliner Gebrauch neben femininem zeitüblich. – 8 *feuchtes Weib]* Das Gedicht knüpft an die Vorstellung von den Elementar-Geistern an, unbeseelten Wesen wie Undinen (Wasser), Gnomen (Erde), Sylphen (Luft) und Salamander (Feuer), die sich mit Menschen zu verbinden suchen, um deren Seele zu erlangen. – *13 Fischlein]* Dativ. – 16 *gesund]* Nicht nur im Gegensatz zu ›krank‹, sondern ›ganz, heil‹, – erlöst.

23. »Über allen Gipfel« (Wandrers Nachtlied)

Photographie von August Linde, Goethemuseum Düsseldorf. Goethe hat das Gedicht am Abend des 6. 9. 1780 an die Wand der Jagdhütte auf dem Kickelhahn bei Ilmenau geschrieben. Später sind die Schriftzüge mehrmals nachgezogen worden. Das Häuschen ist 1870 abgebrannt. Nicht autorisierter Erstdruck in Deutschland in Kotzebues Zeitschrift ›Der Freimüthige‹ am 20. 5. 1803, der einem Druck der Londoner Zeitschrift ›The monthly magazine; or British register‹ vom Februar 1801 folgt (ohne Titel). Erst 1815 in die »Werke« (B) aufgenommen unter dem Titel »Ein Gleiches« (d. h. *Wandrers Nachtlied* wie das dort voranstehende »Der du von dem Himmel bist«, vgl. Nr. 18).

24. An den Mond

Einzelmanuskript aus dem Nachlaß Charlotte von Steins, undatiert. 1789 stark verändert in die »Schriften« (S) aufgenommen. Genaue Datierung nicht möglich. Die meisten Vermutungen weisen in die Zeit von 1777/78.

1 *liebe]* Topisch, der ›locus amoenus‹ mit empfindsamer Tönung. – 3 *Lösest]* Vgl. »Löse meine Seele nun« gegen Ende des *Götz*, bezogen auf den Tod. Vermutlich darf man auch hier in diesem Sinne lesen: Erst im Tod wird die Seele ›endlich‹ (futurisch zu verstehen) ›ganz‹ gelöst werden. Von den vielen Symbolkonnotationen, mit denen der Mond versehen wurde, kommt hier am ehesten die alchimistische Funktion als Zeichen der weiblichen Seite der Natur, und diese wiederum als erst im Tod einzulösende Ergänzung zu voller Harmonie in Frage. – 11 f. *Haltet ihr wie ein Gespenst An den Fluß gebannt]* Hier nun deutlich die biographische Situation, deshalb vermutlich ist die ganze Strophe in H³/S entfallen. Der Fluß ist die Ilm, als pars pro toto für Weimar, schweifende Gespenster können durch entsprechenden Zauberbann zum Verharren gebracht werden. Das »ihr« ist deshalb wohl nicht nur auf den Mond und Charlotte von Stein zu beziehen, sondern auf die gesamte

Weimarer Anfangssituation. Körner nimmt Analogie zum älteren indefiniten Gebrauch des französischen ›Vous‹ an, also dem Sinne nach etwa: ›man hält mich gebannt‹. – 14 *Er von Tode schwillt]* Wenn er vom Eis gestaut wird. – 17 *Selig...]* Gerade die Seligpreisung weist darauf hin, daß im folgenden nicht eigener erreichter Zustand geschildert wird, sondern ein Sehnsuchtsbild des ›Gespenstes‹. Zugleich wird damit die Stufe des Allgemeinen erreicht, so daß man sich auch über den ›Mann‹ (= Menschen) in v. 19 nicht mehr zu wundern braucht. Es ist eben kein Liebesgedicht im landläufigen Sinn, sondern Ausdruck der Sehnsucht nach ›Frieden‹, der freilich bei Goethe zumeist im Bild der Harmonie mit dem ›Weiblichen‹ formuliert wird.

Die vier Strophen, die an die Stelle der dritten traten:

Jeden Nachklang fühlt mein Herz
Froh- und trüber Zeit,
Wandle zwischen Freud' und Schmerz
In der Einsamkeit.

Fließe, fließe, lieber Fluß!
Nimmer werd' ich froh,
So verrauschet Scherz und Kuß,
Und die Treue so.

Ich besaß es doch einmal,
Was so köstlich ist!
Daß man doch zu seiner Qual
Nimmer es vergißt!

Rausche, Fluß, das Thal entlang,
Ohne Rast und Ruh,
Rausche, flüstre meinem Sang
Melodien zu.

25. Des Menschen Seele Gleicht dem Wasser (Gesang der Geister über den Wassern)

Hier eine – von der WA noch nicht berücksichtigte, doch in Bd. 53 erwähnte – Handschrift Goethes aus dem Nachlaß von Goethes Zürcher Freundin Barbara Schultheß in der Zentralbibliothek Zürich. Erstdruck (ohne Sprecherverteilung) in den »Schriften« von 1789 (S). Goethe hatte das Gedicht am 14. 10. 1779 von der Schweizer Reise an Charlotte von Stein geschickt. In ihrer Abschrift trägt es den Titel »Gesang der lieblichen Geister in der Wüste«. In der Abschrift Luise von Göchhausens lautet der Titel »Vor'm Staubbach«, in einem Gedichtverzeichnis Barbara Schultheß' »Am Staubbach«. In all diesen Überlieferungen ist das Gedicht auf zwei ›Geister‹ verteilt.

26. Gränzen der Menschheit

Aus der Handschrift H⁴. Erstdruck in den »Schriften« (S), hinter *Prometheus* und *Ganymed*. Überliefert auch in einer Abschrift Herders, die vermutlich 1781 entstand. Am 1. 5. 1780 schreibt Goethe an Charlotte von Stein (mit einer Zeichnung, die einen Schweinestall darstellt): »Ich schicke Ihnen das höchste und das tiefste eine Hymne und einen Schweinestall. Liebe verbindet alles.« Es ist jedoch nicht sicher, ob es sich um diese Hymne gehandelt hat.

vor 1 *Menschheit]* Nicht die Summe, sondern das Wesen der Menschen (heute eher: Menschlichkeit). – 5 *Segnende Blitze]* Alte Vorstellung, daß das Göttliche sich im Blitz offenbart (Jupiter gegenüber Semele, Donar, vgl. ferner Klopstocks *Frühlingsfeier*); der Blitz verbindet das Obere mit dem Unteren. – 8 *Saum seines Kleides]* Die sichtbare Welt als die Hülle des unsichtbaren Göttlichen. Vgl. etwa *Faust* I 509. Die Geste der Demut ist demnach auch eine Geste der Hinwendung zu den irdischen Emanationen des Göttlichen: Das zentrale Motiv für Goethes naturwissenschaftliche Ambitionen, die sich um diese Zeit herausbilden (Ilmenauer Bergwerk). – 30 *Götter von Menschen]* Da in der ersten Strophe nur von einem »Vater« die Rede war, ist eine Stufung ›Gottvater‹-Götter-Menschen etwa im Sinne der Emanationslehre anzunehmen (wozu auch das Bild vom ›Kleid‹ stimmen würde). – 40 *sie]* So auch in Herders Abschrift. In allen Drucken: »sich«. Es ist umstritten, ob es sich um eine absichtliche Änderung handelt oder um einen verschleppten Druckfehler.

27. Erlkönig

Aus der Handschrift H³. Zuerst am Anfang des Singspiels *Die Fischerin* (Erstdruck: 1782). 1800 auch unter die »Balladen und Romanzen« der *Neuen Schriften* (N) aufgenommen. Herder hatte eine dänische Ballade *Erlkönigs Tochter* übersetzt und dabei »Ellerkonge« (von ›Elverkonge‹, ›Elfenkönig‹) mit der Erle in Verbindung gebracht, die früher auch ›Eller‹ hieß. Wie er siedelt Goethe den Erlkönig als eine Art Elementargeist in den Erlen oder Erlengründen an. – Goethe markiert die Reden des Erlkönigs durch Anführungszeichen, den Dialog zwischen Vater und Sohn durch Striche.

28. Das Göttliche

Aus der Handschrift H⁴. Erste Veröffentlichung im (handschriftlich verteilten) ›Tiefurter Journal‹ Ende 1783. Erstdruck in F. H. Jacobi, *Über die Lehre des Spinoza* (1785). Goethe hat anläßlich dieses Erstdrucks an Jacobi von dem »noch ärgerlichern ›Prometheus‹« geschrieben, hat also auch dieses Gedicht als ›ärgerlich‹, d. h. Ärgernis erregend eingeschätzt. (11. 9. 1785) Das kann die Deutungsmöglichkeit unterstützen, daß die Götter – stellvertretend für den Begriff eines persönlichen Gottes – hier nur als veredelnde Fiktionen, Projektionen unserer Sehnsüchte und edlen Triebe auf ein Jenseitiges aufgefaßt werden.

nach 9] Hier stand bei Jacobi, im ›Tiefurter Journal‹, der Göchhausen-Handschrift und der Herder-Abschrift noch die Zeile »Ihnen gleiche der Mensch«, die seit H[4] fehlt. Die WA nimmt an, daß sie versehentlich entfallen ist und setzt sie wieder ein, ebenso die meisten späteren Ausgaben.

28. Morgen Klagen

Handschrift am 31. 10. 1788 an F. H. Jacobi gesandt, heute im Frankfurter Goethemuseum. In H[3] durch Überschrift repräsentiert, Erstdruck in den »Schriften« von 1789 (S). Das Gedicht ist sicherlich erst nach der Italienreise entstanden, gehört in die Nachbarschaft der Römischen Elegien.

15 *War mein Herz beständig wach geblieben]* Im Hohenlied Salomonis 5,2: »Ich schlafe, aber mein Herz wachet.«

30. »Froh empfind ich mich nun« (Fünfte Römische Elegie)

Handschrift für Jacobi, diesem am 1. 2. 1793 übersandt, heute im Goethemuseum Düsseldorf. – Die Bezeichnung ›Römische Elegien‹ hat sich eingebürgert, obwohl sie in den Ausgaben nur »Elegien«, »Elegien I« oder »Elegien. Römische« genannt werden. Die Römischen Elegien entstanden nach der Rückkehr von der Italienischen Reise, in der Zeit des ersten Liebesglücks mit Christiane Vulpius, von Ende 1788 bis April 1790. Am 1. 1. 1791 schreibt Goethe an Knebel, er habe die Elegien »so ziemlich gefaltet und gelegt«, d. h. in eine feste Anordnung gebracht. Sie blieben zunächst unpubliziert (mit Ausnahme der 13.), wurden nur den Freunden mitgeteilt. Dem Freund Jacobi wurde eine eigenhändige Abschrift der fünften Elegie gesandt.

1 f. *nun ... Lauter und reizender spricht]* Zu ergänzen ist nach der alten 22er-Ordnung (siehe zum Nächsten): Nachdem ich die Geliebte gefunden habe. – 1 *begeistert]* Mit beschwertem Sinn zu lesen: Inspiriert, nämlich vom ›Genius loci‹, der in der ersten Elegie noch geschwiegen hatte.. – 3 *Ich befolge den Rat]* Nämlich auf pointierte Weise den Rat des Horaz im Brief *De arte poetica* an die Pisonen 268 f.: »vos exemplaria Graeca nocturna versate manu versate diurna.« (Übers. R. Helm: »Wälzt die Griechischen Muster stets in den Händen bei Nacht und wälzt sie immer bei Tage.«) Ein solches Muster für das Studium der ›Nachthand‹ ist also der Körper der Geliebten. – 20 *Triumvirn]* Eigentlich eine Dreimänner-Herrschaft (z. B. Crassus, Cäsar und Pompejus). Übertragen die Elegiendichter Catull, Tibull und Properz, deren Werke häufig zusammengebunden waren.

Nachgelassene Römische Elegien

Handschrift (H[51]) im Goethe- und Schiller-Archiv, Weimar. Entscheidender Anstoß für die Publikation der Römischen Elegien wird die Zusammenarbeit mit Schiller. Zwei der ursprünglich 22 zur Publikation vorgesehenen Gedichte wurden schließlich aus Dezenzgründen herausgenommen, die ursprünglich zweite und die ursprünglich sechzehnte. Zwei weitere waren wohl wegen ihres ›priapeischen‹ Inhalts ohnedies nicht zur Veröffentlichung vorgesehen. Ende Juni 1795 erscheinen die verbliebenen 20 in Schillers Zeitschrift ›Die Horen‹. Goethe machte auch bei den Buchausgaben, die dem Brauch der Zeit entsprechend Gewagteres aufnehmen konnten als eine Zeitschrift, keine Anstalten, den alten Zustand wieder herzustellen. Die vier verbliebenen Elegien schrieb er zusammen ins Reine und versah sie mit den Titeln »Elegie I« bis »Elegie IV«. Das sind deutliche Hinweise darauf, daß es sich dabei nicht bloß um die Archivierung von Resten handelte, sondern daß Goethe auch diese Vierergruppe nun als eine Einheit empfand. (Die 22er-Gruppierung ist wiedergegeben in der ›Frankfurter Ausgabe‹ und im Insel-Goethe.)

31. Elegie I

Die ehemalige zweite Elegie. Sie formuliert den ›niederen Zugang‹ (v. 9, die »niedre zierliche Pforte«, hat einen erotischen Nebensinn). Nicht die mondäne, konventionelle und zeitbedingte Fassaden-Welt des modernen Rom kann die alten Steine zum Reden bringen, sondern die ›Natur‹-nahe, die Zeit überbrückende Beziehung zu einem einfachen Mädchen. Insofern hat auch die Entkleidung am Ende der Elegie durchaus symbolischen Beisinn: Erst muß die kontingente Hülle des Menschlichen, der zeit- und gesellschaftsbedingte Plunder, herab, dann aber genießt der Reisende dasselbe, was auch Jupiter genießt.

8 Cortil] Hof. – 13 *Borghese]* Römisches Adelsgeschlecht. – 14 *Nipotina]* Von ›Nepos‹, ›Neffe, Verwandter‹ (vgl. ›Nepotismus‹): Gemahlin eines Verwandten des Papstes. – 15 *Cors]* Corso, die repräsentative Schaufahrt durch die Hauptstraße.

32. Elegie II

Die ursprünglich sechzehnte. Am 6. 4. 1789 schreibt Goethe an den Herzog Carl August: »Sagen Sie mir gelegentlich ein Wort wie Sie sich befinden. Ich fürchte das leidige Übel ⟨eine Geschlechtskrankheit⟩ hat Sie noch nicht verlassen. Ich werde ihm ehestens in Hexametern und Pentametern aufs schmählichste begegnen, das hilft aber nicht zur Kur.« – Hier besonders deutlich die Gegenüberstellung von Antike und Moderne, als Ausweg der Rückzug in den geschlossenen Privatraum.

3 *Python ... Lernäischer Drache]* Python kroch nach der ›Deukalionischen‹ (Sint-)Flut aus dem Schlamm und wurde von Apollo erlegt. Der Lernäische Drache (die Hydra von Lerna) wurde von Herakles besiegt. – 11 f. *hesperischer Drache ... goldener Äpfel]* Herakles holte die Äpfel der Hesperiden. – 17 *Lucrez]* Der Materialist Lucrez vertrat im IV. Buch seines Lehrgedichts *De rerum natura* (Über die Natur der Dinge) eine nüchterne, physiologische Position auch in Sachen der Liebe. Insbesondere

wendet er sich gegen die schwärmerisch-schmachtende Fixierung der Phantasie auf eine unerreichbare Partnerin und meint: »Aber man sollte die Bilder verbannen, man sollte der Liebe Jegliche Nahrung entziehen, den Sinn auf anderes richten Und den gesammelten Saft auf beliebige Leiber verschleudern, Statt ihn aufzubewahren, um einer Liebe zu frönen Und sich nur sichere Sorge und Schmerzen dadurch zu bereiten.« (IV 1063-1076, Übers. H. Diels.) – 19-21 *Properz ... Cynthia]* In der *Elegie* IV 8 erzählt Properz, wie er, um sich an der untreuen Cynthia zu rächen, zwei Dirnen einlädt. Cynthia kommt überraschend dazwischen, rast und tobt, und erst nach des Dichters völliger Unterwerfung unter ihre Gebote wird im Bett der Friede besiegelt. – 29 *O! der goldenen Zeit]* Ein elegischer Ausruf im Sinne des modernen Elegie-Begriffs. – 30 *Semele ... Callisto]* Wie bei allen mythologischen Anspielungen in den Elegien wird nur die positive Seite erwähnt. Immerhin wurde Semele erschlagen, als Jupiter sich ihr in der Gestalt des Blitzes näherte; Kallisto wurde von der eifersüchtigen Hera in eine Bärin verwandelt, getötet und von Zeus als Sternbild an den Himmel gehoben. – 38 *Hermes]* Steht für Mercurius, das Quecksilber, das die Grundlage der einzigen leidlich erfolgreichen Kuren gegen die Syphilis war. Als Götterbote versinnbildlicht er auch die Verbindung zum Göttlichen. Vgl. v. 41 f. den gewagten Gedanken: Hermes/Quecksilber als ein naturhaft Überdauerndes, das die Zeitüberbrückung Antike-Gegenwart ermöglicht. – *39 des Vaters]* Jupiters. – 45 *mein artiges Gärtchen]* Das private Diminutiv-›Paradies‹ des Dichters.

33. Elegie III

Dieses und das folgende Gedicht zitieren die antike Tradition der ›Priapea‹: Priapus, Sohn des Bacchus und der Venus, war der Gott der Gärten, der Fruchtbarkeit und der Geschlechtslust. Seine Statuen, aus Holz, bunt bemalt, mit Sichel, Keule, Ährenkranz und mächtigem Liebeswerkzeug, standen als Vogelscheuchen in den Gärten. Das reizte natürlich, sie mit Graffiti zu versehen, die, als eine Art von Votivtafeln, einschlägige Bitten um Schutz und Hilfe formulierten oder den Gott allerlei auf sein Wächteramt und sein Haupt-Attribut bezogene Obszönitäten sagen ließen. Solche Priapea wurden gelegentlich auch zusammengebunden mit Werken namhafter Dichter, etwa des Petronius, Martials, der ›Triumvirn‹. Als einen solchen Anhang zu den Römischen Elegien hatte anscheinend auch Goethe seine beiden Priapea konzipiert. Im ersten wird der Gott um Schutz für die Elegien gebeten, im zweiten spricht der Gott selbst, bedankt sich beim Dichter für seine Verherrlichung und verheißt ihm seinen Beistand.

1 f. *Garten ... Beete]* Der Garten ist die Elegiensammlung, die Beete sind die einzelnen Elegien. – 3 *Früchte bringenden Zweig]* Phallisches Bild. – 6 *fürchten]* Korrigiert zu: befürchten – 6 *frei pflück und genieße, wer mag]* In den antiken Priapea hatte der Gott die Diebe abzuwehren. Im metaphorischen Garten der Elegien hingegen ist das nicht nötig. Hier sind dafür die »Heuchler«, v. 7, strafwürdig. – 9 *so straf ihn von hin-*

ten] Die verschiedenen ›Straf‹-Methoden des Priapus werden in den antiken Priapea mehrfach genannt (z. B. 6, 11, 13). Immer verwendet er dabei sein Haupt-Utensil und, je nach Alter und Geschlecht, die verschiedenen Körperöffnungen der Delinquenten.

34. Elegie IV

13 *den schlechterworbnen]* Nämlich nicht durch legitime Erbfolge, sondern durch Rebellion, die dann von den Künstlern verklärt wurde. – 22 *Philänis]* Beliebter Hetären-Name, konkret eine sagenhafte Liebesexpertin, welche zwölf verschiedene Positionen der Liebesvereinigung beschrieben haben soll.

35. Aus: Venezianische Epigramme

Aus einer Handschrift (H^{57}) im Goethe- und Schiller-Archiv, Weimar. Die Venezianischen Epigramme folgen entstehungsgeschichtlich auf die Römischen Elegien. Sie entstanden zum größten Teil im Frühjahr 1790, als Goethe in Venedig auf die aus Rom heimkehrende Herzogin Anna Amalia wartete. Brief an den Herzog Carl August vom 3. 4. 1790: »Übrigens muß ich im Vertrauen gestehen, daß meiner Liebe für Italien durch diese Reise ein tödlicher Stoß versetzt wird. Nicht daß mirs in irgendeinem Sinne übel gegangen wäre, wie sollte es auch? Aber die erste Blüte der Neigung und Neugierde ist abgefallen ... Dazu kommt meine Neigung zu dem zurückgelassenen Eroti⟨c⟩o ⟨Christiane Vulpius⟩ und zu dem kleinen Geschöpf in den Windeln ⟨dem Sohn August⟩, die ich ihnen beide, wie alles das Meinige, bestens empfehle. Ich fürchte meine *Elegien* haben ihre höchste Summe erreicht und das Büchlein möchte geschlossen sein. Dagegen bring ich einen Libellum Epigrammatum ⟨Büchlein mit Epigrammen⟩ mit zurück, der sich Ihres Beifalls, hoffe ich, erfreuen soll.« Erstdruck als »Epigramme. Venedig 1790« in Schillers ›Musen-Almanach für das Jahr 1791‹.

36. Aus: Xenien (Vier Jahreszeiten)

Handschrift des Schreibers Johann Jakob Ludwig Geist (1776-1854) im Goethe- und Schiller-Archiv, Weimar. Geist war Diener und Sekretär Goethes von 1795 bis 1805, also in der Periode der Zusammenarbeit mit Schiller sowie der Herausgabe der »Neuen Schriften« (N) und der ersten »Werke«-Ausgabe (A) bei Cotta. Unten angeklebt ist ein Streifen mit einem zusätzlichen Distichon von Goethes Hand. – Von Ende 1795 an steigern sich Goethe und Schiller förmlich in einen *Xenien*-Rausch. Xenien sind eigentlich Gastgeschenke, hier aber satirische Gedichte in Form des Distichons (Hexameter + Pentameter), in denen sie Zeiterscheinungen und Zeitgenossen aufs Korn nehmen. Sie erscheinen im Herbst 1796 in Schillers ›Musenalmanach‹ und erregen sogleich größtes Aufsehen. Neben den mehr als 400 satirischen Distichen enthält der Musenalmanach aber auch eine Reihe von ›ernsthaften und wohlmeinenden‹. Aus solchen Distichen bildet Goethe für die Ausgabe A von 1800 die Rubrik »Vier Jahreszeiten«.

37. Dauer im Wechsel
Handschrift von Johann August Friedrich John (1794-1854); Goethe- und Schiller-Archiv, Weimar. John war Goethes Sekretär von November 1814 bis zu Goethes Tod, also in der Zeit der Herausgabe der zweiten und dritten »Werke«-Ausgaben (B und C) und in den letzten Lebensjahren. (Wird gelegentlich verwechselt mit Ernst Karl Christian John, 1788-1856, Sekretär 1812-1814.) Erstmals war das Gedicht schon im ›Taschenbuch auf das Jahr 1804‹ erschienen, in den »Werken« von 1815 wurde es in die Rubrik »Gesellige Lieder« aufgenommen. In den »Werken« von 1827 (C), deren Vorbereitung die vorliegende Handschrift diente, zusätzlich in der Rubrik »Gott und Welt«.

15 f. *Ach, und in demselben Flusse Schwimmst du nicht zum zweitenmal]* Topisch, aus den Fragmenten des Vorsokratikers Heraklit. Dadurch einerseits gnomische Verallgemeinerung der voranstehenden pointillistischen Reihung, durch das »Ach« zugleich Individualisierung, die zum folgenden führt: »Du nun selbst!«

38. Das Tagebuch
Handschrift von Friedrich Wilhelm Riemer, mit Bleistift-Korrekturen Goethes, Goethe- und Schiller-Archiv, Weimar. Dazu zwei Korrekturblätter Goethes. Friedrich Wilhelm Riemer (1774-1845) war Hauslehrer von Goethes Sohn, Professor am Weimarer Gymnasium, zeitweise Hausgenosse, Auskunftgeber Goethes in altphilologischen Fragen, Gesprächspartner, u. a. zum Spezialthema ›Weiber‹. Erstdruck des Gedichts: Privatdruck in 24 Exemplaren von dem Goethesammler Salomon Hirzel 1861, der – angeblich von Goethes Originalmanuskript – eine Abschrift genommen hatte; danach mehrere Drucke, auch in der Weimarer Ausgabe. Die Handschrift war im Archiv ›sekretiert‹ worden, stand der Weimarer Ausgabe zunächst nicht zur Verfügung. Erst der Band I/53 von 1914 konnte Lesarten und Textverbesserungen mitteilen. – Am 30. 10. 1808 sprach Goethe mit Riemer über »eine Geschichte im Castischen Stil und Sinne« (Tagebuch) – im Stil des Abbate Giambattista Casti (Novelle galanti in Ottave rime, Galante Erzählungen in Stanzen, Paris 1793), den Goethe in Rom kennengelernt hatte (Italienische Reise, »Störende Naturbetrachtungen«). Am 6. 5. 1810 las Goethe das Gedicht bei Knebel vor (Tagebücher Goethes und Riemers). Auch später wurde das Gedicht immer wieder einmal im engsten Kreise vorgelesen. – Als ›Quelle‹ wurde vor allem Ovid, Amores III 7, namhaft gemacht, doch ist nur das zentrale Motiv des Fiaskos gemeinsam, für das Goethe wohl keine literarische Quelle brauchte. Ebenso ist es müßig, ein bestimmtes ›Erlebnis‹ ausfindig machen zu wollen. So scherzhaft-ironisch sich das Gedicht auch gibt: Es wird hier das Generalthema der ›Periode der Wahlverwandtschaften‹ abgehandelt, die fundamentale Krisen-Erfahrung dieses Zeitraums, und zwar nicht nur, wie der einseitig gelenkte Blick es erscheinen lassen könnte, in der Thematik des Versagens, sondern auch, bildhaft konzentriert in den Motiven des Wagenbruchs und der außerhalb der Ordnung liegen-

den überzähligen Nacht, in der umgreifenden Thematik der gefährdeten Ordnung.

Das Motto: Tibull I 5,39 f. »Eine andere habe ich umfangen, aber kaum nahte ich den Freuden, da mahnte Venus mich an die Herrin und ließ mich im Stich.« Bei Tibull davor »Saepe« (»häufig«). – 7 f. *versuchend ... Tugend]* Muß man sich bei diesem Reim parodistischen sächsischen Tonfall hinzudenken? – 10 *nach irdischem Gewinne]* Die Geschichte handelt also von einem Kaufmann. – 19 *zu Hause]* Nach Hause. – 25 *Der Stern des nächsten Schildes]* Der Stern als Zeichen des Gasthauses. – 49 *Muhme]* Im engeren Sinn Tante, im weiteren weibliche Verwandte überhaupt. – 75 *blöde]* Im alten Sinn: Unerfahren, schüchtern. – 81 f. *Du hast mich rein, und wenn ich's besser wüßte So gäb' ich's dir; ich tue was ich sage.]* Die im Textteil genannte Konjektur Christian Wagenknechts in dessen: glõssen. Als handschrift für freunde gedruckt, neunte lieferung september 1998, S. 11. – 116 *Nestelknüpfen]* Ein Analogiezauber (Knüpfen eines Knotens, auch Schließen eines Schlosses), der dem Bräutigam den Vollzug der Ehe unmöglich macht. – 118 *Schimpf]* Ursprünglich ›Scherz‹, ›Spiel‹, hier: Spott. – 130 *im frühen Jahre]* Im Frühling. – 136 *Iste]* Lat. Demonstrativpronomen, das besonders das Gegenüberstehen, die Unabhängigkeit des Bezeichneten betont, nicht einfach ›dieser‹, sondern ›dieser andere da‹. Vgl. auch v. 153. – 141 *Zwitzer Sänge]* ›Zwitzern‹ ist eine in der Zeit noch geläufige Nebenform von ›zwitschern‹. – 142 *uns wecktet]* Aus »erwecktet« korrigiert, Korrektur (versehentlich?) nicht nach H^3 übernommen. Vielleicht im Unentschiedenen belassen, weil in beiden Fällen eine grammatikalisch nicht korrekte Konstruktion vorliegt: »Ihr ..., deren ... wecktet«.

39. Gefunden

Handschrift im Goethe- und Schiller-Archiv, Weimar. Von einer Reise nach Hause gesandt. Auf der Handschrift die Adresse »Frau von Goethe« und das Datum »26 August 1813« – also zur informellen ›Silberhochzeit‹ geschaffen, denn im Sommer 1788 hatte Goethe Christiane Vulpius ›gefunden‹. Erstdruck in den »Werken« von 1815 (B).

40. Buch Sad. Gasele 1 (Selige Sehnsucht)

Handschrift im Goethe- und Schiller-Archiv, Weimar. Zunächst »Buch Sad Gasele 1« überschrieben, in Anknüpfung an ein Gedicht des persischen Dichters Hafis. Erstdruck als *Vollendung* im ›Taschenbuch für Damen auf das Jahr 1817‹, dann als *Selige Sehnsucht* im *West-östlichen Divan* (1819). In einem Titelregister: »Selbstopfer«.

5 Liebesnächte Kühlung] Der Höhepunkt der Vereinigung als ›Kühlung‹ der Leidenschaft aufgefaßt. – *13 schwierig]* Widerstrebend, unlustig. – *14 Kommst geflogen und gebannt]* Kontraktion, gemeint ist: Kommst geflogen und bist sodann gebannt.

41. »Ist es möglich Stern der Sterne« (Wiederfinden)
Handschrift im Goethe- und Schiller-Archiv, Weimar. Erstdruck im *West-östlichen Divan* (1819), »Buch Suleika«. 1827 auch in die Rubrik »Gott und Welt« aufgenommen.

8 *Schaudr' ich vor der Gegenwart]* ›Schaudern‹ noch nicht mit ›Entsetzen‹ oder ›Furcht‹ verbunden, sondern auch ›Wonneschau(d)er‹, ›Ehrfurchtsschau(d)er‹. – 27 *Da erschuf er Morgenröte]* Laut Goethes Farbenlehre ist Rot eine ganz besondere Farbe, weil »diese Farbe teils actu, teils potentia ⟨teils tatsächlich, teils der Möglichkeit nach⟩ alle andern Farben enthält«. (§ 793.) Die Morgenröte ist als das Rot des Anfangs noch einmal besonders ausgezeichnet. – 29f. *Trüben ... Farbenspiel]* Grundgedanke der Goetheschen Farbenlehre: Im ›Trüben‹, wo ›Licht‹ und ›Finsternis‹ (v. 17f.) sich ›gatten‹, entsteht die Welt der Farben. Im Vorgang des Gedichts hier die Erschaffung des Lebendigen, in dem die auseinandergestobenen Elemente nun wieder zueinanderstreben, vgl. die folgenden Verse. – 41 *So]* Ebenso. Rückkehr zur Rahmensituation der ersten Strophe. – 41 *mit morgenroten Flügeln]* Psalm 139,9: »Flügel der Morgenröte«. – 46 *Musterhaft]* Als Muster tauglich, als Symbole ein Allgemeines repräsentierend.

42. 43. Locken! Haltet mich gefangen (Hatem) / Suleika (Nimmer will ich dich verlieren)
Handschrift im Goethe- und Schiller-Archiv, Weimar. Erstdruck im *West-östlichen Divan* (1819). Vorarbeiten zeigen, daß diese Suleika-Strophe nicht, wie einige andere, von Marianne von Willemer gedichtet ist.

4 erwiedern] Als angemessene Gegengabe. – *7 Schnee]* Das greise Haupt des Dichters. – *11 fühlet Hatem]* Der Reim fordert als Subtext: »Fühlet Goethe«.

44. Entoptische Farben. An Julien
Handschrift im Stadtarchiv Hannover. In den »Werken« von 1827 in der Rubrik »Gott und Welt«. – »Die entoptischen Farbfiguren entstehen, wenn man einen rasch gekühlten Glaswürfel zwischen zwei Spiegel bringt. Je nach Stellung der Spiegel sieht man entweder ein helles Kreuz mit gelbem Rand auf dunklem Grund oder ein dunkles Kreuz mit blauem Rand auf hellem Grund ⟨und in den Ecken ›Pfauenaugen‹⟩. Goethe besaß eine große Zahl raschgekühlter Glasproben, Kalkspatkristalle u. a., sowie einen Polarisationsapparat mit vier Spiegeln. Er experimentierte im Freien und konnte eine bestimmte Gesetzmäßigkeit der Farbenerscheinungen feststellen, je nach welcher Himmelsrichtung er die Spiegel richtete. Daher nahm er an, daß die entoptischen Farben atmosphärischen Ursprungs seien.« (Rike Wankmüller in der Hamburger Ausgabe, Bd. 13, S. 610.)

9 *blicken]* Blick bei Goethe häufig ›Strahl‹, ›Glanz‹, in diesem Sinne wohl Brücke zu den Blicken v. 19. – 17 *Und der Name wird ein Zeichen]* Entoptische Farben, Abschnitt »Woher benannt?«: Sie »wurden entoptische genannt, weil sie innerhalb gewisser Körper zu schauen sind, und damit sie, wie ihrer Natur also auch dem Namensklange nach, sich an die vorhergehenden ⟨dioptrischen, katoptrischen usw.⟩ anschlössen.« Vielleicht auch die ›Pfauenaugen‹ als ›Zeichen‹, die dann zu den Augen der Partnerin hinführen? – 21-23 *Macrocosmus ... lieben kleinen Welten]* Entsprechung des Weltganzen und dessen wahrnehmbarer Offenbarung, des menschlich zugänglichen Mikrokosmos.

45. »Im Graenzenlosen sich zu finden« (Eins und Alles)

Handschrift im Goethe- und Schiller-Archiv Weimar. Erstdruck: Zur Naturwissenschaft überhaupt II 1, als Abschluß des Heftes (1823; Vorabdruck im ›Morgenblatt‹, 24. 9. 1823). In den »Werken« von 1827 (C) in der Rubrik »Gott und Welt«. Die Formel »Eins und Alles« ist im 18. Jahrhundert die Parole des ›spinozistischen‹ Pantheismus, war aber inzwischen durch die idealistische Philosophie weiter ausgedeutet worden. Am 28. 10. 1821 schrieb Goethe an Riemer: »Daß Ihre Teilnahme an meinen Naturgedichten mir höchst erfreulich sein müsse, sehen Sie aus beikommendem Blatt; diese Strophen enthalten und manifestieren vielleicht das Abstruseste der modernen Philosophie. Ich werde selbst fast des Glaubens, daß es der Dichtkunst vielleicht allein gelingen könne, solche Geheimnisse gewissermaßen auszudrücken, die in Prosa gewöhnlich absurd erscheinen, weil sie sich nur in Widersprüchen ausdrücken lassen, welche dem Menschenverstand nicht einwollen. Leider ist bei solchen Dingen das Wollen dem Vollbringen nicht sehr förderlich, es sind Gaben und Gunsten des Augenblicks, die zuletzt, nach langer Vorbereitung, zufällig, ungefordert erscheinen.«

8 *mit dem Weltgeist selbst zu ringen]* Vermutlich nicht, wie zuweilen gelesen, ›gegen‹ den Weltgeist, sondern ›gemeinsam mit‹ dem Weltgeist ...

46. Elegie

Handschrift (die unten erwähnte Reinschrift) im Goethe- und Schiller-Archiv, Weimar. Erstdruck von v. 79-83: Über Kunst und Alterthum V 2 (1825), das Ganze in den »Werken« von 1827 (C). Die Überlieferung ist ausführlich und mit Ablichtung aller erhaltenen Handschriften dokumentiert in: Johann Wolfgang Goethe, Elegie von Marienbad. Faksimile einer Urschrift, hg. v. Christoph Michel und Jürgen Behrens in Verbindung mit Wolf von Engelhardt u. a., Frankfurt 1983. – 1823 hält Goethe in Marienbad förmlich um die Hand der 1804 geborenen Ulrike von Levetzow an. Er erhält keine klare Antwort, Frau von Levetzow zieht es vor, zunächst mit den Ihren nach Karlsbad überzusiedeln. Goethe geht nach Eger. Dann erscheint auch er in Karlsbad. Noch einmal ein paar Tage der Nähe, dann, am 5. 9., meldet das Tagebuch: »allgemeiner, etwas tumultuarischer Aufbruch ...

abgefahren nach 9 Uhr«. Zunächst fährt er noch einmal nach Eger, sucht beim Rat Grüner Ablenkung in der Mineralogie (vgl. v. 131 f.). Am 17. 9. kommt er in Weimar an. Unterwegs entsteht die Marienbader (etwas genauer: Karlsbader) Elegie. Eine erste, überarbeitete Reinschrift bringt Goethe schon nach Weimar mit. Die endgültige Reinschrift ist am 19. September abgeschlossen – auf erlesenem Papier, mit einer seidenen Schnur in rotes Maroquin-Leder gebunden und in eine eigens gefertigte, mit blauem Papier überzogene Mappe eingelegt, auf deren Deckel mit goldenen Lettern steht: »Elegie. September 1823«.

Der Vorgang des Gedichts ist nicht leicht zu durchschauen. Deshalb einige Hinweise: Die erste Strophe und die letzten beiden Strophen sind vom übrigen Text abgesetzt und können als Rahmen aufgefaßt werden. Die Strophen 2-5 (v. 7-30), eine Art Exposition, beschreiben das vergangene Glück im ›Paradies‹, die Trennung, die gegenwärtige »Sorgenschwere«. Durch die Paradieses-Metaphorik wird dem folgenden eine ganz bestimmte Problemstellung aufgegeben: Wie kann, wie soll das Ich die Erinnerung an das verlorene Paradies als Botschaft verarbeiten? Das ist zugleich in einem präzisen Sinne die Grundspannung der modernen ›Elegie‹. Der Blick auf die äußere Welt (Strophe 6-8, v. 31-48) läßt die Geliebte zunächst als »Luftgebild« erscheinen; aber der wahre Ort der Bewahrung des ›paradiesischen‹ Bildes ist das eigene Herz, und dies Wirken im Herzen wird nun in weitem Bogen dargestellt (Strophe 9-17, v. 49-102), gipfelnd in einer fingierten direkten Rede der Geliebten. Doch dann fühlt sich das Ich wieder schroff in die Gegenwart zurückgestoßen, das Gedicht endet in Ratlosigkeit (Strophe 18-21, v. 103-126). – Die Eingangsfrage des Gedichts (»Paradies« oder »Hölle«), in der ersten Strophe noch durch ein vorwegnehmendes Hoffnungsbild beantwortet, bleibt schließlich quälend offen, und der Epilog mündet gar in All- und Selbstverlust. Nirgends sonst hat Goethe eine Dichtung in solche Rat- und Trostlosigkeit ausklingen lassen, und diese wirkt um so furchtbarer, weil sie als ein Scheitern der mit größter Anstrengung betriebenen Deutungsbemühungen des Mittelteils dargestellt ist. Dem Verlauf nach ist die Elegie eine Art innerseelischer Tragödie, vergleichbar nur dem Tasso, zu dem ja auch das Motto hinüberdeutet.

Das Motto entstammt dem Tasso, v. 3432 f., dort jedoch »wie« statt »was«. – 5 f. *Himmelstor ... empor]* Die einzigen ›männlichen‹ Reime des ganzen Gedichts. Dies und der Gedankenstrich nach v. 4 geben den beiden Versen eine Sonderstellung: kein einfacher Indikativ, sondern ein Hoffnungsbild (wie es auch der entstehungsgeschichtlichen Stelle entspricht). – 22 *Cherub]* Die Paradieses-Thematik der voranstehenden Strophen nun zur Vertreibung geführt. 1. Mose 3,24: Der Cherub versperrt den Rückweg ins Paradies, insbesondere aber zum Baum des Lebens. – 74 *wir lesen's]* Paulus an die Philipper 4,7. – 82 *Enträtselnd sich den ewig Ungenannten]* Es gibt einen Dissens (Trunz/HA, Staiger/Manesse), ob »sich« hier Dativ oder Akkusativ sei. Aus dem Horizont von Goethes Denken scheint mir nur Dativ (Trunz) möglich. – 135 *Pandoren]* Pandora wurde von Zeus zur Strafe für den

Feuerdiebstahl des Prometheus geschaffen und zu den Menschen geschickt; aus ihrem Füllhorn stammen alle Übel, nur die Hoffnung bleibt darin.

47. Der Bräutigam

Handschrift in der Universitätsbibliothek Leipzig. Entstehung vermutlich 1825. Erstdruck 1829 in der Weimarer Dilettantenzeitschrift ›Chaos‹. – Der Schlußsatz des Gedichts formuliert den Glauben an eine gesetzliche Ordnung des Weltganzen, etwa im Sinne einer weit irdischeren Formulierung im Brief an Brühl vom 23. 10. 1828: »Wenn die Älteren abberufen werden, so mag es gelten, denn es ist im Flusse der Jahre doch immer das regelmäßige Hingehn; deswegen wir auch die Geschichte der alten Patriarchen immer mit Vergnügen wieder lesen, weil derjenige, der in hohen Jahren zu seinen Vätern versammelt wird, ebensogut seinen Platz einnimmt als der Bräutigam neben der Braut am Hochzeitstage.« Goethes zwar immer wieder angefochtener, aber nie gebrochener Glaube an einen sinnvollen Zusammenhang allen Geschehens (»Leben« impliziert hier auch den individuellen Tod) ist in der Rezeptionsgeschichte immer wieder zur Herausforderung geworden; hier wird ein historischer Graben wirksam, der uns zuweilen von ihm trennt und der in Kurzform mit den Namen Schopenhauer, Darwin und Nietzsche bezeichnet werden könnte.

1 f. *Um Mitternacht, ich schlief, im Busen wachte Das liebevolle Herz]* Im Hohenlied Salomonis: »Ich schlafe, aber mein Herz wacht.« In der Lili-Erzählung von *Dichtung und Wahrheit*, die 1825 zumindest in den Grundzügen entworfen war, heißt es zum »Bräutigams Stand«: »Es war ein Zustand, von welchem geschrieben steht: ›ich schlafe, aber mein Herz wacht‹.«

48. »Entwickle deiner Lüste Glanz« (Chinesisch-deutsche Jahres- und Tageszeiten V.)

Handschrift im Goethe- und Schiller-Archiv, Weimar. Erstdruck: Berliner Musenalmanach für das Jahr 1830 (erschienen 1829). 1827 ist Goethes ›chinesisches‹ Jahr. In Kunst und Alterthum VI 1 erscheint Goethes Aufsatz *Chinesisches*, in dem er Übersetzungsproben aus den »Hundert Gedichten chinesischer Frauen« vorstellt. Vom 12. 5. bis zum 8. 6. 1827 lebt er in seinem Gartenhaus, und auch in den folgenden Wochen fährt er immer wieder hinunter. Hier entstehen nun zum größten Teil die »Chinesisch-Deutschen Jahres- und Tageszeiten«. Erst als Zelter sich für die jungen Herausgeber des ›Berliner Musenalmanachs‹ (Heinrich Stieglitz, Moritz Veit und Karl Werder) verwendet, die Goethes Prominenz für ihr Unternehmen nutzen wollen, kommt es 1829 zur Veröffentlichung: »Möge Dir auch in diesen Blättern Scherz und Ernst einige Freude machen, den jungen Leuten und ihren Lottchens Glück bringen!« (15. 8. 1829.)

Angesprochen ist der Pfau. Das »Sie« in v. 5, die Mitte markierend, ist wohl mit Nachdruck als ›Sie aber‹ zu lesen. Mag der prächtige Pfau auch der Sonne entgegenprahlen: Sie sucht nach Blüten und, als dem menschlichen Pendant des Blütenzustandes, nach einem Liebespaar.

49. Dem aufgehenden Vollmonde

Handschrift im Frankfurter Goethemuseum, Willemer-Nachlaß. Erstdruck im Nachlaßteil der Ausgabe C. Nach dem Tod des Großherzogs Carl August (14. 6. 1828) bricht Goethe am 7. 7. 1828 nach Dornburg auf, »um sich den täglichen betrübenden Eindrücken zu entziehen und sich in einer neuen Umgebung durch eine frische Tätigkeit wieder herzustellen.« (Eckermann, 15. 6. 1828.) Am 26. 8. 1828 wurde das Gedicht an Zelter gesandt; am 23. 10. an Marianne von Willemer mit dem Hinweis auf den gemeinsamen Vollmond-Kult: »Mit dem freundlichsten Willkomm die heitere Anfrage: wo die lieben Reisenden am 25. August sich befunden? und ob sie vielleicht, den klaren Vollmond beachtend, des Entfernten gedacht haben? – Beikommendes gibt, von seiner Seite, das unwidersprechlichste Zeugnis.« Das ist unsere Vorlage.

50. »Vor die Augen meiner Lieben« (An Marianne von Willemer bei Rücksendung ihrer Briefe)

Handschrift im Frankfurter Goethemuseum, Willemer-Nachlaß. Erstdruck im Nachlaßteil der Ausgabe C. – Das Gedicht wurde erst am 29. 2. 1832 abgesandt; vier Wochen später ist Goethe gestorben. Die Verse begleiteten ein Paket, in dem Goethe Marianne von Willemers Briefe ihr zurücksandte. Am 10. 2. 1832 hatte Goethe an sie geschrieben: »Indem ich die mir gegönnte Zeit ernstlich anwende, die grenzenlosen Papiere, die sich um mich versammelt haben, zu sichten und darüber zu bestimmen: so leuchten mir besonders gewisse Blätter entgegen, die auf die schönsten Tage meines Lebens hindeuten; dergleichen sind manche von jeher abgesondert, nunmehr aber eingepackt und versiegelt. Ein solches Paket liegt nun mit Ihrer Adresse vor mir, und ich möcht es Ihnen gleich jetzt, allen Zufälligkeiten vorzubeugen, zusenden; nur würde mir das einzige Versprechen ausbitten, daß Sie es uneröffnet bei sich, bis zu unbestimmter Stunde 〈›hora incerta‹, Todesstunde〉 liegen lassen.«

Abkürzungen:

S: Goethe's Schriften. 8 Bde. Leipzig (Göschen) 1787-1790.
N: Goethe's neue Schriften. 7 Bde. Berlin (Unger) 1792-1800.
A: Goethes Werke. 13 Bde. Stuttgart und Tübingen (Cotta) 1806-1810.
B: Goethe's Werke. 20 Bde. Stuttgart und Tübingen (Cotta) 1815-1819.
C: Goethe's Werke. Vollständige Ausgabe letzter Hand. 40 Bde. Stuttgart und Tübingen (Cotta) 1827-1830. Ergänzt durch: Goethe's Nachgelassene Werke. Hrsg. von Johann Peter Eckermann und Friedrich Wilhelm Riemer. 20 Bde. [Bd. 41-60 der Ausgabe letzter Hand] 1832-1842.
WA: Goethes Werke. Hrsg. im Auftrage der Großherzogin Sophie von Sachsen. 133 Bde. Weimar 1887-1919 (Nachdruck: München 1987) – Abt. I: Werke.

H^2 ist eine eigenhändige Gedichtsammlung Goethes, vermutlich von 1778, möglicherweise für Frau von Stein geschrieben. Goethe- und Schiller-Archiv, Weimar.
H^3 und H^4 sind eigenhändige Gedichtsammlungen, mit denen Goethe die erste Gesamtausgabe, die »Vermischten Gedichte« in Band 8 der Ausgabe S von 1789, vorbereitete. Goethe- und Schiller-Archiv, Weimar.
Korrekturen in H^2, H^3 und H^4 stammen teilweise von Herder und Wieland, die Goethe bei der Vorbereitung der Ausgabe S halfen.

Die *Texte* sind entstehungs-, nicht handschriftenchronologisch angeordnet. Die Aufnahme einiger Niederschriften von fremder Hand (Behrisch, Lavater, Geist, Riemer, John) erfolgte aus unterschiedlichen Gründen, sollte sich aber im jeweiligen Falle von selbst rechtfertigen, ebenso die Aufnahme des philologisch höchst dubiosen Textzeugen von »Über allen Gipfeln ist Ruh«.
Die *Transkriptionen* dienen dazu, daß auch ungeübte Leser sich in der Handschrift zurechtfinden. Ergänzt wurden in allen eindeutigen Fällen die Umlautstriche, insbesondere bei den Großbuchstaben. Änderungen wurden standardisiert als ~~Tilgung~~ und \Einfügung/ gekennzeichnet, auch wenn die Änderung als Überschreibung oder Numerierung durchgeführt wurde.

In den *Fußnoten* zu den Texten werden die Varianten derjenigen Drucke angegeben, in deren Gestalt das betreffende Gedicht in die Anthologien und ins kulturelle Gedächtnis eingegangen ist. Das ist in der Regel die Gestalt der Ausgabe letzter Hand (AlH). Nicht angegeben wird, an welcher Stelle in der Ausgabenreihe S-C die betreffende Formulierung ›fest‹ geworden ist.

Die *Erläuterungen* beschränken sich auf die philologischen Grundinformationen sowie das für ein angemessenes Anfangsverständnis Unerläßliche. Detailliertere Erläuterungen sind in den ersten drei Bänden der ›Frankfurter Ausgabe‹ bzw. dem ersten Band des Insel-Goethe zu finden.

Nachbemerkung

Nachdem Johann Wolfgang Goethe die Spielschule (eine Art Kindergarten) der Maria Magdalena Hoff verlassen hatte, trat er 1755 in die öffentliche Elementarschule Johann Tobias Schellhaffers ein. Schellhaffer gehörte noch zu den ›zünftigen‹ Schul- und Schreibemeistern, die, wie bei Handwerksmeister in der ständisch geordneten Welt üblich, ihren ›Betrieb‹ vom Vater übernommen hatten. Auch die Schulmeister jedoch blieben nicht von bedrohlichen Neuerungen verschont. Der Besuch öffentlicher Schulen gerade durch Kinder aus bessergestellten Familien ließ nach, immer häufiger wurde der Unterricht an Privatlehrer übertragen, die ins Haus kamen. So auch im Hause Goethe. Seit etwa Mitte Oktober 1756 war dort der aus Thüringen stammende »Kalligraph und Privatinformator« Johann Heinrich Thym tätig. Thym hatte das Frankfurter Gymnasium, die ›Gelehrtenschule‹, besucht und sich auf den Universitätsbesuch vorbereitet. Mittellosigkeit und Krankheit hatten ihn jedoch daran gehindert. In harten Kämpfen gegen die Frankfurter Schul-, Schreib- und Rechenmeisterzunft hat er sich dann als Lehrer etabliert. Thym unterrichtete im Rechnen, in Geographie, Geschichte und anderen Fächern, besonders aber im Schreiben. Das Schönschreiben war ein wichtiges Fach, die Erziehung zu einer ordentlichen Schrift bürgte auch für ein ordentliches Leben. Vom Gewicht, das man dem Schönschreiben beilegte, zeugen die erhaltenen Goetheschen ›Stechschriften‹ (›stechen‹ in der Bedeutung ›gewinnen‹, wie heute noch beim Kartenspiel) von 1757/58: Zeugnisse von Preiskämpfen im Schönschreiben, die sonntags durchgeführt wurden und bei denen angesehene Bürger der Stadt als Preisrichter fungierten.

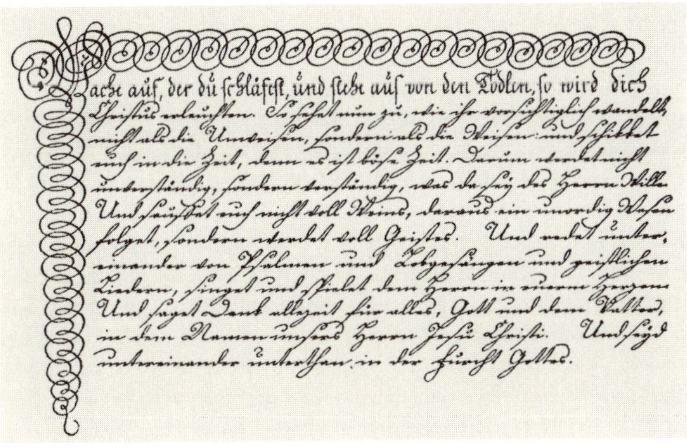

Eine glückliche Überlieferung gewährt uns genaueren Einblick in Thyms Wirke und belegt uns seine Folgen. Es hat sich von seiner Hand ein ›Vorschriftenbuch erhalten, in dem er Beispiele kalligraphischer Übungen zusammengeschriebe hat: »Vorschriften Vor Herrn Joh: Wolfg: Goethe. Geschrieben Von Joh: Hein Thym im Jahr 1760« (Universitätsbibliothek Leipzig). Von besonderem Interess ist heute eines der eher kunstloseren Blätter mit nur geringem kalligraphischen Anspruch. Es zeigt, was für ein gelehriger Schreibschüler Goethe war: Goethe Handschrift ist fast identisch mit der Handschrift Thyms.

Neben der deutschen Schrift schrieb Goethe auch die lateinische. Sie war ohne dies obligatorisch für lateinische Texte und fremdsprachige Texte überhaupt auch für Fremdwörter. Es gibt aber während Goethes Lebenszeit ganz allgemei eine Drift von der deutschen zur lateinischen Schrift, bzw. im Druck von der Fraktur zur Antiqua, und zwar bis zu den Befreiungskriegen. Dann, im Zuge des erwachenden Nationalismus seit etwa 1806, setzt wieder eine Rückbewegung zur deutschen Schrift ein. Als Goethes *Natürliche Tochter* in Antiqua erschienen war, mahnte ihn seine Mutter: »Er laße ja nicht mehr so in die Welt ausgehn – halte fest an deu schem Sinn – deuschen Buchstaben denn wenn das Ding so fortgeht, so wird in 5(Jahren kein Deusch weder geredt noch geschrieben – und du und Schiller seid hernach Classische Schriftsteller – wie Horatz Lifius – Ovid u wie sie alle heißen denn wo keine Sprache mehr ist da ist auch kein Volk – was werden alsdann die Profesoren Euch zergliedern – auslegen und der Jugend einpleuen. Darum so lang es geht – deusch, deusch geredet – geschrieben und gedruckt.« (25. 12. 1807.) Die Differenz deutsch/lateinisch ließ sich aber auch auf subtilere Weise mit Zeichencharakter einsetzen: Bereits die ›Römischen Elegien‹ hat Goethe in lateinischer Schrift niedergeschrieben, wohl um ihren ›römischen‹ Charakter zu bezeichnen Und auch die Reinschriften des *West-östlichen Divans* sind, als ›fremdsprachige‹, die das Thema der ›Weltliteratur‹ anschlagen, in lateinischen Lettern geschrieben.

*

Äußerungen Goethes über Deutung und Bedeutung der Handschrift sind relativ selten, doch ergibt sich aus ihnen ein recht konsistentes Bild seiner Auffassung. Für den jungen Goethe kommt es weniger auf das Individuelle einer Handschrift an, sondern auf Leserlichkeit und normativ aufgefaßte ›Schönheit‹. Im großen Bekenntnisbrief an Herder vom Juli 1772 klagt er sich an, daß er überall nur »herumspaziert« sei, »überall nur drein geguckt habe«, und er erläutert das in einer Fußnote: »ich kann schreiben aber keine Federn schneiden, drum krieg ich keine Hand, das Violoncell spielen aber nicht stimmen pp«. Die Handschrift also als Ausdruck des Charakters, aber nur in dem traditionellen allgemeinen Sinn, daß die Sorgfalt der Schrift Ausdruck einer ernsthaften Lebenskonzeption ist.

Ansätze eines Versuches, die Handschrift auf differenziertere Weise als Ausdruck der Persönlichkeit zu deuten, finden sich in den siebziger Jahren des 18. Jahrhunderts in Johann Caspar Lavaters umstrittenen »Physiognomischen Fragmenten ur Beförderung der Menschenkenntnis und der Menschenliebe« (1775-81), zu de- en auch Goethe einige Beiträge lieferte. Lavater versuchte die Persönlichkeit aus er Gesichts- und Körperbildung zu erschließen, und da lag es nahe, auch die chrift als einen unwillkürlichen Ausdruck der Persönlichkeit zu deuten. Goethe ing gegenüber allzu großen Ansprüchen auf Verallgemeinerbarkeit auf die Di- tanz, sowohl hinsichtlich der Physiognomik als auch hinsichtlich der Handschrif- endeutung. Er hat zwar selbst im Laufe der Jahre eine Sammlung von Autogra- hen bedeutender Persönlichkeiten erworben. Denn eine Art ganzheitlicher Er- assung des Charakters aus der Handschrift erschien ihm durchaus möglich. Aber en Versuch einer wissenschaftlich-systematischen Graphologie – das heute ge- äufige Wort kam erst viel später auf – oder Physiognomik hielt er für eher schäd- ich. In den *Tag- und Jahresheften* von 1809 heißt es:

Auch eine Sammlung von eigenen Handschriften bedeutender Personen ward dieses Jahr durch Freundesgunst [W. von Humboldt] ansehnlich vermehrt und so bestärkte sich der Glaube daß die Handschrift auf den Charakter des Schrei- benden und seine jedesmaligen Zustände entschieden hinweise, wenn man auch mehr durch Ahnung als durch klaren Begriff sich und andern davon Re- chenschaft geben könne; wie es ja bey aller Physiognomik der Fall ist, welche bey ihrem ächten Naturgrunde nur dadurch außer Credit kam, daß man sie zu einer Wissenschaft machen wollte.

Ähnlich in einem Brief an den Autographensammler Carl Bernhard Preusker vom 3. 4. 1820:

Daß die Handschrift des Menschen Bezug auf dessen Sinnesweise und Charak- ter habe und daß man daran wenigstens eine Ahnung von seiner Art zu seyn und zu handeln empfinden könne, ist wohl kein Zweifel, sowie man ja nicht al- lein Gestalt und Züge, sondern auch Mienen, Ton, ja Bewegung des Körpers als bedeutend, mit der ganzen Individualität übereinstimmend anerkennen muß. Jedoch möchte wohl auch hiebey mehr das Gefühl als ein klares Bewußt- seyn statt finden, man dürfte sich wohl darüber im Einzelnen aussprechen, dieß aber in einem gewissen methodischen Zusammenhang zu thun möchte kaum jemand gelingen.

Die Unterscheidung von wissenschaftlich-analytischer und intuitiv-ganzheitlicher Erfassung der Handschrift taucht immer wieder auf. Auch unser eigenes intuitives Verhältnis zu Goethes Handschrift kann damit die Zustimmung des Schreibers in Anspruch nehmen:

Die übersandten Blätter sind mir von unendlichem Werth; denn da mir die sinnliche Anschauung durchaus unentbehrlich ist, so werden mir vorzügliche Menschen durch ihre Handschrift auf eine magische Weise vergegenwärtigt. Solche Documente ihres Daseyns sind mir, wo nicht eben so lieb, als ein Por- trait, doch gewiß als ein wünschenswerthes Supplement oder Surrogat dessel- ben.

(An F. H. Jacobi, 10. 5. 1812.).

Abbildungsnachweis

Freies Deutsches Hochstift, Goethe-Museum Frankfurt am Main: 7, 9, 29, 49, 5
(Fotos: Ursula Edelmann)
Goethe-Museum Düsseldorf: 23, 30 (Fotos: August Linde, Walter Klein)
Leipziger Universitätsbibliothek: 10, 47
Stadtarchiv Hannover: 44
Stiftung Weimarer Klassik, Goethe- und Schiller-Archiv: 1, 2, 3, 4, 6, 11, 12, 13, 14
15, 16, 17, 18, 19, 21, 22, 24, 26, 27, 28, 31, 32, 33, 34, 35, 36, 37, 38, 39, 40, 41, 42
43, 45, 46, 48 (Fotos: Angelika Kittel, Sigrid Geske)
Universitätsbibliothek Leipzig: 5
Yale Collection of German Literature, Beinecke Rare Books and Manuscript
Library, New Haven: 20
Zentralbibliothek Zürich: 8, 25